AF576446

GERHARD LOIBELSBERGER

QUADRIGA

TOD IN DEN KANÄLEN Im Canal Grande treibt eine nackte Knabenleiche. Es bleibt aber nicht bei dieser einen Leiche. Zwei weitere Kinder werden entführt und schwimmen wenig später tot in den Kanälen Venedigs. Eine Journalistin prägt den Begriff ›Venedig-Ripper‹. Der ermittelnde Kommissar gerät deshalb mit ihr in Streit, es kommt zu einem Eklat und er wird vom Dienst suspendiert. Vom Vater des ersten Opfers wird der ehemalige Polizist und nunmehrige Fremdenführer und Privatdetektiv Lupino Severino engagiert. Schließlich verschwindet ein vierter Knabe und plötzlich mischt sich auch die lokale Mafia in die Ermittlungen ein.

Ein mörderischer, ironischer und auch sehr kulinarischer Venedig-Krimi, der von menschlichen Abgründen, Begierden und Schwächen sowie von der Macht des Geldes erzählt. Und die ›Quadriga‹, vier Pferde wahrscheinlich aus dem 2. vorchristlichen Jahrhundert, die auf der Loggia des Doms von San Marco steht, spielt dabei eine mysteriöse Rolle.

Gerhard Loibelsberger, geboren 1957 in Wien, startete 2009 mit den »Naschmarkt-Morden« eine Serie historischer Kriminalromane rund um den schwergewichtigen Inspector Joseph Maria Nechyba. 2010 wurden »Die Naschmarkt-Morde« für den Leo-Perutz-Preis nominiert. Darüber hinaus wurden die Werke des Autors bereits mit dem silbernen sowie goldenen HOMER Literaturpreis ausgezeichnet. Im Jahr 2017 erschienen der Italien-Thriller »Im Namen des Paten« – als Fortsetzung des Venedig-Thrillers »Quadriga« – sowie der erste Nechyba-Comic »Der Bankert vom Naschmarkt«. Zu Loibelsbergers 60. Geburtstag erschien der Lyrik-Band »Ants & Plants« als E-Book. 2018 folgten der sechste und letzte Nechyba-Roman »Schönbrunner Finale« sowie der Lyrik- & Kurzprosaband »Young Dummies«. 2019 erschien der Kurzgeschichtenband »Morphium, Mokka, Mördergeschichten«.
Infos unter: www.loibelsberger.at

GERHARD LOIBELSBERGER

QUADRIGA

Venedig-Thriller

Personen und Handlung sind frei erfunden. Ähnlichkeiten mit lebenden oder toten Personen sind rein zufällig und nicht beabsichtigt.

Bei Fragen zur Produktsicherheit gemäß der Verordnung über die allgemeine Produktsicherheit (GPSR) wenden Sie sich bitte an den Verlag.

Besuchen Sie uns im Internet:
www.gmeiner-verlag.de
2018 – Gmeiner-Verlag GmbH

Im Ehnried 5, 88605 Meßkirch
Telefon 07575/2095-0
info@gmeiner-verlag.de

Lektorat: Claudia Senghaas, Kirchardt
Herstellung: Julia Franze
Umschlaggestaltung: U.O.R.G. Lutz Eberle, Stuttgart
unter Verwendung eines Fotos von: © euregiocontent/fotolia.com
Druck: Libri Plureos GmbH, Friedensallee 273, 22763 Hamburg
Printed in Germany
ISBN 978-3-8392-2247-8

Dieses Buch widme ich meiner geliebten Lisa, ohne die es nie entstanden wäre.
Mein besonderer Dank gilt meiner Italienischlehrerin Veronica, die viele wertvolle Beiträge geliefert hat.
Ein Dankeschön auch an meine Lektorin Claudia, die an dieses Buch von Anfang an geglaubt hat.

PROLOG

Signor Cecchetti war müde. Trotzdem wieselte der alte Mann von Nachbar zu Nachbar, kreuz und quer durch den Dorsoduro. Ein von Angst Getriebener? Nein. Es war Panik. Sie ließ ihn nachts nicht schlafen, und untertags trieb sie ihn vor sich her. Von einem Caffè zur benachbarten Bar, von der Bar zur nächsten Osteria, von der Osteria zu Bekannten, von Bekannten zu einer Trattoria. Weiter, immer weiter und weiter. Seine Füße schmerzten. Doch was war das schon gegen den Schmerz der Seele? Sein ganzes Leben lang war er stolz und zurückhaltend gewesen. Ein Mensch, der am liebsten mit sich selbst allein war. Doch jetzt, auf seine alten Tage, musste er hinaus. Zu den Menschen, zu den Nachbarn, zu den Bekannten und auch zu Unbekannten. Wie ein Hamster im Rad lief er, gekleidet in seinen grauen Arbeitsmantel, der wie immer frisch gewaschen und tadellos gebügelt war, durch das Viertel Dorsoduro. Er besuchte selbst solche Leute, mit denen er vor Jahren das letzte Mal Kontakt gehabt hatte. Getrieben von unermesslicher Angst. Immer das Bild von Giulietta vor Augen. Wie sie in einem kahlen Raum unter einem kalten, unbarmherzig flackernden Licht saß und ihn anflehte. Mit vor Entsetzen irrem Blick und zerschlagenem Gesicht. Wie sie dasaß und stammelnd einen ihr vorgehaltenen Text las. Dieses Bild hatte sich unauslöschlich in ihm eingebrannt. Als sie mit dem Text fertig gewesen war, hatte sie in die Kamera geblickt und geflüstert: »Aiuto! Papà … aiutami!*«

Dieses Video, das man ihm auf einer DVD zugespielt hatte, war die Ursache seiner Panik. Genau so, wie es die Entführer seiner Tochter gefordert hatten, rannte er im ganzen Viertel herum und erzählte es allen. Dass er nämlich so bald wie möglich verreisen und seine Tochter, sein einziges Kind, dringend in den USA besuchen müsse. Seine einzige Tochter, die vor ein paar Jahren ausgewandert war. Circa ein Vierteljahr würde er fort sein. Deshalb hatte er einen Vertreter gesucht und auch gefunden. Dieser würde seine Rahmenmacher- und Vergolderwerkstatt während seiner Abwesenheit führen.

Drei Tage war er nun schon unterwegs gewesen. Als er am Abend des dritten Tages mit vor Erschöpfung zitternden Händen das Tor seines Hauses aufsperrte und die steile Treppe, die neben seiner Werkstatt zur Wohnung emporführt, hinaufstieg, war er völlig fertig. Oben angekommen machte er Licht und ließ sich erschöpft auf einen Küchenstuhl fallen. Nachdem er minutenlang so verharrt hatte, stand er auf, schlurfte zum Vorratsschrank, nahm eine Flasche Grappa heraus, setzte an und machte einen langen Schluck. Dann ging er zu dem Stuhl zurück, stellte die Flasche auf den

* Hilfe! Papa hilf mir!

Küchentisch und begann hemmungslos zu weinen. Der Schwall seiner Tränen überflutete die Gläser der Brille. Er nahm sie ab und als er sie auf den Küchentisch legte, hörte er plötzlich ein Knirschen hinter sich. Gänsehaut. Eiskaltes Prickeln. Schauder. Aufstehen. Bleischwere Glieder. Atem im Genick. Kräftige Hände links und rechts am Hals. Stahlharter Griff. Luft!

»Aiuto!«

Wild rudernde Arme. Klirrend zerschellte die Grappaflasche. Würgen. Röcheln. Alles dunkel. Dunkel. Dunkel. Und aus weiter Ferne eine Stimme:

»Cecchetti, il tuo sostituto è qui …*«

---

* Cecchetti, dein Vertreter ist da …

TI AMO

EINS

Der Asiate riss den Mund auf. Er stieß heisere Schreie aus und gestikulierte wild. Eine Gruppe weiterer Asiaten drängte sich lärmend an das Geländer des Ponte dell'Accademia und deutete ins trübe Wasser des Canal Grande. Andere Touristen blieben stehen, ein fleischiger Amerikaner in Hawaiihemd, Shorts und Sandalen rief: »O my god!« Ein Gondoliere stand mit einem Kollegen am Ankerplatz neben der Brücke und hielt ein Vormittagsschwätzchen. Neugierig geworden ging er mit federnden Schritten die Steinstiegen hinunter zum Kanal. Als er entdeckte, was all die Gaffer anstarrten, fischte er aus seiner weiten, weißen Hose ein Handy, wählte hektisch und gab einen Schwall Sätze in venezianischem Dialekt von sich. Dabei zuckte sein freier Arm hektisch durch die Luft. Sein Kollege hörte, was er sagte, und sprintete nun ebenfalls über die ausgetretenen Steinstufen hinunter. Die beiden Gondolieri sprangen in eine der Gondeln. Während der eine heftig rudernd das Boot unter dem Ponte dell'Accademia durchführte, saß der andere im vorderen Gondelteil und starrte angestrengt auf das Wasser. Mittlerweile hatte sich eine dichte Menschenmenge auf der Brücke versammelt. Passanten, die keine Zeit oder Lust zum Gaffen hatten, mussten sich mühsam durch die Schaulustigen drängen. Dabei kam es zu allerlei Rempeleien, ein dicker deutscher Tourist und ein bunt tätowierter Brite wurden handgreiflich. Der Brite hieb dem Dicken die Faust ins Gesicht. Dieser wankte kurz und schlug dann wie ein wildes Tier um sich. Er traf den Briten, seine eigene Frau sowie andere Unbeteiligte. Glücklicherweise wurde er von seinem Sohn und einigen Umstehenden gepackt und an weiteren Rundumschlägen gehindert. Der kurz geschorene Brite nutzte diese Schwäche des Gegners, spuckte ihm ins Gesicht und verschwand blitzartig in der Menschenmenge.

Inzwischen näherte sich vom Rialto ein Polizeiboot dem Ponte dell'Accademia. Die Gondel mit den beiden Gondolieri kam unter der Brücke ebenfalls wieder zum Vorschein. In ihr lag ein Bündel nacktes Fleisch. Sie fuhr zum Anlegesteg zurück, wo sich bereits die Kellner der angrenzenden Bar sowie unzählige Schaulustige drängten. Die Gondolieri halfen, das Stück Fleisch, das nun als Knabenkörper erkennbar war, auf den Steinboden des Kais zu legen. Das Polizeiboot legte an, drei Polizisten sprangen auf den Bootssteg. Einer gab seinen Kollegen leise Weisungen, worauf diese entschlossen die Menge zurückdrängten. Er selbst trat auf den Knabenkörper zu, den die Gondolieri seitlich auf den Boden gelegt hatten. Er streifte sich Plastikhandschuhe über und drehte die Leiche vorsichtig in Rückenlage. Ein Raunen ging durch die Menge. Aus dem Munde des Knaben baumelte schwarzgrüner Seetang, der schleimig glänzte. Algen verklebten sein Haar und Teile des Gesichts. Das Raunen der Gaffer veranlasste den Polizisten, eine unwillige Kopfbewegung zu machen. Er gab seinen Kollegen mit einem Handzeichen zu verstehen: Verscheucht sie endlich! Ein weiterer Polizist, der Fahrer, der das Motorboot an der Mole angebunden hatte, half nun seinen beiden Kollegen, die sensationslüsterne Menge zurückzudrängen. Der bei dem Knaben stehende Beamte sprach in sein Handy, dann begann er die beiden Gondolieri, die den Knabenkörper aus dem Wasser geholt hatten, zu befragen.

Zwei Vaporetti hatten kurz zuvor bei der Landestelle Accademia angelegt, und der übliche Touristenschwall ergoss sich auf die schmale Piazza vor der Brücke. Wobei es einen recht beachtlichen Teil davon ein Stück weiter zu der Menschentraube hinzog, die sich gebildet hatte. Die Neuankömmlinge wollten natürlich sehen, was hier los sei. Sie drängten von hinten in die Menge. Diese wiederum schob nach vorn, ungeachtet der Bemühungen der drei Polizisten, sie aufzuhalten. Als der Kreis um den Knabenkörper immer enger wurde, nahm der Polizist, der die Amtshandlung leitete, das schmale Bündel Mensch in seine Arme und trug es über den Steg zum Polizeiboot hinaus. Er hatte das Boot noch nicht erreicht, als ein klagender Aufschrei die mittägliche Schwüle zerriss. Schlagend, tretend und wie irre brüllend stürzte ein groß gewachsener Mann in langen, grauen Stoffhosen und weißem Polohemd dem Polizisten nach. Er versuchte, ihm den

Knaben zu entreißen. Der Polizist taumelte, ließ aber nicht los und gab dem Angreifer schließlich einen Tritt. Dieser rutschte aus und fiel rücklings mit einem lauten Platscher ins schmutzige Wasser. Die anderen Polizisten eilten herbei, zwei halfen ihrem Vorgesetzten, die Leiche auf dem Polizeiboot zu verstauen. Der dritte bückte sich und reichte dem im Wasser wild um sich Schlagenden die Hand. Mühsam zog er ihn auf den Steg, ein Polizist kam vom Boot zurück, trat hinter den Mann und verpasste ihm mit routinierten Griffen Handschellen. Der völlig durchnässte Angreifer hatte aufgehört zu schreien. Er rang nach Luft, hustete, spuckte und würgte Wasser. Die Polizisten zogen ihn aufs Boot und zwangen ihn, sich zu setzen. Mit aufheulendem Motor legte das Polizeiboot ab. Plötzlich schrie der Gefesselte, den Lärm des Motors übertönend:

»Mein Sohn! Was habt ihr mit meinem Sohn getan?«

ZWEI

»No, no, no, Signori! Nicht diese enormi Spotlights. Enormi Spotlights nicht gut. Niente Spotlights. Im Palazzo genug luce. Luce naturale, capito? Mit luce naturale Film drehen. Enormi Spotlights machen Fresken kaputt. Damage Fresken, das sehr teuer. Wenn Fresken kaputt, ich kaputt, du kaputt, tutto kaputto. Niente Spotlights! Solo luce naturale! Capite?« Es folgte eine heftige waagerechte Bewegung mit der flachen Hand, und dann zog er den zentralen Stecker heraus. Die riesigen Scheinwerfer verloschen mit einem ›Woff‹. Staub flimmerte im Lichteinfall der Fenster, dazwischen lauerten dunkle Schatten.

Adi Bender stieg die Magensäure den Schlund empor, und am liebsten hätte er diesem verdammten Italiener auf die eleganten Schuhe gekotzt. Was bildete sich der Typ eigentlich ein? Wer war das überhaupt? Hatte nicht der Aufnahmeleiter mit ihm alles vertraglich geregelt? Wie sollte er, Adi Bender, einen Film ohne Licht drehen? Luce naturale – so ein Scheiß! Der barocke Saal, wo sie drehen wollten, war so riesig, dass er keine Decken haben dürfte, um mit Tageslicht drehen zu können. Hehe, wenn er keine Decke hätte, wären die Scheißfresken schon längst vom Regen heruntergewaschen worden. Und der Italiener wäre kaputt – ein Zustand, den sich Adi Bender sehnlichst herbeiwünschte.

Während der Regisseur in sich versunken dasaß und vor sich hin stierte, verhandelten der Produktionsleiter, dessen Assistentin sowie der Kameramann in einem Kauderwelsch von Deutsch, Italienisch und Englisch mit dem Kerl. Bender unterdrückte halbwegs einen röhrenden Rülpser, bei dem ihm ein gewaltiger Luftstrom vom Magen Halbverdautes hinauf in die Mundhöhle drückte. Mit verkniffenem Gesicht schluckte er das säuerliche Zeug wieder hinunter und griff sich an den Magen; ein höllischer Brand drohte dort seine Magenwände zu zersetzen. Ein Schnaps! Ein Königreich für einen Schnaps, dachte er, stand auf und taumelte hinaus. Draußen, in dem riesigen barocken Stiegenhaus, watschelte er einfach vor sich hin, er öffnete hohe Türen und kam in immer neue mehr oder weniger große Salons und Säle. Nur die Toilette fand er nicht. Als sich sein Magen neuerlich zusammenkrampfte und das üppige Mittagessen nun mit aller Gewalt nach oben drängte, befand er sich gerade in einem chinesischen Zimmer. Kurz entschlossen griff er zu einer hohen Vase, war verwundert, wie fein sich das Porzellan anfühlte, und schoss dann zuerst einen und nach einigem Würgen einen zweiten grün-bräunlichen Strahl in das antike Gefäß. Danach ging es Adi Bender besser. Mit einem Papiertaschentuch wischte er sich den Mund ab, stellte die Vase wieder aufrecht an ihren ursprünglichen Platz und spazierte unendlich erleichtert durch die lange Flucht der Räume zurück. Dabei schwor er sich, nie wieder so üppig Mittag zu essen. Diese verdammten Italiener mit ihren Antipasti, Primi Piatti, Secondi Piatti und danach Dolce und Frutta gingen ihm auf die Nerven. Wie sehnte er sich zurück in das heimatliche Wien, wo man zu Mittag gemütlich ein Gulasch verzehrte und davor vielleicht ein Süppchen löffelte.

Als er zurückkam, wurde noch immer mit dem Italiener gestritten. Mit einem Ruck nahm er die Regieassistentin zur Seite und flüsterte ihr etwas ins Ohr. Sie sah ihn ungläubig an und wollte sich zuerst weigern. Sein Griff wurde fester und er drohte ihr mit dem Rausschmiss, wenn sie nicht sofort tat, was er ihr sagte. Sie seufzte und verschwand. Eine Minute später hörte man sie schrill um Hilfe schreien. Die Streitenden hielten inne und eilten hinaus. Bender zog den Kameramann zurück und schubste ihn Richtung Kamera. Den Kameraassistenten und der Licht-Crew befahl er, Kisten, Batterie-Gürtel und Möbel vor die geschlossenen Türen des Saals zu schieben, sodass niemand herein konnte. Dann rief Bender mit seiner Napoleon-Stimme: »Licht an! Schauspieler auf ihre Positionen. Wir drehen in einer Minute!«

Und so war es dann auch. Der Hauptdarsteller, ein weißhaariger österreichischer Publikumsliebling, absolvierte die Szene mit Charme und Routine. Gekonnt riss er seine jüngeren Kollegen und Kolleginnen mit, die Szene war nach fünf Takes im Kasten. Einzig der Tonmensch beschwerte sich, dass er beim O-Ton im Hintergrund Störgeräusche gehabt habe –

der Italiener hatte nämlich während des Drehs eine Zeit lang von außen an die Tür getrommelt. »Das ist wurscht«, murmelte Bender und befahl abzubauen und die Türen wieder frei zu machen. Sein Magendruck war weg, die Szene im Kasten, und von draußen drang goldenes Nachmittagslicht in den Salon. Bender öffnete eine der alten Türen und trat hinaus auf einen kleinen Balkon. Er blickte auf einen Kanal und eine Brücke. Zufrieden zündete er sich einen Zigarillo an und genoss die Wärme der Sonne. Schmunzelnd verfolgte er, wie der Produktionsleiter und der Italiener neuerlich zu streiten begannen. Eigentlich war das ja die Verantwortung des Aufnahmeleiters … Doch da fiel es Bender wieder ein: Der hatte heute frei. Denn gestern hatten sie seinen Jungen, den er während der Schulferien zum Dreh mitgenommen hatte, als Leiche aus dem Canal Grande gefischt.

DREI

»Ich hätte ihn nicht mitnehmen sollen … Nicht nach Italien … Eine völlige Scheißidee! Eine Scheißscheißscheißidee!«, wütend krachte seine Faust auf den gepolsterten Rücksitz des Taxis. Die Polsterung ließ ein gedämpftes »Wampf!« vernehmen, sonst nichts. Außer dass die Knöchel seiner schmalen Intellektuellenhände ganz weiß hervortraten, hinterließen die Faustschläge keinerlei Eindruck. Als bleiche Witzfigur saß er im Fond des Taxis und ließ sich kreuz und quer durch Marghera, das Hafenviertel von Venedig, fahren. Schließlich hatte er ja einen Job. Locationsuche. Für den Dreh übermorgen musste er noch dringend eine Location finden. Nachdem der Regisseur ihm schon ganze sieben Location-Vorschläge abgeschossen hatte, war er nun unter Zeitdruck. Trauerarbeit? Scheiß drauf! Wut? Scheiß drauf! Schmerz? Ein Brennen. Ein mörderisches Brennen. Sein Inneres brodelte, und seine Ausbrüche kamen vulkanartig. Eruptionen der Hilflosigkeit. Oh, wie er alles hasste. Dieses Land, die Leute, den Dreh, seine Arbeit, seine Familie. Warum hatte seine Mutter an diesem Nachmittag unbedingt shoppen gehen müssen? Warum hatte sein Vater wieder nur im Produktionsbüro gehockt und gerechnet? Warum hatte seine Frau sich nicht von ihrem Job karenzieren lassen? Warum hatte sie ihn mit Johannes alleine nach Italien fahren lassen? Warum musste ausgerechnet sein Sohn ermordet werden? Warum wurden nicht alle Kindermörder verhaftet? Warum gab es eigentlich Kinderschänder? Warum erlaubte Gott diese Schweinerei? Warum gab es überhaupt das Böse in der Welt? Warum hatte Gott, der angeblich allmächtige, Luzifer nicht vernichtet? Warum ließ er es zu, dass schwache Menschen der

Versuchung erlagen? Warum wurden nicht alle Sexualtäter kastriert? Warum nicht grundsätzlich liquidiert? Warum machte denn niemand etwas zum Schutz der Kinder? Warum gab es nur zahnlose Gesetze? Warum wurden nicht alle Perversen dieser Welt einfach ausgerottet? Warum, Herrgott, warum strafst du diese Kreaturen nicht? Warum, oh Herr, lässt du endloses Leid zu? Warum hast du deinen eigenen Sohn geopfert? Warum bist du ein Schlächter, Gott? Warum?

»Wampf!«, machte seine schmale Intellektuellenfaust auf der Sitzpolsterung.

»Wampf! Wampf! Wampf! Wampf!«

Nachdem er sich ausgewampft hatte, sank er erschöpft zurück. Er bemerkte, wie ihn der Taxifahrer im Rückspiegel beobachtete. Plötzlich rannen ihm die Tränen herunter. Sturzbäche über die unrasierten, dunkelblau schimmernden Wangen. Philipp Mühleis versteckte seine Augen hinter der rechten Hand. Heulen wie ein Schlosshund, das kann ich. Dachte er. Sonst kann ich eh nix. Nichts, gar nichts! Ein Versager. Mit 37 Jahren immer noch Anhängsel. Angestellt in der Filmproduktionsfirma seines Vaters, abhängig vom Gehalt seiner gut verdienenden Frau. Die ihn aufgrund ihres ererbten Reichtums nach Strich und Faden verwöhnte. Langsam rollte das Taxi durch die leeren, holprigen Straßen. Links und rechts Fabrik- und Lagerhallen. Hin und wieder das düstere Stahlskelett eines Schiffskrans. Verkrümmte, armselige Bäume. Struppige, nicht minder erbärmliche Büsche. Endlose Mauern mit Graffiti. Zwischen den Mauern rostige Zäune. Manchmal Stacheldraht. Überall Unkraut, teilweise über einen Meter hoch. Rumms! Wieder ein Monsterschlagloch. Fast wäre er sich mit den Fingern ins Auge gefahren. Industrielandschaft. Verschwommen hinter Tränen. Die Nase voll Rotz. Seine rechte Hand suchte ein Taschentuch. Die linke fand es schließlich auf ihrer Seite. Teurer Stoff, sorgsam gebügelt und liebevoll zusammengelegt. Zuerst schnäuzen, da keine Luft mehr. Dann mit einer fast trotzigen Bewegung zuerst links und dann rechts die Sintflut wegwischen. Mehrmals, da nicht auf einmal möglich. Dann klarer Blick. Rechts vor ihm befand sich eine Lagerhalle. Darauf ein Riesengraffito:

Ti amo, baby*

VIER

»Ciao, Lupino!«

Er hasste ihn. Diesen Spitznamen. Ihn sowie einiges anderes Hassenswertes in seinem Leben verdankte er seiner Mutter. Wie zum Beispiel die strahlend blauen

* Ich liebe dich, Baby

Augen, die zu seinem dichten, schwarzen Haar einen merkwürdigen Kontrast bildeten. Seine Mutter hatte seinerzeit darauf bestanden, ihn Wolfgang zu taufen. In späterer Folge nannte sie ihn dann Wölfchen und schließlich Lupino. Lupino Severino. Die wohlklingende Phonetik dieses Namens ließ ihn erschaudern. Nur: Wolfgang Severino, seinen amtlichen Namen, hasste er noch mehr. Diese beschissene Mischung aus Deutsch und Italienisch, dieses Zusammenstoppeln von Nord und Süd, von dem was nie zusammengepasst hatte und nie zusammenpassen würde, brandmarkte ihn. Als ob der Herrgott nicht bewusst den Alpenhauptkamm erschaffen hätte.

»Un vino bianco*«, knurrte er und starrte Marcello feindselig an. Doch an dem gut gelaunten Wirt prallte Lupinos üble Laune ab. Die schlecht sitzenden, falschen Zähne des Wirtes leuchteten freundlich im Neonlicht, und er fragte Lupino, welche Laus ihm denn über die Leber gelaufen sei. Statt einer Antwort nahm er das Glas, murmelte auf Deutsch: »Das geht dich einen Scheißdreck an …« und verzog sich an einen Tisch, der direkt neben dem Plastikperlenvorhang, der den Kücheneingang verdeckte, stand. Als er das Glas Wein ausgetrunken hatte, stand er auf und ging mit dem leeren Glas in die Küche. Dort griff er zu der Flasche Sauvignon, die offen neben dem Herd stand, und schenkte sich ein weiteres Glas ein. Plötzlich hatte er eine Gabel vor dem Gesicht.

* Ein Glas Weißwein …

»Fe…fegato alla Ve…veneziana«, knurrte Gino und schob ihm gnadenlos die Kostprobe in den Mund. Obwohl er gar keinen Gusto auf geröstete Leber hatte, begann er langsam und mit Bedacht zu kauen. Nach und nach genoss er nun die Aromen der glasig gerösteten Zwiebeln und der fein gehackten Petersilie, die sich mit der zarten Süße der Leberstückchen harmonisch verbanden. Mit vollem Mund beschwerte er sich beim Koch, dass der Sauvignon nicht zur Leber passe. Darauf reichte ihm dieser wortlos eine andere offene Weinflasche: ein säure- und tanninreicher Raboso, der nicht übel zu der Leber mundete. Der lange, hagere Lupino hockte sich mit zwei Weingläsern in der Hand auf einen wackligen Stuhl in eine Ecke der Küche. Gino hob aus der mächtigen Pfanne, in der die Leber schmurgelte, eine mittelgroße Portion auf einen Teller, streute frische Petersilie drüber und stotterte:

»V…Vuoi la po…polenta?*«

Lupino grunzte zustimmend, und der Koch zirkelte auf dem Blech ein Stück knusprig gebackene Polenta ab und gab sie zu der Leber. Den Teller knallte er mit Schwung auf den Anrichtetisch, wo auch die Speisen für die Gäste der Trattoria landeten. Lupino stand ächzend auf, ging hinaus zu dem kleinen Tisch, wo er zuvor gesessen hatte, stellte dort das Glas Sauvignon ab, nahm eine Gabel und kehrte in die Küche zurück. Stehend aß er die Leber, nicht ohne immer wieder anerkennend zu murmeln:

---

* Willst du Polenta?

»Köstlich … wunderbar. Wirklich köstlich!«

Das animierte Gino, während er Calamari in der Pfanne über großer Flamme scharf anbriet, ihn mit schriller Stimme nachzuäffen:

»K… k… kostlitsch … Wiwirtlitsch k… k… kostlitsch!«

Später, als das Abendgeschäft vorbei war, saßen Marcello, Lupino, Gino und Luciana an einem Tisch beisammen. Luciana verschlang eine Portion Spaghetti neri und starrte gebannt auf das kleine Fernsehgerät, das oben in der Ecke hinter der Bar lief. Eine Reporterin berichtete von dem ermordeten Knaben, ohne wirklich etwas Neues zu sagen. In diese Idylle platzte ein später Gast herein: Ludovico Ranieri. Doktor der Rechtswissenschaft, Germanist und Kommissar. In seiner bärtigen, zerknautschten Visage saßen die Gesichtszüge noch schiefer als sonst. Er knurrte ein »Buona sera« und setzte sich neben Lupino. Der musterte ihn kurz und sagte auf Deutsch:

»Hast du keine Familie? Als ordentlicher Familienvater solltest du schon längst daheim im warmen Bett bei deiner Frau liegen.«

»Schnauze!«, knurrte Ranieri, und Lupino musste wieder einmal über den norddeutschen Akzent des Kommissars grinsen. Ohne zu fragen brachte Marcello dem Kommissar eine Flasche Moretti-Bier. Mit geübtem Griff öffnete dieser den Drehverschluss und nahm einen kräftigen Schluck. Dann rülpste er leise.

»Ludwig! Benimm dich«, feixte Lupino und erntete einen bösen Blick. Der Kommissar machte einen weiteren Schluck und knurrte:

»Wölfchen, wir müssen reden.«

Lupino zuckte zusammen. Er hasste es, wenn Ranieri ihn Wölfchen nannte. Das war noch schlimmer als Lupino. Das konnte er nicht auf sich sitzen lassen.

»Eine Audienz bei König Ludwig. Was verschafft mir die Ehre?«

»Hör auf mich zu verkackeiern! Dieser Scheißknabenmörder zieht mir den letzten Nerv.«

Lupino zog fragend die Augenbrauen hoch:

»Aber du hast doch eine Tochter.«

»Arschloch. Es geht nicht um meine Familie. Beruflich nervt dieser Kerl.«

Lupino nahm einen Schluck Wein und dachte an die Zeit zurück, als Ranieri und er noch Kollegen waren. Damals, bevor der neue Vicequestore Dr. Renzo Mastrantonio gekommen war. Dieser hatte ihn binnen kürzester Zeit hinausgeschmissen. Von heute auf morgen musste er Abschied aus dem Polizeidienst nehmen. Ohne finanzielle Abfindung. Es gab einzig die Zusage, ihm beim Erwerb einer Schnüfflerlizenz keine Steine in den Weg zu legen. Also war er Privatdetektiv geworden. Ein lausiger Job, besonders in Venedig. Wer brauchte hier schon einen privaten Ermittler?

»Wolfgang, ich habe einen Klienten für dich.«

Lupino verschluckte sich. Ein Hustenanfall folgte.

Sein Gesicht lief rot an, Luciana klopfte ihm mütterlich auf den Rücken. Schließlich krächzte er:

»Du hast einen Job für mich?«

Ranieri nickte, packte Lupino bei der Schulter und sagte ernst:

»Morgen wird dich dieser Österreicher, der Vater des ermordeten Buben, anrufen. Ich habe ihm deine Telefonnummer gegeben. Er möchte unbedingt einen privaten Ermittler engagieren. Also sei so gut und geh morgen an dein Handy.«

Ranieri gab ihm einen freundschaftlichen Klaps auf die Schulter, stand auf und ging zur Tür.

Dort drehte er sich um und sagte mit sanfter Stimme:

»Marcello! La birra … la pagherò la prossima volta.*«

Und zu Lupino gewandt fügte er hinzu:

»Ich erwarte keinen Dank. Ich möchte dich nur um eines bitten: Halte mir diesen Mühleis, diesen österreichischen Vater, vom Leib.«

* Marcello! Das Bier da bezahl ich das nächste Mal.

FÜNF

Die Glocken einer der zahlreichen Kirchen Venedigs schlugen in der Ferne zehn Uhr. Ein bleicher, hagerer Mann mit kräftigen Händen und sehnigen Unterarmen sperrte die Tür seines Geschäftes auf. Es war eine Rahmenhandlung, wie es so manch andere auch in Venedig gab. Vollgeräumt mit üppigen, vergoldeten Bilderrahmen, mit denen mehr oder weniger wertvolle Schinken ins rechte Licht oder besser gesagt in ein besseres Licht gerückt wurden. Die Rahmenhandlung und Vergolderwerkstatt gab es schon seit Jahrzehnten. Da der bisherige Eigentümer plötzlich verreisen musste, war der hagere Mann als Vertretung eingesprungen und führte nun das Geschäft. Signora Umberti, die zwei schmale Gässchen weiter in einer riesigen Wohnung hauste, war sehr angetan von dem Neuen. Denn im Gegensatz zu dem Eigentümer des Ladens, der sich beharrlich geweigert hatte, ihre grottenschlechte Tintoretto-Kopie mit einem edlen Rahmen zu versehen, nahm die Aushilfe den Job an. Binnen zwei Wochen hatte er für das Gemälde einen so wundervollen Rahmen angefertigt, dass Signora Umberti beim ersten Anblick die Luft weggeblieben war. Dann aber verkündete sie in der gesamten Nachbarschaft das Lob über die handwerklichen Fähigkeiten des neuen Rahmenmachers. Und so kamen nun auch andere, neue Kunden, die zu dem alten Cecchetti, der ein echter Griesgram und dazu auch noch recht streitsüchtig war, niemals gekommen wären. Dem bleichen, hageren Mann war das alles nicht sonderlich recht. Doch er hatte gute Gründe, freundlich zu seinen Kunden zu sein. Schließlich war dieses Rahmengeschäft die perfekte Tarnung für seinen eigentlichen Job. Mit viel Sorgfalt und gar nicht so geringem Zeitaufwand hatten seine Verbindungsleute dieses Geschäft, zu dem auch ein ganzes Haus mit einem Wassergeschoss gehörte, ausgesucht. Letzteres garantierte einen direkten Zugang zu Venedigs Kanälen, was für die Erledigung seines Jobs wichtig war. Dann hatte er den alten Cecchetti gezwungen, die Geschichte von seiner bevorstehenden Reise und seiner Vertretung im Viertel herumzuerzählen. Als diese Nachricht die Runde gemacht hatte, hatte er den kleinen, krummen Alten erwürgt, ihn wie eine Salami verschnürt und ihn in den Abstellraum ganz hinten im Haus in einen mächtigen barocken Kasten gehängt. Cecchettis Tochter, die er zu Beginn dieses Jobs in New York in seine Gewalt gebracht hatte, war liquidiert worden. Im naiven Glauben, dass er das Leben seiner Tochter retten könnte, hatte Cecchetti bei dem ganzen Schwindel mitgespielt. Vergebens. Bei diesem Job brauchte der ›Sculptor‹ keine Zeugen. Und die Profis, mit denen er in New York zusammengearbeitet hatte, sahen das ähnlich. ›The Sculptor‹ war sein Spitzname diesseits und jenseits des Atlantiks. Dem bleichen, hageren Mann, der pünktlich um zehn Uhr die Vergolder- und Rahmenwerkstatt im Dorsoduro aufsperrte, sah man nichts von all dem an. Denn er hatte sich im Laufe der Jahrzehnte ein perfekt unauffälliges Auftreten zugelegt. Man könnte auch sagen: modelliert. Was für einen Künstler seines Kalibers zweifellos zutreffender war. Verschlafen gähnte er, als er kurz in der geöffneten Tür des Rahmengeschäftes stehen blieb und das morgendliche Treiben in der Gasse beobachtete. Sein Nachbar, Signor Veneto, sperrte gerade geräuschvoll den Rollladen seines Geschäftslokals auf. Einige Touristen trotteten vorbei. Zwischen ihnen fuhren Einheimische, die Waren in die umliegenden Geschäfte lieferten, mit voll gepackten Stechkarren hin und her. Nach kurzem Verweilen schloss er die Tür hinter sich und ging nach rückwärts in die Werkstatt. Er machte sich an die Arbeit, an das Ausgießen von Gipsabdrücken. Diese Teile würde er dann über einem Drahtgerüst zu einer nackten Knabenfigur zusammenfügen.

SECHS

Er saß bei seinem zweiten Glas Vino bianco und hatte den Blues. Es widerte ihn an, aufzustehen und nach San Marco zu gehen. Nein, er wollte heute das ekelhafte Touristenpack nicht sehen. Diese Schießbudenfiguren, die einen Stadtrundgang in deutscher Sprache gebucht hatten. Er wollte nicht mit einem lächerlichen Fähnchen auf hoch erhobenem Regenschirm voranschreiten und einen Haufen schlecht gekleideter Menschen durch die engen Gassen rund um den Markusplatz und durch den Markusdom dirigieren. Heute war es sonnig und warm, da würde es besonders schlimm werden. Frauen knapp vor oder bereits im Pensionsalter in kurzen Hosen und Röcken, die schamlos bläuliche Krampfader-Geflechte sowie käsig-weiße Cellulitis-Wucherungen entblößten. Männer mit üblen Haarschnitten, Bierbäuchen und in Birkenstock-Sandalen, die ihre ungepflegten Zehennägel und die von grindiger Hornhaut verunstalteten Fersen ungeniert zur Schau stellten. Ein kalter Schauder rieselte über Lupinos Rücken, und er bestellte ein weiteres Glas. Sollte er Laura anrufen und ihr vorjammern, dass er krank sei? Sie würde es ihm nicht glauben. Schließlich kannte sie ihn seit über zwei Jahrzehnten. Schon am Tonfall seiner Stimme würde sie erkennen, dass er nicht krank, sondern lustlos war. Und dann würde sie ihm vielleicht die tägliche Standardtour wegnehmen. Damit hätte er kein geregeltes Einkommen mehr. Wollte er das riskieren? Eigentlich war er nicht Fremdenführer, sondern Polizist. Mit Leib und Seele. Auch die Arbeit als Detektiv war ihm nicht zuwider. Leute beobachten, beschatten, ausforschen, Zusammenhänge aufdecken, Hintergrundinformationen besorgen, all das war okay für ihn. Nicht okay war hingegen, vor irgendwelchen wildfremden Leuten mit Trinkgeld heischendem Grinsen den Fremdenführer zu mimen, der er nicht war. In einem Schnellsiedeverfahren hatte ihn Laura Bagotti damals, als er aus dem Polizeidienst hinausgeflogen war, als Fremdenführer angelernt. Er half ihr, eine Lücke in ihrem Angebot zu schließen, denn es gab weit und breit keinen Venezianer, der so gut Deutsch sprach wie er. Als er gerade am vierten Glas Vino bianco nippte, läutete sein Handy. Dieser rabiate Klingelton war Laura. Er hob nicht ab. Stattdessen knallte er einen Geldschein auf die Theke des Bacaro ai Fiori und hetzte fort.

Eineinhalb Stunden später läutete sein Handy neuerlich. Er befand sich mit seiner Touristengruppe gerade im Museum, das dem Markusdom angeschlossen war. Das Display zeigte eine ihm unbekannte Nummer. Und plötzlich bekam er schweißnasse Hände. War das der Vater des ermordeten Knaben, dessen Anruf ihm Ranieri angekündigt hatte? Ohne auf seine Gruppe weiter zu achten, stürzte er hinaus auf die Loggia des Markusdoms. Dort, neben der Quadriga stehend, hob er ab.

»Pronto!«

Eine näselnde, männliche Stimme fragte in wienerisch gefärbtem Deutsch:

»Spreche ich mit Signor Severino?«

Nun schwitzte Lupino am ganzen Körper. Mit leicht schleimendem Ton in der Stimme antwortete er:

»Jawohl! Ich bin Wolfgang Severino. Privatdetektiv. Womit kann ich behilflich sein?«

SIEBEN

Die Sonne brannte unbarmherzig auf seinen Sitzplatz. Marco hatte Schweißperlen auf der Stirn und konnte der Lehrerin nur mit Mühe folgen. Die Hitze war Wahnsinn. Zum Glück rückte der Zeiger der Klassenuhr beharrlich vor. Nur mehr sechs Minuten, bis es läuten würde. Marco merkte, wie ihm Schweiß auf der linken Seite unter dem Kurzarmhemd, das ihm seine Mutter heute in der Früh noch schnell gebügelt hatte, herunterlief. Es kitzelte, und er musste lachen. Als ihn die Lehrerin fragte, was denn so lustig sei, schüttelte er verschämt den Kopf und blickte stur vor sich in sein Heft. Erst als sie sich wieder der Tafel zuwandte und weiter vortrug, blickte er auf. Nur noch drei Minuten. Seine Lippen waren trocken und die Zunge klebte am Gaumen. Jetzt ein Eis. Marco träumte von einer Tüte mit Erdbeer- und Vanilleeis, leckte sich die Lippen und übersah, dass der Zeiger der Uhr wieder vorgesprungen war. Das schrille Läuten der Schulglocke riss ihn aus seinen Träumen. Während die Lehrerin ihnen noch sagte, was sie bis zum nächsten Mal als Hausaufgabe hatten, warf Marco sein Heft und die Füllfeder in seinen kleinen Rucksack und stürmte, als sie endlich in die Freiheit entlassen wurden, wie ein Verrückter aus dem Klassenzimmer. Der Flur war angenehm kühl, dafür empfing ihn draußen vor der Tür ein Hitzeschock. Doch das war ihm egal. Er hatte nur ein Ziel: den Pizza- und Eisladen in seinem Wohnviertel.

Bruno Veneto war ein einsamer Mensch. Der gelernte Bäckermeister, der viele Jahre mitten im Dorsoduro eine kleine, gut gehende Bäckerei geführt hatte, war müde geworden. Deshalb hatte er vor einigen Jahren das Bäckerhandwerk an den Nagel gehängt und seinen Laden in ein Stehlokal mit ein paar kleinen runden Tischen und hohen Hockern umgebaut. Hier verkaufte er nun an die vorbeiziehenden Touristen Pizzastücke. Da er den Pizzateig selbst herstellte und auch bei den Dingen, mit denen er seine Pizze belegte, auf Qualität achtete, führte ihn ein Reiseführer für Rucksacktouristen als Geheimtipp an. Das Geschäft lief dadurch noch besser, und Bruno hatte eine Hilfskraft anstellen müssen. Sie hieß Fiorella, war 21 Jahre jung und hatte runde, apfelförmige Titten und einen knackigen Arsch. So hatte er sie dem Polizisten beschrieben, bei dem er Anzeige erstattete, als sie nach eineinhalb Jahren Mitarbeit in seinem Laden und eineinhalb Monaten in seinem Bett mit seinen Ersparnissen durchgebrannt war. Bruno, der sich in den eineinhalb Monaten der Liason plötzlich wieder wie ein junger Stier gefühlt hatte und dabei nichts weiter als ein alter Hornochse gewesen war, hatte sich seitdem von den Menschen abgewandt. Seinen Kummer bewältigte er mit selbstzerfleischenden Grübeleien und einem gewaltigen Pensum an Arbeit. Und so lief es für den Kleinunternehmer Bruno Veneto finanziell besser denn je. Dies verdankte er unter anderem auch Fiorellas Idee, beim Eingang eine Eisverkaufstruhe aufzustellen. Trotzdem schwor sich Bruno Veneto, nie mehr eine Frau bei sich anzustellen. Er pilgerte aufs Arbeitsamt und bekam eine männliche Pfeife nach der anderen zugeteilt: Arbeitsscheue, die ihn schamlos ausnutzten, Halbdebile, die nicht einmal bis zehn zählen konnten, Nordafrikaner, die ihn beschissen, und Asiaten, die gleich ihre ganze Familie in seinem Geschäft und seinem Haus unterbringen wollten. Er hatte gerade wieder so einen Kerl gefeuert, als der kleine Marco abgehetzt sein Lokal betrat. Bruno musste grinsen, denn er wusste genau, was Marco wollte: eine Tüte Erdbeer- und Vanilleeis. Da gerade eine Gruppe Amerikaner in seinem Laden war, von der alle eine Pizza wollten, rief er Marco zu, er solle sich das Eis doch selbst nehmen. Aus den Augenwinkeln beobachtete er, wie der Bub sehr geschickt zwei Eiskugeln auf eine Tüte platzierte und gierig zu schlecken begann. Das animierte ein vorbeikommendes Pärchen, ebenfalls Eis zu kaufen. Als der Bub, der noch immer die Eiszange in einer Hand hielt, Bruno fragend ansah, nickte dieser nur. So kam es, dass Marco im Laufe des Nachmittags über 50 Portionen Eis verkaufte und Bruno endlich eine Hilfskraft hatte, die fix beim Rechnen war und die im Traum nicht daran dachte, ihn zu betrügen.

ACHT

Marco kam gegen sieben Uhr abends erschöpft, aber glücklich nach Hause. Schließlich hatte er fünf Euro an diesem Nachmittag verdient und zusätzlich noch zwei Portionen Eis, eine Cola sowie ein Mineralwasser gratis bekommen. Alles in allem schwebte Marco auf Wolke sieben. Doch je mehr er sich seinem Zuhause näherte, desto stärker klopfte sein Herz. Ein beklemmendes Gefühl überfiel ihn, dass hinter der Wohnungstür Unheil lauern könnte. Und tatsächlich! Als er zögernd den Schlüssel ins Schloss steckte und aufsperrte, wurde die Tür wie von einem Tornado aufgerissen und ein Regen von Ohrfeigen prasselte auf ihn nieder. Marco reagierte blitzschnell. Er schlug beide Arme schützend über dem Kopf zusammen, ging in die Knie und kauerte sich auf den Boden. Doch das nützte ihm nichts, die kräftige Hand seiner Mutter, die als Kellnerin gewohnt war, schwere Lasten zu heben, zog ihn empor und schleuderte ihn weit hinein in die Wohnung. Marco krachte mit dem Kopf voran an den Türstock der Küche, dass ihm ganz schwindlig wurde.

»Brutto stupido!*«, schrie sie und drosch mehrmals den langen, metallen Schuhlöffel, der gleich neben der Eingangstür hing, auf seinen Rücken. Marco stöhnte auf vor Schmerz. Dann brüllte sie ihn an, was er sich denn eigentlich einbilde. Stundenlang komme er nicht nach Hause, sein Handy sei abgeschaltet gewesen. Sie habe die ganze Nachbarschaft nach ihm abgesucht und rebellisch gemacht. Marco verteidigte sich heulend, dass er nach der Schule vergessen hatte, das Handy einzuschalten. Außerdem habe er ganz in der Nähe, in Signor Venetos Laden ausgeholfen. Als Beweis zeigte er ihr mit zitternder Hand den hart verdienten Fünf-Euro-Schein. Voll Wut packte sie den Schein und zerriss ihn in unzählige kleine Stücke. Dann beschuldigte sie Marco, dass er sie noch umbringen werde. Sie halte das nicht mehr aus. Als alleinerziehende Mutter wachse ihr alles über den Kopf. Plötzlich rannen ihr

* Blöder Idiot

dicke Tränen über die Wangen, sie sank auf die Knie, schlug die Hände vorm Gesicht zusammen und begann hysterisch zu schluchzen. Marco tat es unendlich leid, dass er vergessen hatte, sie zu benachrichtigen. Er hätte sie ja nur kurz von seinem Handy aus anrufen müssen. Auf allen vieren kroch er zu dem schluchzenden Häufchen Elend, das nun so gar nichts mit der tobenden Rachegöttin von vorhin gemeinsam hatte. Schüchtern legte er seinen Arm um sie, und als sie diese Annäherung nicht abwehrte, umarmte er sie heftig. So kauerten die beiden eine Zeit lang im Vorzimmer. Schließlich beruhigte sich seine Mutter wieder und stand auf. Sie nahm seine Hand und führte ihn in die Küche. Dort lag ein ›Il Gazzettino‹ aufgeschlagen. Wortlos schob sie ihm die Zeitung hin. Mit Entsetzen las er: ›Venezia: disperso un altro ragazzo.‹* Und plötzlich wurde ihm klar, was für Ängste seine Mutter ausgestanden haben musste. Er überflog den Artikel, und Gänsehaut kroch seinen Rücken empor. Der Artikel war richtig gruselig. Denn hier stand geschrieben, dass offensichtlich ein Knabenmörder in Venedig umgehe. Dass nach dem 11-jährigen Johannes M., dessen nackte Leiche man vor einer Woche bei der Accademia-Brücke aus dem Canal Grande gefischt hatte, nun der 10-jährige Andrea P. vermisst werde. Auch in diesem Fall sei das Schlimmste zu befürchten. Marco sagte kein Wort. Er stand auf, stürmte auf seine Mutter zu, umarmte sie und drückte sie so heftig wie er

---

* Ein weiterer Junge ist verschwunden

nur konnte. Sie, die gerade von einem Backblech ein großes Stück Polenta für ihren Sohn heruntergeschnitten, mit Parmesan bestreut und in die Mikrowelle zum Aufwärmen gegeben hatte, drehte sich um und erwiderte die innige Umarmung. Liebevoll strich sie durch Marcos Haar und murmelte:

»Ti voglio bene, bambino mio.*«

Als Marco gegessen hatte, eröffnete ihm seine Mutter, dass sie um 20 Uhr noch einmal in das Ristorante müsse, da ihre Kollegin erkrankt sei. Bevor sie wieder arbeiten ging, nahm sie ihm das Versprechen ab, aufzupassen und vor allem nicht mit fremden Männern mitzugehen. Er solle überhaupt schauen, dass er sich, wenn er allein sei, immer nur im Kreis von ihm bekannten Menschen aufhalte. Das musste er ihr hoch und heilig versprechen. Im Übrigen war sie sehr erfreut, dass Marco einen Nachmittagsjob bei Signor Veneto gefunden hatte. Schließlich wuchs das Geld ja nicht auf den Bäumen! Und jeder Euro, den er sich dazuverdienen konnte, war hilfreich. Sie gestattete ihm diese Arbeit unter einer Bedingung: Dass er seine Hausaufgaben und die Schule nicht vernachlässige. Marco versprach ihr auch das. Als sie nach einer langen Umarmung aus der Wohnung lief, sperrte Marco hinter ihr beide Schlösser sorgsam zu. Dann putzte er sich die Zähne und verzog sich in sein Bett, wo er noch ein bisschen mit dem Gameboy spielte. Als er schließ-

* Ich hab dich lieb, mein Kleiner.

lich einschlief, träumte er, dass er von einem Monster gejagt wurde. Und seine Mutter, die Einzige, die ihm Schutz bieten könnte, war weit, weit weg.

NEUN

Das Schreien der Lachmöwen weckte ihn. Ein kurzer Blick auf den Wecker, den er gestern Abend aus einer unteren Schublade hervorgeholt hatte, zeigte, dass es erst 6.30 Uhr war. Unruhig wälzte er sich auf dem schweißnassen Leintuch seines Bettes herum, um eine bequeme Position zu finden, in der er die noch verbleibenden eineinhalb Stunden weiterschlafen konnte. Doch kaum war er wieder ins Reich der Träume hinübergeglitten, lieferten sich zwei Möwen direkt vor seinem Fenster ein Schreiduell. Es war zum Aus-der-Haut-Fahren! Normalerweise waren ihm die Viecher wurscht, auch wenn er, so wie heute, wegen der Hitze bei offenem Fenster schlief. Doch die bevorstehende Begegnung ließ ihn nicht mehr richtig Ruhe finden. Also stand er kurz vor sieben Uhr auf, trottete ins Bad und duschte, wobei er sich wieder einmal über das dünne Rinnsal, das aus dem Duschkopf tröpfelte, ärgerte. Er sollte endlich neue Wasserleitungen legen lassen, die bestehenden waren ziemlich verstopft. Danach warf er sich noch einmal aufs Bett und starrte ins Leere. Um neun Uhr hatte er einen Termin bei seinem neuen Klienten Philipp Mühleis. Lupino war nervös. Endlich einmal ein echter Fall für einen Privatdetektiv. Die paar Überwachungen von untreuen Ehemännern beziehungsweise Ehefrauen, mit denen er in den letzten Jahren etwas Geld verdient hatte, waren ja nicht wirklich eine Herausforderung für ihn, den Expolizisten, gewesen. Mit dem Fall des ermordeten österreichischen Buben war das schon etwas anderes. Nun wurde ein weiterer Knabe vermisst. Trieb ein Serienkiller hier im beschaulichen Venedig, in dem es außer in der einschlägigen Kriminalliteratur kaum nennenswerte Kapitalverbrechen gab, sein Unwesen? Jedenfalls war dieser Fall für Lupino endlich eine echte Aufgabe. Als kurz vor acht Uhr der Wecker läutete – er funktionierte tatsächlich noch –, sprang er aus dem Bett, zog sich an und machte sich auf den Weg zum Bäcker, wo er ein Panino integrale kaufte. Im Gegensatz zu den meisten seiner italienischen Landsleute liebte Lupino ein ausgiebiges Frühstück. Zurück in seiner Wohnung, goss er Wasser in die Bialetti-Espressomaschine, füllte den Metallfilter fast bis an den Rand mit Kaffee, schraubte das Ding zu und stellte es auf die bereits angezündete Gasflamme. Dann nahm er Butter, etwas Mortadella sowie eine Handvoll länglicher Pomodori aus dem Kühlschrank, die er gründlich wusch und abtrocknete. Gemeinsam mit der Mortadella und einem Stück Butter legte er sie auf einen Teller. Mittlerweile blubberte die Espressomaschine, und intensiver Kaffeegeruch erfüllte die Küche. Obwohl die Kommune von Venedig erstklassiges Trinkwasser in ihre Wasserleitung einspeiste, hatte Lupino doch immer eine Kanne mit einem Wasserfilter im Kühlschrank stehen. Aus ihr schenkte er sich ein Glas Wasser ein, und in eine kleine Mokkaschale goss er das köstlich schwarze Gebräu aus der Espressomaschine. Er drehte die Flamme des Gasherds ab und begann zu frühstücken. Das Frühstücksritual besänftigte seine Nerven. Und so konnte er sich mit ruhiger, sicherer Hand rasieren. Dann suchte er eine passende Krawatte aus dem Fundus seines Kleiderschranks. Wie lang hatte er sich schon keine Krawatte mehr umgebunden? Im Spiegel betrachtete er sich und war zufrieden. Ja, er würde einen guten Eindruck machen!

Die Familie Mühleis wohnte im Palazzo einer Principessa. Ein ziemlich verfallener Kasten in San Polo, dessen Dachgeschoss Ihre Durchlaucht renovieren und ausbauen hatte lassen. Dieses Luxusdomizil vermietete sie an Bekannte, Freunde und gelegentlich auch an Fremde, die man ihr empfohlen hatte. So geschehen bei der österreichischen Familie, die ihr von einem Familienmitglied, das beim italienischen TV-Sender Rai Uno arbeitete, empfohlen worden war. Die Familie Mühleis, Großvater und Großmutter, Vater und Sohn, die hier während der Dreharbeiten wohnten, waren nette, ruhige Leute. Nur manchmal, wenn Besuch aus Wien kam, wurde es abends etwas lauter. Sonst verließen vor allem Großvater und Vater oft schon zeitig in der Früh die Wohnung und kamen meist erst spätabends von den Dreharbeiten zurück. Währenddessen passte dann die Großmutter auf ihren Enkel auf. Das funktionierte auch so lange gut, bis eines Tages Johannes Mühleis verschwand. Die Großmutter war mit ihm an diesem Tag im Sestiere* San Marco zum Shoppen gegangen. Das war dem Elfjährigen nach eineinhalb Stunden zu langweilig geworden. Er wollte heim und Computerspielen. Seine Großmutter hatte ihm ihren Wohnungsschlüssel gegeben und eingeschärft, auf direktem Weg über die Accademia-Brücke und den touristischen Haupttrampelpfad, der zum Rialto führte, nach Hause zu gehen. Dort war das Kind aber nie angekommen.

All das erfuhr Lupino im Wohnzimmer der Dachwohnung des Palazzos, von der eine Doppeltür hinaus auf eine Terrasse führte. Die Großmutter, eine zarte, elegante Frau, hatte ihm all das mühsam mit Tränen kämpfend und gespickt mit Selbstvorwürfen erzählt. Ihr Mann ging inzwischen nervös in dem riesigen Raum auf und ab und rauchte eine Zigarette nach der anderen. Er schwankte zwischen Vorwürfen an seine Frau und tröstenden Bemerkungen, dass das alles sowieso Schicksal sei und dass man nichts machen könne. Philipp Mühleis saß gemeinsam mit

* Bezirk

seiner Frau auf einer breiten Ledercouch. Er machte hin und wieder sachliche Einwürfe und kümmerte sich sonst um seine Frau, die er in den Armen hielt. Sie weinte hemmungslos. Lupino hatte es sich in einem Fauteuil bequem gemacht und schrieb in einem kleinen Notizbuch die Fakten mit. Dann erkundigte er sich nach allen Details des Weges, den der Bub wahrscheinlich eingeschlagen hatte. Als er schließlich nach den Vorlieben des kleines Johannes fragte, herrschte lähmende Stille. Dann polterte der noch immer hin und her tigernde Großvater los:

»Na, was wird er schon für Vorlieben gehabt haben? Sie haben es eh schon gehört, Computer gespielt hat er für sein Leben gern.«

»Das italienische Eis hat er auch geliebt«, schluchzte die Großmutter. Und Philipp Mühleis fügte hinzu:

»Johannes war eher ein ruhiges, introvertiertes Kind. Stundenlang ist er vorm Computer gesessen.«

Der Großvater ergänzte:

»Wenn wir ihn zu den Dreharbeiten mitgenommen haben, hat er sich ganz besonders für die Kameratechnik und für alles, was der Ferry, unser Erster Kameramann gemacht hat, interessiert. Er wollte später selbst einmal Kameramann werden.«

Das war für die Mutter zu viel. Sie sprang auf und schrie ihren Schwiegervater an:

»Ihr mit eurer Scheißfilmerei! Wenn ihr hier in Venedig nicht drehen würdet, wäre Johannes noch am Leben.«

»Was heißt Scheißfilmerei? Damit verdienen dein Mann und ich unseren Lebensunterhalt! Das hat überhaupt nix mit dem Tod vom Johannes zu tun!«, brüllte der Großvater mit rotem Kopf zurück. Das Gesicht der Frau verzerrte sich zu einer Fratze:

»Ihr und Euer verdammtes Venedig! Ihr seid schuld! Ich wollte, dass Johannes in Wien bleibt!«

»Vera, ich bitte dich …«, versuchte Philipp Mühleis zu kalmieren, doch sie ließ sich nicht beruhigen.

»Du sei ganz still. Du hast zugestimmt, dass der Bub in dieses Land mitkommt. Ihr seid alle größenwahnsinnig und verrückt. Ihr musstet ja unbedingt diese internationale Produktion in Italien drehen. Für dieses Projekt geht ihr über Leichen. Sogar über die von Johannes!«

Sie sprang auf, stürmte hinaus und schlug eine Tür zu. Der Großvater zündete sich eine weitere Zigarette an und schrie ihr nach:

»In Wien hätte ihn auch ein Auto überfahren können.«

Philipp Mühleis kalmierte neuerlich.

»Papa, bitte! Das bringt doch nix.«

Und zu Lupino gewandt fuhr er fort:

»Ich glaub, das war's fürs Erste. Ich begleite Sie zur Tür.«

Dort steckte er dem Privatdetektiv ein Kuvert zu und sagte:

»1.000 Euro Anzahlung. Wie vereinbart bekommen Sie 300 Euro pro Tag plus Spesen.«

Lupino nickte, steckte das Kuvert ein und verabschiedete sich. Im Gehen hörte er den Großvater seine Frau anbrüllen:

»Jetzt fang du nicht auch noch damit an! In eurem Scheiß-Wien hätte dem Buben genauso was passieren können!«

ZEHN

Er hatte einen harten Tag hinter sich. Dreimal war er den Weg, den der kleine Johannes vor seinem Verschwinden nach den Angaben seiner Großmutter eingeschlagen haben musste, abgegangen. Johannes' Großmutter hatte zu Protokoll gegeben, dass sie sich von Johannes am Campo Santo Stefano getrennt hatte. Sie hätte ihm so lange nachgeschaut, bis er hinter der Chiesa San Vidàl verschwunden war. Von dort waren es nur mehr wenige Schritte bis zur Accademia-Brücke. Lupino ging also von der Brücke aus den touristischen Haupttrampelpfad, der über die Calle della Toletta, den Campo San Bárnaba, über den Rio di Ca' Foscari zum Campo dei Frari und weiter zum Campo San Polo führt. Dort hätte der Bub dann rechts abbiegen müssen, um heim in den Palazzo der Principessa zu gelangen. Dreimal hatte Lupino sich durch das Gewusel von Touristen gekämpft. Das letzte Mal in der größten Mittagshitze, in der sonst wirklich nur die Fremden unterwegs waren. Er hatte sich alle Besonderheiten dieses Weges notiert, die die Aufmerksamkeit des Buben erregen hätten können: die Technik-, Foto- und Computergeschäfte, die unzähligen Pizzerien und Trattorien, die Eistüten über die Straße verkauften, und natürlich die Spielzeuggeschäfte. Das dritte Mal war er den Weg gegangen, weil er nach einigem Nachdenken in der Bar am Fuße der Accademia-Brücke auch noch die Masken- und Karnevalskostümgeschäfte miteinbezog. Er beschloss, in den folgenden Tagen nach und nach alle diese Geschäfte abzuklappern. Dabei fiel ihm ein, dass er kein brauchbares Bild des Knaben hatte. Im Zuge ihres Streits hatte die Familie glatt vergessen, ihm eines mitzugeben. Am Nachmittag machte er dann seine übliche Fremdenführer-Tour rund um San Marco. Nun saß er in Marcellos Osteria und war geschafft. Im Gegensatz zu seinen sonstigen Gewohnheiten trank er Bier. Er fühlte sich förmlich ausgedörrt. Als er Luciana von seinem anstrengenden Tag erzählte und diese ihn für seine Tagesgage von 300 Euro bewundert hatte, läutete sein Handy. Es war Philipp Mühleis.

»Herr Mühleis, guten Abend, was kann ich für Sie tun?«

»Wie steht es mit Ihren Ermittlungen?«

»Mühsam, aber gut. Ich bin heute dreimal den Weg

von der Accademia nach San Polo samt allen Nebengassen abgegangen. Ich habe alle Geschäfte notiert, die die Aufmerksamkeit Ihres Sohns erregt haben könnten. Sie werde ich in den kommenden Tagen alle abklappern und jemanden suchen, der sich an Johannes erinnern kann. Zu diesem Zweck brauche ich übrigens ein aktuelles Foto von Johannes.«

»Kein Problem. Sie bekommen es morgen von mir.«

»Wann und wo?«

»Eine Bitte: Dürfte ich mit Ihnen mitgehen?«

Lupino war verblüfft. Warum wollte Philipp Mühleis sich das antun? Die Antwort bekam er umgehend:

»Wir haben morgen drehfrei, und ich halte es daheim bei meiner Frau und meinen Eltern nicht aus.«

Lupino grinste, vereinbarte mit ihm einen Treffpunkt am Campo San Polo und legte auf. Dann erzählte er Luciana, die kein Wort der auf Deutsch geführten Konversation verstanden hatte, den Inhalt des Telefonats. Sie tätschelte ihm die Wange und murmelte:

»Bravo Lupino. Bravissimo.«

Als wenig später dann die ersten Abendnachrichten über den kleinen TV-Schirm oberhalb der Bar flimmerten, versteinerte sich ihre Miene plötzlich. Mit der Fernbedienung drehte sie den Ton lauter. Und als die anderen Gäste die hektisch gesprochenen News der TV-Reporterin vernahmen, wurde es totenstill in der Osteria. Wieder war eine nackte Knabenleiche gefunden worden. Das ermordete Kind hieß Andrea Ponti, und die TV-Reporterin bezeichnete den Täter als Jack the Ripper von Venedig. Eine Formulierung, bei der die Anwesenden Gänsehaut bekamen.

ELF

Sein Handy läutete, Ranieri war dran. Er erkundigte sich, ob Philipp Mühleis sich gemeldet habe. Und ob er mit seinen Ermittlungen schon begonnen habe.

»Seit wann interessierst du dich für meine Arbeit?«

Lupino stand gerade in dem Geschäft eines Maskenherstellers und ärgerte sich über die junge Verkäuferin. Desinteressiert kaute sie an einem Kaugummi und sah sich das Bild des ermordeten Knaben gelangweilt an. Ihre Aussagen schwankten zwischen ja, vielleicht, vielleicht auch nicht, bis hin zu ich weiß nicht. Mühleis, der neben ihm stand, war fassungslos. Und jetzt rief auch noch Ranieri an. Als dieser merkte, dass sein Anruf ungelegen kam, lud er Lupino auf das beste Bier von ganz Venedig ein.

»Und wo soll es das geben?«

»Fondamenta Zattere ai Gesuiti. In der Gelateria

und Bar dort. Heute Nachmittag um fünf Uhr. Du bist mein Gast. Ciao, Wölfchen.«

Bevor Lupino ihm eine Gemeinheit erwidern konnte, hatte der Kommissar schon aufgelegt. Lupino wandte sich wieder der jungen Verkäuferin zu und fragte sie, wie oft sie denn in der Woche hier arbeite. Diese verdrehte die Augen und antwortete, dass sie hier eigentlich gar nicht arbeite, sondern nur ein paar Tage lang aushelfe, da ihre Tante eine Sommergrippe habe. Lupino übersetzte Philipp Mühleis diese Auskunft. Der bekam einen roten Kopf und brüllte:

»Scheiße!«

Lupino schob ihn aus dem Geschäft hinaus und bat ihn, sich zu beruhigen. Dann ging er noch einmal zu der Verkäuferin und bat sie unter Zuhilfenahme seines Charmes um die Telefonnummer ihrer Tante. Die gab sie ihm nicht, wählte deren Nummer aber auf ihrem Handy. Als die Tante abhob, erklärte sie ihr kurz den Sachverhalt und überreichte dann Lupino das Handy. Dieser appellierte an das Mitgefühl der Signora. Das half, und sie willigte ein, dass er kurz mit dem Bild des toten Buben bei ihr vorbeischauen könne. Sie habe ein gutes Personengedächtnis, und wenn der Bub tatsächlich in ihrem Geschäft gewesen war, würde sie sich an ihn erinnern. Lupino bedankte sich, verließ das Geschäft und suchte mit Philipp Mühleis die Signora auf. Zur Überraschung der beiden erinnerte sie sich an Johannes. Und zwar, wie er vor circa einem Monat mit seiner Großmutter bei ihr im Geschäft war. Der

Bub hatte sich eine weiße, schnabelförmige Maske ausgesucht. Als Philipp Mühleis das hörte, fing er hemmungslos zu weinen an. Die Signora, die stark verschnupft war, tätschelte ihm voll Mitleid den Oberarm und murmelte, einen Niesanfall unterdrückend:

»Mi dispiace … mi dispiace. Povero padre …*«

Als Lupino zu der Gelateria am Fondamenta Zattere ai Gesuiti kam, glitt gerade ein riesiges Kreuzfahrtschiff durch den Kanal von Giudecca. Es wirkte wie ein Wolkenkratzer neben den bei Weitem nicht so hohen historischen Gebäuden des Dorsoduro. Lupino nahm auf der ins Wasser vorgebauten Terrasse der Gelateria Platz und genoss das Schauspiel. Als das Schiff vorbeigefahren war, ließ er den Blick über die breite Wasserstraße streifen und dachte sich: Eigentlich ist das kein Kanal, sondern ein Stück offenes Meer. Und die Insel Giudecca vis-à-vis wirkte wie die Küste eines fernen Landes. Da Ranieri nicht pünktlich und er selbst ziemlich müde war, bestellte er sich einen Espresso doppio und beobachtete den regen Schiffsverkehr. Das entspannte ihn so sehr, dass er einnickte.

»Schau an: Der böse Wolf ist müde geworden.«

Lupino war mit einem Schlag wach. Verdammt! Gerade vor Ranieri wollte er sich keine Blöße geben.

»Ludwig, fick dich«, knurrte er. Ranieri antwortete lachend:

* Es tut mit leid … Sie armer Vater …

»Hat mein kleiner Scherz dich verletzt? Mensch, dat tut mir leid.«

Ranieri bestellte zwei Flaschen Birra Dolomiti, und Lupino musste ihm recht geben, dass dieses Bier wirklich ganz ausgezeichnet schmeckte. Ranieri erzählte ihm bei einigen weiteren Bieren, dass sie mit den Ermittlungen nicht vorankamen. Er und seine Leute hatten alle, die sich auch nur das kleinste Sexualdelikt hatten zuschulden kommen lassen, überprüft. Weiters waren sie unzähligen Hinweisen aus der Bevölkerung nachgegangen. Ein Spezialist für Kinderpornografie des Innenministeriums in Rom war auf Anordnung des Vicequestore zusätzlich in die Ermittlungen eingebunden worden. All das hatte nichts gebracht und ließ für ihn nur den Schluss zu, dass dieser Verrückte wahrscheinlich ein Fremder sei. Ein Einzeltäter, der nach Venedig gekommen war und hier seine perversen Neigungen auslebte. Die Überprüfung der Fremden, die sich in den letzten Monaten in Venedig niedergelassen hatten, laufe noch. Vielleicht würde dieser Ermittlungsansatz ein Resultat bringen. Bei einer weiteren Flasche Birra Dolomiti erzählte Lupino von seinen eigenen Recherchen. Von der Rekonstruktion des letzten Weges, den der Junge gegangen war. Und auch davon, dass sich die Geschäftsinhaberin an den Buben erinnert hatte. Allerdings, wie er gemeinsam mit seiner Großmutter einige Zeit vor seinem Verschwinden in dem Maskenladen war. Ranieri gab zu, dass auch das ein interessanter Ansatz sei, und bat Lupino, ihn, sobald er irgendetwas Neues entdeckte, sofort zu verständigen. Und da es ein verdammt schwüler Abend war, tranken sie jeder eine weitere Flasche Birra Dolomiti. Plötzlich verkrampfte sich Ranieri. Seine Augen wurden schmal und der Mund verkniffen. Lupino folgte Ranieris Blick und sah die TV-Reporterin Ornella Felducci, die den Begriff ›Venedig-Ripper‹ geprägt hatte, gemeinsam mit einigen ihrer Kollegen zwei Tische weiter Platz nehmen. Ranieri fauchte:

»Diese doofe Schlampe. Die macht mit ihrem ›Venedig-Ripper‹-Gesülze die ganze Stadt rebellisch.«

Schwankend stand er auf und ging auf den Tisch der Journalisten zu. Lupino war wie versteinert. Fassungslos sah er mit an, wie Ranieri Ornella Felducci anpöbelte, einem ihrer Kollegen, der ihn abdrängen wollte, einen Schlag versetzte und schließlich in eine handfeste Rauferei geriet, die von einem Fotografen mit unzähligen Blitzaufnahmen festgehalten wurde. Die Kellner der Gelateria, die Ranieri offensichtlich kannten, taten ihr Bestes, um die Lage zu beruhigen. Nach kurzer Zeit erschienen dann auch Ranieris Kollegen. Lupino stand auf und ging grußlos. Mit dieser Geschichte wollte er nichts zu tun haben.

ZWÖLF

Marco strengte sich in der Schule an. Schließlich wollte er seinen Job bei Signor Veneto nicht aufs Spiel setzen. Und auch die Hitze, die für September erstaunlich war, machte ihm nichts. Denn schließlich bekam er nach dem Unterricht Mineralwasser, Cola und auch Eis, so viel er wollte. Ja, Bruno Veneto hatte den Jungen wirklich gern. Er war aufgeweckt, unglaublich gut im Kopfrechnen und äußerst hilfsbereit. Marco verkaufte nicht nur Eis, sondern half dem Bäckermeister auch Pizza zu belegen, schnitt Pizzastücke ab und verkaufte sie genauso flink wie das Eis und die gekühlten Getränken. Die Touristen mochten diesen fröhlichen Bengel ebenso wie die Leute aus der Umgebung. Die alte, krummbeinige Signora Umberti nannte ihn, wenn sie nachmittags um drei Uhr ein Eis bei ihm kaufte, immer: »Luce di sole.*« Und sogar Signor Smith, der ernste, schweigsame Vertreter von Signor Cecchetti, lächelte manchmal, wenn Marco ihm eine Pizzaschnitte servierte. Zuerst war dieser stille, bleiche Mann, der da auf einem Barhocker in der Ecke der winzigen Pizzeria saß, Marco unheimlich gewesen. Doch dann beobachtete er, dass Signor Veneto recht froh war, nachmittags einen Stammgast hier sitzen zu haben, mit dem er hin und wieder ein wenig plaudern konnte. Nach und nach gewöhnte sich Marco an das merkwürdige

---

* Sonnenschein

Italienisch, das Signor Smith sprach. Es war irgendwie altmodisch, hatte eine amerikanische Klangfärbung, und manchmal fielen dem Fremden gewisse Ausdrücke nicht ein. Marco machte es sich zur Gewohnheit, ihm dabei auf die Sprünge zu helfen. Er krähte einfach das Wort, nach dem der Fremde suchte, lauthals hinaus. Wenn er mit seiner verbalen Hilfestellung richtig lag, erntete er jedes Mal ein dünnes Lächeln. Schließlich begann der Fremde, bevor er um 16 Uhr in seine Werkstatt zurückkehrte, ihm regelmäßig einen Euro Trinkgeld – er nannte es Tip – zu geben. Das beflügelte Marco, den Fremden noch aufmerksamer zu bedienen. Wenn dieser gegen 14 Uhr im Pizzaladen aufkreuzte, stellte er ihm, ohne eine spezifische Bestellung abzuwarten, eine große Cola mit extra vielen Eiswürfeln hin. Dann fragte er ihn, welche Pizza er heute wolle, und Signor Smith entschied sich meist für ein Stück Cardinale. Später folgte in der Regel eine Diavolo. Den Schlusspunkt bildete immer eine Quattro Formaggi. Manchmal, wenn der Fremde gut aufgelegt war, ließ er sich von Marco auch noch einen Becher Eis servieren. Doch das geschah nicht sehr oft. Marco merkte, dass Signor Smith oft völlig in Gedanken versunken war und ins Leere starrte. Manchmal hatte er dabei einen so harten Blick, dass es Marco schauderte. Richtig ins Herz schloss er Signor Smith allerdings erst, als ihm dieser ein heißes, voll belegtes Pizzablech auffangen half. Marco hatte es aus dem elektrischen Pizzaofen genommen und dabei seine Körperkräfte überschätzt. Seine dünnen Arme zitterten unter dem Gewicht des Blechs, seine Füße klebten wie angewachsen am Boden. Signor Veneto konnte nicht helfen, da er gerade hinten in der Backstube Teig knetete. Marcos Augen wurden vor Panik immer größer, als sich das Blech ganz langsam nach links, dort wo er weniger Kraft in der Hand hatte, neigte, und die Riesenpizza in Richtung Boden zu rutschen begann. Vor Entsetzen brachte Marco keinen Laut heraus. Plötzlich kamen ihm die kräftigen Hände des Fremden zu Hilfe. Er packte das heiße Blech, ohne eine Miene zu verziehen, an und stellte es auf die Verkaufstheke. Marco atmete erleichtert durch, streifte die Schutzhandschuhe ab und murmelte:

»Mille grazie.*«

Signor Smith lächelte sein dünnes Lächeln und hielt die verbrannten Hände unter einen kalten Wasserstrahl hinter dem Tresen. Nach zwei Minuten kehrte er, so als ob nichts geschehen wäre, an seinen Stammplatz zurück. Dort nahm er einen großen Schluck Cola und starrte danach ins Leere. Marco näherte sich ihm vorsichtig und fragte mit ängstlicher Stimme, ob er sich sehr wehgetan hätte. Die bernsteinfarbenen Augen des Fremden fixierten ihn. Dann erklärte ihm Signor Smith mit leiser Stimme, dass man Schmerz ertragen lernen müsse. Das ganze Leben sei Schmerz. Nichts als Schmerz. Das müsse ein Mann durchstehen. Diese Antwort imponierte Marco. Und er fühlte sich ab die-

* Vielen Dank.

sem Zeitpunkt in der Gegenwart des Fremden sicher. Ein Gefühl, das in Zeiten wie diesen für einen Knaben seines Alters nicht selbstverständlich war. Schließlich trieb der ›Venedig-Ripper‹ sein Unwesen. Ein Faktum, das ihm seine Mutter täglich aufs Neue einschärfte. Sie übertrieb ihre Warnungen so sehr, dass der Mörder Marco sogar bis in die Träume verfolgte. Doch der konnte ihm jetzt nichts mehr anhaben. Schließlich hatte er einen starken Freund gefunden: Signor Smith.

DREIZEHN

Hinter den morgendlichen Dunstschleiern kroch im Osten die blutrote Sonne über die dumpf braunen Fluten der Lagune empor. Verschlafen beobachtete er im Wasser der Lagune einen ziemlich großen Teppich von abgestorbenen Algen vorbeitreiben, in dem sich Plastikflaschen und anderer Dreck verfangen hatten. Bei dem Gedanken, dass er gestern eine riesige Portion Muscheln verschlungen hatte, die aus diesem Dreckgewässer stammten, wurde er ganz blass im Gesicht. Und als sich ein unangenehmes Gefühl in seinem Magen breitmachte, murmelte er: »Kein Wunder, dass die Venezianer das Zeug Cozze nennen.«

»Was murmelst du da?«, fragte ihn Sissy, die als Scriptgirl am Set arbeitete und unmittelbar neben ihm saß.

»Ich glaub, ich muss mal«, stöhnte Bender und stand wankend auf. Sissy grinste und deutete auf die verfallenen Gemäuer, die früher einmal ein Bauernhaus gewesen waren.

»Geh dort in die Ruine rein. Ich war vorher schon drinnen. Stinkt ein bisserl, aber es schaut einem keiner zu.«

Bender wankte hin, schaffte es aber nur bis an die Außenmauer. Dort erbrach er in einem armdicken Strahl die Reste der Cozze und des grauenhaft fetten Tiramisu, das er danach gegessen hatte. Er schüttelte sich vor Ekel. Sein Mund schmeckte nicht nur nach säuerlichen, halbverdauten Speisen, sondern auch nach Weißwein und Grappa. Pfui Teufel! Gestern hatte er viel zu viel Grappa getrunken. Neuerlich würgte es ihn, und er erbrach nochmals. Allerdings nur mehr ein armseliges, gelbliches Zeug, das widerlich bitter schmeckte.

»Scheiß italienischer Fraß!«, grantelte Bender und freute sich, dass er in etwas mehr als vier Wochen wieder in Wien sein würde. Eine unglaubliche Sehnsucht packte ihn. Nach Wiener Schnitzel, Erdäpfelsalat, Leberkäse und Burenwürsten. Warum hatte er sich das eigentlich angetan, diesen Dreh in Italien? Finanziell hatte er ihn bei Gott nicht nötig. Schließlich war er der Sohn eines Industriellen, der ihm nach seinem Ableben ein beachtliches Vermögen hinterlassen hatte. Da Bender ein recht geschicktes Händchen im Umgang mit Geld und mit Aktien hatte, konnte man ihn mit Fug und Recht einen reichen Mann nennen. Trotzdem: Die Kunst, das kreative Schaffen, die Arbeit als Regisseur reizten ihn immer noch. Schließlich sah er sich selbst nicht als reichen Geldsack, sondern als Künstler. Und Künstler mussten in Ausübung ihrer Tätigkeit Opfer bringen. Seufzend knöpfte sich Bender den Hosenladen seiner 501 Jeans auf und urinierte in eine riesige Distelstaude. Sein Blick schweifte an dem Gemäuer vorbei über die kleine, verwahrloste Insel, über schäumendes, graubraunes Wasser und die Gruppe von Booten, die sie für diesen morgendlichen Dreh gemietet hatten. Zum dritten Mal wurde eine Verfolgungsszene mit Motorbooten in der Lagune vorbereitet. Bender hoffte, diese blöde Szene nun in den Kasten zu bringen. Dann könnten sie zurück nach Venedig, wo er sich sofort auf sein Zimmer begeben würde. Jalousien herunter, ins Bett fallen und schlafen. Und das Schild ›Please do not disturb‹ an der Tür. Als er an den Set zurückgekehrt war, warteten schon alle auf ihn. Übellaunig grummelte er:

»Fahr ma, Euer Gnaden! Film ab!«

Ächzend ließ er sich in seinen Regiesessel fallen und beobachtete auf den Monitoren die Aufnahmen der insgesamt drei Kameras. Als die Szene fast perfekt abgedreht war, tuckerte plötzlich ein fremdes Boot ins Bild. Bender sprang auf und brüllte:

»Scheiße!«

Und zwar so laut, dass es quer über die Lagune schallte. Blass vor Wut, sackte er in sich zusammen und ließ sich in den Regiesessel fallen. Leise fragte er:

»Wo ist der Mühleis?«

»Der junge oder der alte?«

»Beide.«

»Der alte ist draußen bei den Booten. Und der junge kommt gerade mit dem Catering-Boot an.«

Philipp Mühleis erschien elegant gekleidet und schlecht rasiert wie immer. Seine Helfer schleppten Kannen und Behälter mit Trink- und Essbarem an. Als Mühleis zu Bender und seiner Crew kam, brüllte ihn der Regisseur an:

»Philipp, du Oasch! Mit deinem Scheiß-Catering-Boot hast du mir die Szene g'schmissen. Ich lass dich an den Eiern aufhängen.«

Mühleis blieb wie versteinert stehen, setzte sich auf einen freien Sessel neben Bender, vergrub sein Gesicht in den Händen und begann zu weinen. Aus seiner Hosentasche rutschte die Morgenausgabe des ›Il Gazzettino‹. Die Zeitung blieb am Boden zwischen Zigarettenstummeln, Ziegelsplittern, Schotter, Unkraut und Kronenkorken liegen. Das Titelbild war gut sichtbar. Es zeigte Ranieri, wie er einem Reporter mit der Faust ins Gesicht schlug.

VIERZEHN

Ranieri saß in einem Vaporetto der Linie 52; am Heck in dem engen, nicht verglasten Teil des Bootes, dort, wo einem Fahrtwind, Gischt und der Dieselgeruch des Schiffsmotors umgaben. Sein Haar war zerrauft, seine Gedanken verwirrt. Warum hatte ihn der Vicequestore Knall auf Fall vom Dienst suspendiert? Wegen der kleinen Streiterei gestern Abend in der Gelateria? Lächerlich! Das konnte nicht die wahre Ursache sein. Irgendwer in der Questura hatte da gegen ihn intrigiert. Und als er so nachdachte, wurde ihm bewusst, dass er eigentlich keine Freunde hatte. Seit Vizequestore Mastrantonio Lupino gefeuert hatte, war er allein auf weiter Flur. Keine Freunde, viele Feinde. Seine Lust zu spotten, seine Einzelgänge bei Ermittlungen und natürlich auch seine Erfolge hatten ihn nicht unbedingt in den Reihen seiner Kolleginnen und Kollegen beliebt gemacht. Jetzt hatten sie ihm ein Bein gestellt. Er mochte sie alle nicht. Und plötzlich war er froh, dass er diese Gesichter eine Zeit lang nicht mehr sehen musste. Ohrfeigen könnte er sie: Signora Orsetto, die fette Sekretärin, die wie eine Kröte im Vorzimmer Mastrantonios saß und diesem tausend giftige Ratschläge gab. Oder seine Kollegin Silvana Viti, die ihm seinen Instinkt und seine Intuition neidete und die den Vicequestore mit ihren langen Beinen, die sie gern in unverschämten Minis zur Schau stellte, verwirrte. Oder seinen Assistenten Enrico Botterolli, der ganz verrückt danach war, endlich einmal zwischen diesen verdammt langen Beinen landen zu dürfen. »Puttanella*«, knurrte Ranieri, als ihm ein paar Tropfen Gischt ins Gesicht spritzten. Tadelnd sah ihn eine ältere neben ihm sitzende Frau an. Er murmelte ein beschämtes »Scusi« und ballte dabei die Faust. Am liebsten würde er Silvana ihren wohlgeformten Hintern versohlen. Und er erinnerte sich, wie sich dieser Hintern vor einer Stunde aufreizend gedreht und gewendet hatte: im Büro des Vicequestore, als der Spezialermittler aus dem Innenministerium in Rom mit den ›Venedig-Ripper‹-Ermittlungen betraut worden war. Ein junger, strubbelig pomadisierter Schnösel in Armani. Der hatte Silvanas Hintern zum Rotieren gebracht. Aufgeregt war sie mit ihren Stilettos auf und ab stolziert. Und Mastrantonio, der alte Trottel, war auch ganz hin und weg gewesen. Ausnahmsweise hatte er Ranieri nicht angebrüllt, sondern nur gedankenverloren vor sich hin gebrabbelt, dass er vorläufig vom Dienst suspendiert sei, Waffe und Ausweis abgeben und sich zur Verfügung halten solle. Dies sei nur zu seinem Besten. Bis man die unappetitliche Affäre vergessen hatte. Was für eine unappetitliche Affäre? Nur weil er ein paar Skandaljournalisten öffentlich die Meinung gesagt hatte? Lächerlich! Jetzt leitete der Armani-Schnösel den Fall. Strubbelköpfig, mandeläugig und sanft. Das würde ein Fiasko werden. Ranieri lachte bitter. Wieder sah ihn die ältere

* Kleine Hure

Dame zweifelnd an. Dann schüttelte sie missbilligend den Kopf, stand auf und verschwand ins Innere des Vaporettos. Ranieri wäre am liebsten aufgesprungen und hätte ihr nachgeschrien: »Ich bin nicht verrückt! Ich bin nur vom Dienst suspendiert!«

Er beherrschte sich aber und blieb ruhig sitzen. Die Augen geschlossen, atmete er tief durch.

Später, als er die Augen wieder öffnete, sah er in der Ferne San Giorgio Maggiore und dahinter Santa Maria della Salute. Ein Sonnenstrahl durchbrach die Regenwolken und tauchte die ferne Stadt in eine kitschig gelbe Lichtaura, die einem Heiligenschein glich. Ranieri musste lachen. Venedig mit Heiligenschein. Ein Witz.

Rumpelnd legte das Vaporetto am Lido an. Ranieri schreckte aus seinen Gedanken hoch und stieg aus. Zielstrebig steuerte er auf die Gran Viale Santa Maria Elisabetta zu, die Richtung Meer führte. Er hatte Sehnsucht nach endloser Weite, nach grauen wogenden Wassermassen und salziger Meeresluft. Er würde den Tag heute am Lido verbringen. Und abends dann wie nach einem normalen Arbeitstag nach Hause kommen. Seiner Frau würde er vorläufig nichts erzählen, da sie sich ständig Sorgen über tausend Kleinigkeiten machte. Zuvor wollte er sich jedoch noch einen Caffè corretto gönnen. Deshalb kehrte er in ein Caffè ein, dessen Besitzer er ganz gut kannte. Er wurde herzlich begrüßt. Der heiße, alkoholhaltige Kaffee wärmte seinen Magen. Er schloss die Augen und genoss dieses

Gefühl. Als er die Augen wieder öffnete, sah er sich gelangweilt im Lokal um. Etwas weiter vorn auf der Theke erblickte er die Morgenausgabe des ›Il Gazzettino‹. Die Titelseite der Regionalausgabe war aufgeschlagen. Und was er sah, gefiel ihm gar nicht: Ein Bild von ihm, wie er mit wutverzerrtem Gesicht auf einen Journalisten losging, zierte als Aufmacher die Seite. Er wurde blass. Verschämt drehte er die Zeitung um. Der Besitzer aber brachte ihm unaufgefordert einen weiteren Caffè corretto. Er zwinkerte ihm zu und sagte grinsend: »Commissario! Bravo! Con i giornalisti bisogna usare il pugno di ferro!*«

FÜNFZEHN

Fünf Euro und 73 Cent Trinkgeld! Dabei war er heute in Hochform gewesen und hatte die Gruppe von alten Schachteln aus Deutschland ständig zum Schmunzeln und manchmal auch zum Lachen gebracht. Er hatte seinen Charme spielen lassen und hatte auch nicht davor zurückgeschreckt, mit einigen dieser Schreckschrauben

* Bravo Kommissar! Im Umgang mit den Journalisten braucht man eine harte Hand.

zu flirten. Wenn er jetzt daran dachte, überkam ihn das unheimliche Verlangen, diesen Vogelscheuchen nachzulaufen und ihnen das Trinkgeld in die Ausschnitte ihrer billigen T-Shirts zu stopfen. Fünf Euro und 73 Cent! So eine Frechheit! Mit Gönnermiene hatten sie ihm am Ende der Führung ihre zehn- oder 20-Cent-Stücke in die Hand gedrückt. Und auch die nette Oma, die mit ihm so fröhlich geschäkert hatte, hatte nicht mehr als 50 Cent locker gemacht. Scheißjob! Er fragte sich, warum er sich immer wieder überwand und vor den verdammten Touristen den charmanten Venezianer spielte, der sie voll Stolz durch seine Stadt führte. Darauf geschissen! Einen Haufen so groß, dass er alle Gletscher der Alpen in den Schatten stellte. Diese Touristen! Nirgends konnte man mehr in Ruhe spazieren gehen. Überall drängten sich verschwitzte und blöd gaffende Horden durch die Stadt. Selbst in die entlegensten Bars und Lokale quoll diese amorphe Touristenmasse. Sie überflutete alles, was ihm an Venedig lieb war. Lupino hasste sein Leben. Warum war seine Mutter nicht nach Milano oder Roma gegangen und hatte ihn dort zur Welt gebracht? Okay, in Rom hatten sie auch viel Tourismus. Aber die Stadt war groß, sehr groß. Dort verteilten sich die Touristenströme besser. Als Römer hatte man immer noch Gegenden, in die man sich zurückziehen konnte. Aber in Venedig? In dieser auf Sandbänken, Sümpfen und Wasser errichteten Kleinstadt konnte man nirgendwohin flüchten. Kein Entkommen vor den Barbaren. Übellaunig polterte er in Marcellos Osteria. Luciana, die allein hinter der Bar stand, begrüßte ihn mit einem mehr gemaulten als zugerufenen »Ciao!«. Er stieß als Antwort einen Grunzer aus und lümmelte sich an die Bar. Wortlos griff Marcellos Schwester zur Weißweinflasche, schenkte ein Glas ein und schob es Lupino hin, ohne ihn dabei anzusehen. Ihr Blick hing gebannt an dem kleinen TV-Gerät im Eck oben, in dem eine Reportage über den ›Venedig-Ripper‹ lief. Lupino machte einen Schluck. Der Wein brannte wie Säure seine Speiseröhre hinunter, sodass er unwillig das Gesicht verzog. Was für ein verschissener Tag! Nicht einmal der Ribolla Gialla schmeckte ihm heute. Vielleicht sollte er überhaupt mit dem Saufen aufhören? Trübsinnig stierte er auf das Fernsehgerät. Philipp Mühleis kam ihm in den Sinn, und sein Pflichtbewusstsein meldete sich. Sollte er nicht lieber, statt hier herumzuhängen, in San Polo und im Dorsoduro unterwegs sein und nach Spuren des ermordeten Mühleis-Knaben suchen? Scheiß drauf! Davon wird der auch nicht mehr lebendig. Und ob er heute oder vielleicht morgen oder irgendwann nächste Woche eine Spur fand, war egal. Automatisch nahm er einen Schluck Wein und siehe da, nun brannte er nicht mehr. Ein angenehmer Geschmack machte sich am Gaumen breit, und plötzlich sah er alles nicht mehr so schwarz. Morgen würde er sich wieder voll in die Nachforschungen stürzen. Morgen, wenn er gut ausgeschlafen und fit war. Er nahm noch einen Schluck und stellte mit Bedauern fest, dass das Glas nun fast leer war. Morgen würde er es wieder anpacken … Und als er an Philipp Mühleis dachte, tauchte dessen Gesicht plötzlich auf dem Bildschirm auf. Zuerst glaubte Lupino eine Vision zu haben, aber dann vernahm er ganz deutlich Mühleis' Stimme, die in erregtem Tonfall vor sich hin schimpfte:

»Ich verstehe überhaupt nicht, warum die Polizei in Venedig nichts unternimmt. Man vertröstet, beruhigt, verschleiert. Und der einzige Mann in der Questura, der ernsthafte Ermittlungen im Fall meines ermordeten Sohnes angestellt hat, Commissario Ranieri, wurde vom Dienst suspendiert. Ich schaue da nicht länger tatenlos zu. Deshalb habe ich einen Privatdetektiv engagiert, der binnen weniger Tage schon Ergebnisse bei seinen Nachforschungen erzielen konnte …«

Der TV-Reporter hatte Mühleis' deutschsprachige Suada ins Italienische übersetzt, und als die Sprache auf den Privatdetektiv gekommen war, schaute Luciana plötzlich Lupino an. Wortlos griff sie zur Weinflasche und schenkte nach. Dann musterte sie ihn prüfend und fragte, ob er der Privatdetektiv sei. Lupino zuckte mit den Schultern und murmelte ein leises »Si«. Plötzlich fuhr Lucianas Zeigefinger über seinen Handrücken. Und mit einem breiten Grinsen sagte sie:

»Allora … il nostro Lupino è un vero detective.*«

---

* Na bitte … unser Lupino ist ein echter Detektiv …

SECHZEHN

Ruhigen Schrittes steuerte Donald B. Crumb die Bootsanlegestelle an, wo Joe auf ihn wartete. Joe hieß eigentlich Ettore Nono und war bis vor einem Monat selbstständiger Wassertaxi-Unternehmer gewesen. Dann hatte er seine drei Boote an Donald B. Crumb verkauft. Nicht, weil er es unbedingt wollte oder finanziell nötig gehabt hätte, sondern, weil ihm Crumb sehr viel Geld geboten hatte. Nun war Ettore Nono Crumbs Angestellter und wurde Joe gerufen. Trotzdem bereute Ettore den Deal nicht. Er hatte nun keine Schulden mehr, seine Frau besaß einen neuen Pelzmantel und seine Geliebte ein brandneues Alfa Romeo Cabrio samt sündteurem Garagenplatz an der Piazzale Roma. Donald B. Crumb ließ sich von Joe nur unwillig ins Boot helfen, denn er hasste es, berührt zu werden. Er mochte es auch nicht, wenn jemand seinen Ralph Lauren Blazer berührte. Dieser war eine Maßanfertigung, die der gute alte Ralph ihm persönlich auf den Leib geschneidert hatte. Für einen fünfstelligen Dollarbetrag. Yes, Sir! In den USA kannte er jeden, der wichtig war. Und alle, die wichtig waren, kannten Donald B. Crumb. Mit einem Seufzer der Erleichterung ließ er sich auf die Sitzbank des Bootes fallen, das mit tuckerndem Dieselmotor ablegte. Versonnen betrachtete er die historischen Gebäude, an denen sie entlang fuhren. Einmal in Venedig leben! Diesen Jugendtraum erfüllte er sich nun. Ein Glücksgefühl durchströmte ihn. Er schloss die Augen und genoss den Gifthauch der Kanäle, als wäre es Chanel N° 5.

Abrupt wachte er aus seinen Gedanken auf, als Joe das Boot in die dafür vorgesehene Einfahrt des Palastes tuckern ließ. Das riesige Gebäude aus dem XVII. Jahrhundert hatte Donald B. Crumb vor drei Jahren erworben. Über 30 Millionen Dollar hatte er in die Renovierung des alten Kastens investiert. Ja, er war ein Mann, der langfristig vorausdachte und plante. Und der seine Visionen umsetzte. Wenn er vor drei Jahren irgendjemandem, seiner Frau zum Beispiel, gesagt hätte, dass sie mit den Kindern in einem venezianischen Palast wohnen würden, hätte sie ihn wahrscheinlich ›a fuckin' fool‹ genannt. Meine Frau, dachte er und seufzte: »Oh my god.«

Maria Shelly O'Connor-Crumb wurde seit ihrer Highschoolzeit nur MSO gerufen. Sie stammte aus einer alten Bostoner Familie, die ›absolutely not amused‹ war, als sie sich vor nunmehr 15 Jahren mit Donald B. Crumb verlobt hatte. Obwohl er schon damals über ein beachtliches Vermögen verfügt hatte, nahm ihn ihre arrogante Sippe nicht ernst. Zu ihrer Hochzeit kamen sie mit steinernen Mienen und verließen kurz nach der Trauung die Hochzeitsfeier. Erst als er, Donald B. Crumb, Senator Tim O'Connor, dem Bruder ihres Vaters, in einer mehr als peinlichen Situation maßgeblich half, normalisierte sich das Verhältnis zum O'Connor-Clan. Donald B. Crumb musste grinsen, als er sich an Tim O'Connors verzweifelte Situation erinnerte: Er hatte eine am Straßenstrich verdeckt ermittelnde Polizistin in sein Auto einsteigen lassen, um mit ihr einen Quickie auf dem Rücksitz zu machen. Als der Senator seine Hose geöffnet und heruntergezogen hatte, wurde die Autotür aufgerissen, und zwei Kollegen der Polizistin nahmen ihn fest. In Unterhosen und Handschellen war der Senator dem Untersuchungsrichter vorgeführt worden. Donald B. Crumb hatte die fatale Situation auf seine Weise gelöst. Er hatte die Polizistin zur Obersten Sicherheitsbeauftragten in einem von ihm kontrollierten Konzern gemacht. Ihre beiden Kollegen schieden ebenfalls aus dem Polizeidienst aus. Einer machte sich als Autohändler selbstständig, nachdem Donald B. Crumb ihm eine Ford-Werksvertretung und ein Startkapital von 500.000 Dollar verschafft hatte. Dem zweiten Polizisten half er einen Lebenstraum zu erfüllen. Er finanzierte ihm eine Reise nach Brasilien, wo sich der Kerl zu einer Frau umoperieren ließ. In die Staaten zurückgekehrt half er dem Transsexuellen beim Beschaffen neuer Papiere und finanzierte ihm ein Nagelstudio, in dem der ehemalige Detective nun fremden Frauen die Nägel feilte. Donald B. Crumb seufzte, als er in den Salon seines Palazzos trat und seine Frau auf einer Chaiselongue liegen und Modemagazine studieren sah. Ihr fünfjähriger Sohn Eric saß davor auf dem Teppich und schnipselte lustvoll in Mommys Zeitschriften herum. Donald B. Crumb hob seinen Sohn hoch, gab ihm einen liebevollen Klaps, worauf dieser auflachte und Daddys schüttere Haarpracht zerraufte. Seine Frau sah kurz zu ihm auf, murmelte »Hi!« und studierte dann weiter die Vogue. Er seufzte neuerlich. Nicht, dass es ihm etwas ausmachte, dass sie sich fast ausschließlich für Mode interessierte und dass ihr einziges Hobby Shopping war. Das war ihm egal, er konnte es sich leisten. Während der kleine Eric nun versuchte, ihm mit einem Finger ins Auge zu fahren und er dem Kinderfinger ständig ausweichen musste, bedauerte er zutiefst, dass sich seine Frau so überhaupt nicht mit den beiden Söhnen beschäftigte.

»Where is Bobby?«, fragte Crumb, doch er bekam nur ein Achselzucken zur Antwort. Vorsichtig setzte er Eric zurück auf den Teppich und griff nach einer silbernen Klingel, mit der er im Palazzo nach Bediensteten läutete. Umgehend erschien sein Butler, der ihm mitteilte, dass Bobby vor circa zwei Stunden den Palazzo allein verlassen hatte. Mitsamt seinem Fußball. Er wollte in der näheren Umgebung mit anderen Jungs kicken. Ganz leise Sorge stieg in Donald B. Crumb auf. Er fragte, ob irgendwer seinen Sohn begleitet hätte. Das Kindermädchen? Nein, die hatte diesen Nachmittag frei. Italo, Joes Angestellter, mit dem sich Bobby auf Anhieb verstanden hatte und der ihn mit dem Motorboot zu Freunden und auch sonst überall hin fuhr? Nein, Italo musste Besorgungen für

Madame machen. Langsam kroch Panik in Donald B. Crumb hoch. Ja, waren denn alle crazy? Hörte niemand Radio, sah niemand fern oder las die Tageszeitungen? Der ›Venedig-Ripper‹ trieb sein Unwesen in der Stadt. Und alle hier Versammelten ließen seinen Sohn einfach aus dem Palazzo spazieren, ganz ohne Aufsicht oder Begleitung. Donald B. Crumb bekam einen roten Kopf und ließ augenblicklich alle Bediensteten antreten. Nach einer kurzen Maßregelung und dem strikten Auftrag, keinen seiner Söhne allein aus dem Haus gehen zu lassen, fragte er, ob irgendwer wüsste, wo Bobby hingegangen sein könnte. Nach einer Minute betretenen Schweigens trat Joe vor und radebrechte in seinem grottenschlechten Englisch, dass Bobby ihn gefragt habe, wo man hier ein bisschen kicken könne. Er hatte ihm den Campo San Sebastian im Dorsoduro genannt. Donald B. Crumb befahl Joe, ihn augenblicklich dorthin zu führen. Dieser war ganz blass im Gesicht. Er nickte, und die beiden Männer verließen eiligen Schrittes den Palazzo.

SIEBZEHN

Pizza ausliefern! Marco liebte es. Es kam nicht oft vor, aber hin und wieder bestellte jemand telefonisch Pizza bei Bruno Veneto. Und dann durfte Marco die Pizzas ausliefern. Er tat es gern, weil es da immer Extratrinkgeld gab. Außerdem war es eine Abwechslung und spannend. Er kannte sich gut im Dorsoduro und auch im benachbarten Sestiere San Polo aus. Trotzdem gab es immer wieder Adressen, die er nicht kannte, wo man ihm am Telefon genau den Weg beschreiben musste. Marco liebte es, im Zuge solcher Aufträge verschwiegene Durchgänge, kleine Plätze oder auch stille Höfe zu entdecken, die er noch nie in seinem Leben betreten hatte. Er kam gerade von so einer Lieferung zurück, als er am Campo San Sebastian einen Jungen mit roten Locken sah, der einen neuen Nike-Fußball gegen die Mauern des Campo schoss. Der Lockenkopf war verdammt geschickt. Er führte alle möglichen Kunststücke auf, ließ den Ball zwischen beiden Beinen tanzen, fing ihn in der Luft mit dem Kopf auf, beförderte ihn auf den Rist, hielt den Ball mit dem Fuß gekonnt in der Luft und knallte ihn dann volley gegen die Mauer der Kirche San Sebastian. Als der andere Junge Marco wahrnahm, grinste er ihn an und murmelte: »Hi.« Plötzlich schoss er den Ball vor Marcos Füße. Der stoppte ihn gekonnt und knallte ihn nun selbst mit voller Wucht gegen die Mauer der Kirche.

So entwickelte sich im Handumdrehen ein heißer Kick, bei dem Marco völlig vergaß, dass er eigentlich in der Pizzeria Veneto einiges zu tun hatte. Der Schweiß rann beiden herunter, und Marco staunte immer wieder, wie toll der Lockenkopf den Ball beherrschte. Marco ließ sich aber nicht unterkriegen. Schließlich war er der beste Techniker in seiner Klasse und beherrschte auch den einen oder anderen Trick, den der andere Junge nicht kannte. Die beiden waren so sehr in ihr Spiel vertieft, dass sie die beiden Männer nicht bemerkten, die plötzlich auf dem menschenleeren Campo auftauchten. Als sie schließlich erschöpft innehielten, um kurz zu verschnaufen, hörten sie Applaus. Überrascht schauten sie auf, und der andere Junge lief mit einem Freudenschrei auf einen dicken, rötlich-blonden Mann mit wenigen Haaren am Kopf zu. Er rief »Daddy!« und umarmte den Dicken. Der hob ihn zu sich empor und drückte ihn an sich. Der zweite Mann fragte Marco, wie lange er schon Fußball spiele. Als Marco die Achseln zuckte, lächelte er und murmelte »Bravo ... bravissimo ...« Der Dicke hatte seinen Sohn mittlerweile losgelassen, ging auf Marco zu und sagte in gebrochenem Italienisch: »Sono il padre ... Bobby è mio figlio. Vuoi Coca Cola*?« Er reichte Marco seine Riesenpranke, Marco schüttelte sie grinsend und erwiderte:

»Sono Marco. Lavoro in una pizzeria qui vicino.**«

---

* Ich bin der Vater ... Bobby ist mein Sohn ... Willst du eine Coca Cola?

** Ich bin Marco. Ich arbeite in einer Pizzeria in der Nähe.

Der Große grinste und sagte: »Allora andiamo alla pizzeria![*]«

Bruno Veneto atmete erleichtert auf, als Marco endlich wieder auftauchte. Noch dazu mit dem fülligen Amerikaner, der den beiden Knaben, seinem Begleiter und sich selbst jeweils ein Rieseneis und mehrere Colas spendierte. Ettore, der Donald B. Crumb begleitete, dolmetschte so gut es ging und erzählte Marco, dass Bobby seit der letzten Fußball-WM, die er über Satelliten-TV in den USA mitverfolgt hatte, ein totaler Fußballnarr sei. Daheim in New York City trainiere er täglich. Sein Vater zahlte ihm einen eigenen Trainer, der ihm zuerst die Grundbegriffe des Fußballs und nach und nach immer mehr Tricks beigebracht hatte. Woher Marco so gut kicken könne? Marco zuckte nur die Schultern. Das konnte er einfach so. Einfach so … Bevor Donald B. und Bobby Crumb gingen, schrieben sie Marco noch die Adresse des Palazzos auf, in dem sie wohnten, und luden ihn ein, doch einmal vorbeizukommen. Marco konnte es nicht fassen. Mit glühenden Wangen machte er sich, als die anderen gegangen waren, daran, Teig für neue Pizzas zu kneten. Bruno Veneto ging, da Marco nun wieder im Geschäft war, auf ein Schwätzchen und einen nachmittäglichen Espresso in ein nahes Caffè, und in der Ecke links hinten saß Signor Smith. Mit stoischem Gesichtsausdruck kaute er an seiner Pizza Quattro Formaggi.

* Na dann! Gehen wir in diese Pizzeria.

ACHTZEHN

»Stronzo maledetto!*« Krachend schlug ein Teller über seinem Kopf ein. Er konnte sich gerade noch ducken. Denn schon flog eine Schüssel durch die Luft, die ebenfalls an der Wand zerschellte. Schwer alkoholisiert, wie er war, sah er sein Heil einzig darin, unter den Couchtisch des Wohnzimmers zu kriechen. Denn seine Frau feuerte aus allen Rohren. Es flogen Flaschen, Edelstahlgeschirr, Messer, Löffel, Gabeln und schließlich die Inhalte des Kühlschranks durch die Luft. Als er einmal kurz den Kopf hob, zerschellte ein Ei auf seiner Stirn. Blitzschnell ging er wieder in Deckung, denn als Nächstes kam eine gut gekühlte Bierflasche geflogen, die am Couchtisch in tausend Splitter zerbarst. Danach war Stille. Sicherheitshalber blieb er noch so lange untergetaucht, bis er die Wohnungstür zuschlagen hörte. Ah! Endlich war seine Frau weg. Mühsam kroch er aus seinem Unterstand hervor. Er wischte sich den Eischleim aus dem Gesicht und taumelte zu der Couch, auf die er sich mit einem Seufzer fallen ließ. Ruhe umgab ihn, und er schlummerte erschöpft ein. Als er aufwachte, musste er sich als Erstes einen dicken Speichelstrom von der Wange wischen. Danach wankte er aufs WC. Der Kopf schmerzte ihn, und Chaos umgab ihn. Er taumelte durch alle drei Zimmer seiner Wohnung, und erst als

* Verdammtes Arschloch!

er sich vergewissert hatte, dass seine Frau sich ganz sicher weder im Bad noch im Abstellraum aufhielt, wankte er zurück ins Wohnzimmer und schaltete das Fernsehgerät an. Es lief irgendeine dümmliche Quizsendung, und er hielt sich eine eiskalte Bierflasche, die einzige, die das Gemetzel überlebt hatte, an die glühend heiße Stirn. Wieder schlief er ein. Er erwachte in der Nacht. Im Fernsehen lief gerade eine Sendung über Kriminelle und ihre Machenschaften. Informationen dieser Art waren ihm völlig egal. Er war ja nicht mehr Commissario, sondern der vollkommen besoffene vom Dienst suspendierte DDr. Ludovico Ranieri. Er schlurfte zum TV-Gerät, um es abzuschalten, hielt aber auf halbem Weg inne. Diese Visage kannte er doch! »Verdammte Scheiße«, fluchte er auf Deutsch. Denn aus der Fernsehröhre glotzte das strubbelhaarige Sackgesicht, das die Gottobersten in Rom als Sonderermittler nach Venedig geschickt hatten. Und das Silvanas Arsch zum Rotieren brachte. Dieser Wichser in Armani gab nun tatsächlich ein Interview, in dem er behauptete, dass alle Hinweise darauf hindeuteten, dass die Knabenmorde im Auftrag der organisierten Kriminalität geschehen seien. Deshalb habe man ihn als Sonderermittler eingesetzt. Seine Hypothese sei folgende: Für Auftraggeber in Westeuropa, Russland und Übersee würden Snuff-Pornos gedreht, bei denen man Knaben vor laufender Kamera tötete. Wie er darauf komme? Nun, das Geschäft mit Pornografie, Menschenhandel, Prostitution et cetera sei schon immer ein gewinnbringender Zweig der organisierten Kriminalität gewesen, antwortete er ausweichend. Dies sei nun eine neue, ganz besonders abstoßende Facette, die es mit allen Mitteln zu bekämpfen gelte. In dieser Tonart lief das Interview weiter, Ranieri war fassungslos. Wie konnte ein einziger Mensch so viel Schwachsinn von sich geben? Das war von A bis Z Scheiße. Organisierte Kriminalität? Da musste er lachen. Die gab sich nicht mit solchen Peanuts ab. Der Mafia ging es um Milliarden und nicht um ein paar Hunderttausend Euro, die eine Handvoll geistig Kranker für den Erwerb von Snuff-Pornos bezahlen würden. Dieser Jungschnösel aus Rom war eine Vollniete. Erschüttert schaltete Ranieri den TV-Apparat ab. Er hockte sich neuerlich auf die Couch und nuckelte an dem nun lauwarmen Bier. Als er es ausgetrunken hatte, rülpste er laut. Dann schlurfte er hinüber ins Schlafzimmer und ließ sich auf das leere Ehebett fallen. Bevor er in einen traumlosen Schlaf fiel, murmelte er mehrmals »Mondo di merda.*«

* Scheißwelt.

NEUNZEHN

Einige Stunden zuvor war Lupino bereits schlafen gegangen. Auch er wachte in der Nacht auf, ging aufs WC, schaltete den Fernseher ein und sah das Interview mit dem römischen Sonderermittler. Er war ebenfalls skeptisch. So wie er die lokale Mafia kannte, traute er ihr diese Schweinerei einfach nicht zu. Andere Schweinereien schon, aber nicht diese. Kinder? Das brachte nicht wirklich Geld. Frauenhandel, Bordelle, Rauschgift, Menschen- und Waffenschmuggel, Glücksspiel, das Fälschen von Markenartikeln, das Verschwindenlassen von Sondermüll und das Verfälschen von Lebensmitteln im großen Stil – all das war das Geschäft der Mafia. Aber Snuff-Pornos? Das kam ihm reichlich unwahrscheinlich vor. Da er nicht wieder einschlafen konnte, sah er sich nach dem Interview noch die Spätnachrichten an. Und plötzlich war er wie elektrisiert! Seit einigen Tagen wurde wieder ein zehnjähriger Knabe vermisst. Doch ein Serienkiller! Lupino schlug mit der Faust auf die Polsterung der Couch. Ein Triebtäter, der sich immer neue Opfer suchte. Verächtlich verzog er den Mund, als er an Vizequestore Mastrantonio und seinen verdammten Sonderermittler dachte. Die beiden waren auf der falschen Fährte. Das spürte er in den Eiern. Dieser Fall hatte nichts mit organisierter Kriminalität zu tun. Er trank einen großen

Schluck Mineralwasser, schaltete das TV-Gerät ab und ging schlafen.

Eine harte Hand packte ihn an der Schulter. Er wollte sich losreißen. Da wurde er auch an der anderen Schulter und am Genick gepackt und fortgeschleift. Aus dem Haus hinunter zum Kanal. Dort wartete bereits ein Boot. Mit groben Stößen bugsierten ihn die Kerle ins Bootsinnere. Er bekam eins über den Schädel. Alle Lichter aus.

Er erwachte, an einen Stuhl gefesselt. In einer Werft, mit allerlei Booten rundum. Draußen plätscherten die Wellen, die an die Kaimauer schlugen. Sonst war es still. Er versuchte sich zu bewegen. Keine Chance. So saß er stundenlang. Nickte zwischendurch ein. Plötzlich blendete ihn ein Scheinwerfer. Eine grobe Stimme fragte ihn, für wen er arbeite. Als er keine Antwort gab, setzte es mehrere Ohrfeigen. Dann schwenkte der Schweinwerfer auf ein Bündel Mensch, das nackt in einer Blutlache am Boden lag. Ein Typ, dessen Gesicht er nicht erkennen konnte, ging zu dem am Boden liegenden Körper, er riss an den Haaren den Kopf in die Höhe. Lupino erschrak. Es war Philipp Mühleis. Die Augen geschlossen. Aus dem Mundwinkel sickerte Blut. Die grobe Stimme fragte, ob er für den da arbeite. Lupino packte das Grauen, doch er sagte nichts. Als Nächstes spürte er an seinen gefesselten Händen das kalte Metall einer Gartenschere. Schmerzhaft schnitt die Schere in seinen linken kleinen Finger. Ohne ihn aber abzuschneiden. Die Stimme verlangte neuerlich eine Antwort auf die Frage, für wen er arbeite. Er sah Philipp Mühleis in der Blutlache. Sein Puls raste. Er bäumte sich auf. Und schrie …

Wie wild warf sich Lupino herum und fiel aus dem Bett. Krachend schlug er auf dem Terrazzoboden auf. Schweißgebadet fühlte er an seiner linken Hand, ob noch alle Finger unversehrt waren. Langsam wachte er nun vollständig auf. Er kroch in sein Bett zurück und kämpfte mit den grauenhaften Eindrücken, die dieser Traum, wie ein Schwerfuhrwerk auf matschigem Grund, in seinem Gedächtnis zurückgelassen hatte.

ZWANZIG

Mit ruhigem Schritt stieg er die engen Stiegen zum Wassergeschoss hinunter. Der Strahl der Taschenlampe tanzte nervös über das feucht glänzende Mauerwerk. Schwarz und schnell sah er Ratten aus dem Lichtstrahl flüchten. Rascheln. Fiepen. Er kam in den Quergang. Es stank nach Kanal, Moder und Fäulnis. Von der Decke tropfte es herunter. Ein schleimiger Batzen traf seine Stirn. Er wischte ihn mit dem Handrücken weg. Dabei klirrte der alte rostige Schlüsselbund. Schrilles Kreischen. Er war auf eine Ratte gestiegen. Fuckin' beasts! Mit seinem schweren Fallschirmspringerstiefel gab er einer weiteren einen Tritt. Panisch fiepend flog sie durch die Luft. Er grinste. Dann stand er vor der alten massiven Holztür. Hier hatten sie früher Wein, Öl und allerlei anderes Zeug gelagert. Er lagerte hier anderes. Der alte Schlüssel machte ein schnarrendes Geräusch in dem massiven Schloss. Die verrosteten Angeln der Tür quietschten beim Öffnen. Der Strahl seiner Taschenlampe tanzte suchend durch das Gewölbe. Als er einen schmalen, weißen Bubenkörper erfasst hatte, hielt er inne. Zitternd saß das nackte Kind im hintersten Winkel des Gewölbes. Er ging darauf zu. Der eiserne Griff seiner Linken packte den Buben unter dem Arm. Er zog das bisschen Mensch empor. Dann krachte die schwere Taschenlampe auf den Schädel des Kindes. Einmal. Zweimal. Das reichte. Den bewusstlosen Körper schleifte er aus dem Gewölbe hinaus in den Gang. Schrill quietschend stob das Rattenpack auseinander. Unbeeindruckt stapfte er den Gang bis zu dessen Ende. Bis zum Kanal. Hier hatten früher Boote angelegt. Er schob Kopf und Oberkörper des Knaben über den Steinrand hin zum Wasser. Seine rechte Hand legte die Taschenlampe vorsichtig auf den Boden und griff zu dem Fleischmesser, das in seinem Gürtel steckte. Seine Linke packte die Haare des Knaben und zog den Kopf hoch. Aufblitzen des Messers im Taschenlampenlicht. Ein energischer Schnitt, und ein Blutschwall schoss in den Kanal. Der Kopf, den er immer noch an den Haaren in seiner Linken hielt, baumelte am schlaffen Körper. Er legte das Messer ab, griff zur Taschenlampe, besah den Kehlschnitt und grunzte zufrieden. Mit einem Tritt beförderte er die Leiche in den Kanal, wo sie mit einem lauten Platscher in den dunklen Fluten verschwand. Echo von den Wänden rundum. Ratten fiepten. Er kniete nieder und wusch im Wasser des Kanals die Klinge des Fleischmessers. Blitzblank steckte er es anschließend in seinen Gürtel zurück. Nun kontrollierte er mit der Taschenlampe, ob es Blutspuren gäbe. Er fand nichts. Das Blut war ausschließlich in den Kanal gespritzt. Saubere Arbeit. Er ging zurück ins Gewölbe, schnappte den Kübel, der dem Knaben als Abort gedient hatte, stapfte vor zum Kanal und entleerte ihn. Danach besah er sich die alte Matratze, die er dem Knaben als Lager in das Gewölbe gelegt hatte. Sie war nicht mehr ganz sauber. Er drehte sie um. Die Rückseite war okay. Er platzierte die Matratze in das rechte hintere Gewölbeeck, stellte den ausgeleerten Kübel daneben und sperrte das Gewölbe ab. Zufrieden stieg er die rutschigen Stufen der Treppe empor. Als ihm eine weitere Ratte begegnete, zertrat er sie mit einer blitzschnellen Bewegung. Am Ende der Treppe zog er sich den mit Rattenblut verschmierten Stiefel aus. Mit einem Stiefel an einem Fuß und mit einem weißen Socken am anderen ging er über den knarrenden Bretterboden der Diele. Er schaltete Licht ein und griff zu dem in Reih und Glied vor ihm liegenden Schuhputzzeug. Er breitete eine Zeitung aus und säuberte beide Stiefel. Als sie blitzblank glänzten, lächelte er zufrieden. In seinen weißen löchrigen Socken stieg er hinauf in den ersten Stock, wo er in die Küche ging. Aus dem Küchenkasten nahm er die Grappa-Flasche und goss sich ein Glas ein. Dann setzte er sich auf den wackeligen Küchenstuhl, nahm mit Genuss einen kräftigen Schluck von der wunderbar öligen Spirituose und seufzte:

»This Grappa is not so bad … Thank you, Cecchetti!«

EINUNDZWANZIG

»Du hättest nie, niemals, Johannes hier herunter mitnehmen dürfen! Eine völlige Schnapsidee, ihn in den Sommerferien hier herunten zu haben. Das musste ja schiefgehen.«

Die Augen von Vera Mühleis schimmerten feucht, die Stimme versagte ihr. Philipp Mühleis war das peinlich. Es verursachte ihm zu seinem grundsätzlichen

Schmerz zusätzliche Qualen. Mitleid mit seiner Frau, Aggressionen gegen sich selbst. Er nagte an seinem Daumennagel und sagte kein Wort. Selbstvorwürfe. Verbissen starrte er auf den Zeitungsartikel, der vor ihm auf dem Frühstückstisch lag. Darin wurde groß über die Theorie des Sonderermittlers in all ihren Aspekten berichtet. Diesen Artikel durfte seine Frau unter keinen Umständen in die Hände bekommen. Gott sei Dank hatte sie sowieso keinerlei Interesse am Tagesgeschehen. Seit dem Begräbnis von Johannes in Wien, von dem sie erst vorgestern Nacht nach Venedig zurückgekehrt waren, hatte sich Veras Zustand ständig verschlimmert. Okay, sie hatte an ihrem Schreibtisch einen Nervenzusammenbruch bekommen, als er sie angerufen und ihr den Tod von Johannes mitgeteilt hatte. Zum Glück war ein Freund der Familie ein bekannter Neurologe. Der hatte sich um Vera gekümmert und sie mit Medikamenten ruhiggestellt. In den folgenden Tagen hatte sie ihn dann überrascht. Unglaublich konsequent und zielorientiert, ganz die erfolgreiche Produktmanagerin eines Markenartikelkonzerns, hatte sie mit den italienischen und österreichischen Behörden telefoniert und die Überstellung ihres Sohnes nach Wien sowie dessen Begräbnis organisiert. Nun hatte sie sich Urlaub genommen und war mit ihm nach Venedig gekommen. Doch die Atmosphäre der Stadt tat ihr nicht gut. Sie wurde zusehends einsilbiger und machte nur mehr hin und wieder eine bittere Bemerkung. Sonst wandelte sie mit starren

Gesichtszügen und leichenblassem Gesicht – einem Gespenst gleich – durchs Leben.

Sie weinte. Nicht laut. Nicht hysterisch. Über die eingefallenen Wangen strömten Tränen. Sie sah starr ins Nichts. Hin und wieder wischte sie eine Träne ab. Nein, den Artikel über die Snuff-Porno-Theorie des Sonderermittlers durfte sie keinesfalls lesen. Die Vorstellung, dass ihr Sohn vor laufender Kamera missbraucht und zu Tode gequält worden wäre, hätte ihren miserablen psychischen Zustand weiter verschlechtert. Philipp Mühleis überlegte, ob er sie nicht schleunigst nach Österreich zurückschicken sollte. Zu ihren Eltern nach Bregenz. Venedig tat ihr wirklich nicht gut. Aber wie sollte er es ihr sagen? Würde er zu ihr überhaupt durchdringen? Sie hatte sich total in sich zurückgezogen. Eingesponnen in einen Kokon aus Teilnahmslosigkeit, Kälte und Trauer. Er stand auf, ging zur der kleinen, silbernen Espressomaschine, die auf dem Gasherd stand, und schenkte sich den letzten in der Kanne vorhandenen Schluck ein. Dann gab er ein Stück Zucker dazu und begann gedankenverloren in seiner Kaffeeschale umzurühren. Und genau da geschah es! Seine Frau griff wie von einem Dämon getrieben zu der am Küchentisch liegenden Zeitung. Philipp Mühleis verschluckte sich und spuckte Kaffee quer durch die Küche. Seine Frau sah ihn strafend an und bemerkte in eisigem Tonfall:

»Deine Manieren lassen sehr zu wünschen übrig.«

Gott sei Dank schaute sie nun nicht in die Zeitung.

Ihr Blick fixierte ihn strafend. Philipp nutzte die Gelegenheit, griff nach dem Blatt und zog es von ihr weg. Sie protestierte:

»Ich lese jetzt die Zeitung ... Gib sie sofort wieder her!«

Er beachtete ihren Protest nicht, sondern verschwand mit Zeitung und Kaffeeschale im WC. Er verriegelte die Tür und ließ sich mit einem Seufzer der Erleichterung auf der Klobrille nieder. Sie rüttelte an der Klinke.

»Mach sofort auf und gib mir die Zeitung!«

»Ich brauche eine Klolektüre ...«

»Gib mir die verdammte Zeitung!«

Wie besessen trommelte sie mit den Fäusten an die WC-Tür.

»Ich reise ab! Ich reise sofort ab! Aber nicht nach Wien! Ich gehe zurück zu meinen Eltern.«

Philipp grinste. Na bitte! Manche Dinge erledigten sich von selbst.

Er hörte sie wegrennen. Türen knallten. Allmählich entspannte er sich. Ja, es gelang ihm sogar, sich in den Sportteil der Zeitung zu vertiefen. Und dann entdeckte er einen Artikel über die Dreharbeiten in der Lagune von Venedig. Ergänzend gab es ein Interview mit Regisseur Adi Bender. Als er lesend eine Viertelstunde oder vielleicht sogar 20 Minuten auf dem WC verbracht hatte, hörte er, wie die Haustür zugeworfen wurde. Plötzlich war er wie elektrisiert. Hatte Vera ihn wirklich verlassen? Ein schmerzhafter Stich, dann

Panik. Mit zitternden Händen säuberte er sich den Hintern, spülte hektisch, zog die Hose rauf und rannte durchs Appartement. Nirgendwo eine Spur von ihr. Dann ins Schlafzimmer. Chaos. Der Kleiderschrank war komplett ausgeräumt, seine Sachen lagen auf dem Boden, ihre fehlten. Genauso wie ihr Reisekoffer. Eine letzte Hoffnung trieb ihn ins gemeinsame Badezimmer. Doch auch hier: gähnende Leere, wo noch vor einer halben Stunde ihre Kosmetik- und Schminksachen gestanden hatten. Vera war weg. Er sank in die Knie, setzte sich und lehnte sich an den Badewannenrand. Einerseits ein Gefühl von Erleichterung. Sie war weg, Venedig konnte ihr nicht mehr schaden. Aber, und vor diesem Gedanken graute ihm, war das auch das Ende ihrer Ehe? Seine Augen wurden feucht. Er stand auf, ging ins Wohnzimmer, griff zitternd zu seinem Handy und wählte ihre Nummer. Es läutete mehrmals, plötzlich war die Leitung tot. Er drückte auf Wahlwiederholung und kam nun sofort in ihre Sprachbox. Sie hatte das Handy abgedreht. Scheiße. Er legte sich auf die Couch im Wohnzimmer, schloss die Augen und ließ die Tränen fließen.

Später, als er sich beruhigt, geduscht und rasiert hatte, gelangte er allmählich zu der Überzeugung, dass das so im Moment wohl das Beste sei. Er machte sich fertig für den Arbeitstag, und da stach ihm wieder die widerliche Schlagzeile mit dem Snuff-Porno ins Auge. Augenblicklich begann der Kaffee in seinem Magen zu brennen. Ein säuerliches Gefühl kroch seine Speiseröhre hoch. Kurz wurde ihm schwindlig. Dann griff er zu seinem Handy und wählte.

»Hallo? Herr Severino? Buon giorno! Haben Sie das mit dem Snuff-Porno gehört? Ist das möglich? Was meinen Sie? Wir müssen uns sofort treffen.«

ZWEIUNDZWANZIG

Das war nicht Adi Benders Tag. Zuerst waren die Filmmuster, die er sich ansah, einfach nicht so, wie er sich das vorgestellt hatte. Okay, sie waren nicht schlecht, aber auch nicht wirklich gut. Vom Hocker hatten sie ihn nicht gerissen, die Szenen, die sie draußen in der Lagune gedreht hatten. Der Produzent und die Dreifaltigkeit, wie er die Abgesandten der drei beteiligten TV-Anstalten nannte, waren hingegen mit den Mustern zufrieden. Ganz klar, denen ging es nur um's Geld. Eine Wiederholung des aufwendigen Drehs wollten sie unter allen Umständen vermeiden. Ihm, Adi Bender, ging es aber um die Kunst. Und vom künstlerischen Standpunkt betrachtet waren die Muster suboptimal. Nein, nicht wirklich scheiße, aber auch lange nicht so brillant, wie er sich das vorgestellt hatte. Nachdem sie den halben Tag darüber diskutiert hatten, hatte er sich frustriert in sein Hotelzimmer zurückgezogen. Da ein langer Nachtdreh anstand, versuchte er etwas zu schlafen. Daran war aber nicht zu denken. Er wälzte sich hin und her, und all die Sorgen, die ihn belasteten, hockten fett auf seiner Brust und grinsten höhnisch. Eine Sorge hieß Mühleis. Einerseits spukte der tote Knabe ständig durch seine Gedanken und andererseits war Philipp Mühleis als Aufnahmeleiter und Mitarbeiter nahezu unbrauchbar geworden. Dauernd unterliefen ihm Fehler, dauernd war er nicht rechtzeitig da oder plötzlich verschwunden. ›A pain in the ass‹, würden die Amis sagen. Und als er das dachte, begannen ihm prompt seine Hämorrhoiden zu schmerzen. Scheißjob, dauernd herumsitzen. Und dann das ungesunde Essen. Dazu viel zu viel Alkohol. Bender sehnte sich zurück nach Wien. Nach der aufopfernden Fürsorge seiner Mutter. Nach der herrschaftlichen Villa in Döbling, die sie gemeinsam bewohnten. Nach einem geordneten, ruhigen Leben. Und dann dachte er wieder an Philipp Mühleis' entzückenden, wohlerzogenen Sohn. Adi Bender bekam plötzlich Magenkrämpfe. Die Spaghetti, die er während der Besprechung hinuntergeschlungen hatte, wollte sein Magen plötzlich nicht mehr behalten. Er taumelte vom Bett auf und erreichte gerade noch rechtzeitig das Klo, um in die WC-Muschel zu kotzen. Leider hatte zuvor die Putzfrau den Klodeckel heruntergeklappt.

Nebel kroch durch die nächtlichen Kanäle von San Polo. Nebel, der alles in stille, feuchte Watte packte. Lichter schimmerten diffus, Schritte hörte man sehr gedämpft. Nur an einer besonders malerischen Kreuzung von Kanälen war dies anders. Hier gab es hektisch herumrennende Menschen, die einander in Deutsch und Italienisch alle möglichen Dinge zuriefen. Zwei riesige Dieselaggregate, die sich auf zwei Kähnen befanden, tuckerten lautstark und erzeugten Strom. Viel Strom. Denn Batterien von Scheinwerfern durchschnitten den Nebel beziehungsweise zauberten mit Hilfe des Nebels gespenstische Visionen. Bender saß von Magenschmerzen gequält auf einem Boot und brüllte durch ein Megafon Anweisungen für die Lichtcrew. Gleichzeitig hielt er über Sprechfunk Kontakt mit der ersten und der zweiten Kamera, die jeweils an verschiedenen Standorten am Ufer positioniert waren. Eine dritte Kamera befand sich oben auf einem Hausdach. Mit ihr unterhielt er sich übers Handy. Der Produktionsleiter befand sich bei der ersten Kamera und den Schauspielern. Der Aufnahmeleiter bei der zweiten. Diese Kamera sollte die Stimmung in den Kanälen einfangen und im Laufe der Verfolgungsjagd, die zu drehen war, Material für Gegenschnitte liefern. Am Dach oben bei der dritten Kamera saß der blutjunge, knackige Produktionsassistent, den er so gern vögeln wollte, der aber seine Annäherungsversuche bisher samt und sonders abgeschmettert hatte. »Ach Gott, die Knaben …«, murmelte Bender und es stieß ihm säuerlich auf. Überraschenderweise war heute das ganze Team gut drauf, und so konnte Bender früher als geplant mit dem Dreh beginnen. Auf drei Monitoren verfolgte er die Bilder der Kameras. Sie versöhnten ihn mit dem Flop der Dreharbeiten draußen in der Lagune. Ja, das war Weltklasse. Wirklich großer Film. Tolle Bilder. Stimmung bis zum Abwinken. Und auch die Schauspieler, die sich entlang der Kanäle eine Verfolgungsjagd lieferten, waren heute einfach gut. Innerhalb von eineinhalb Stunden hatten sie alles im Kasten. Bender war euphorisch. Nun quälten ihn keine Magenschmerzen mehr. Er hatte Lust auf Prosecco und lud den Produktionsassistenten, die Kameraleute sowie den jungen und den alten Mühleis zu sich ins Hotel auf einen Drink ein. Alle lächelten entspannt und zufrieden. Scheinwerfer verloschen, Dieselmotoren wurden abgeschaltet, ein kalter Hauch wehte über die Filmcrew. Als Bender den Produktionsassistenten zu sich ins Boot holte, stieß der junge Mühleis plötzlich einen Schrei aus. Sein Gesicht war kreideweiß, seine dunklen Augen groß wie Koksstücke. Aus seinem Mund sickerte ein schrilles Wimmern. Als die Augen der anderen seinem Blick folgten, gefror ihnen das bis dahin entspannte Lächeln. Denn ein lilienweißer Knabenkörper trieb neben Benders Boot im Dreckwasser des Kanals.

DREIUNDZWANZIG

Marco beobachtete seine Mutter mit Unbehagen. Wie gebannt saß sie vor dem TV-Gerät und verfolgte die Sonderberichterstattung über Raffaele Benvenuto, das dritte Opfer des ›Venedig-Rippers‹. Als er sie kurz einmal fragte, was denn ein Snuff-Porno sei, schüttelte sie unwirsch den Kopf und schickte ihn in sein Zimmer. Von dort beobachtete er sie nun. Nervös rauchte sie eine Zigarette nach der anderen und nippte dazwischen immer wieder an einem Weinglas. Irgendwie braute sich da etwas zusammen. Er war sich nicht sicher, was, aber es war nichts Gutes. Er zuckte die Achseln, seufzte, schlüpfte in seinen Pyjama und ging ins Bad Zähne putzen. Dann näherte er sich ihr vorsichtig und gab ihr einen Kuss auf die Wange. Er zuckte zusammen, als sie ihn plötzlich mit aller Kraft umarmte. Sie zog ihn zu sich, sodass er um Luft ringen musste. Dann hielt sie ihn minutenlang ganz eng an sich gepresst. Marco entspannte sich und genoss die mütterliche Nähe. Warum sie allerdings plötzlich leise zu weinen begann, war ihm rätselhaft. Zaghaft umarmte er sie nun ebenfalls. Da brach ein Schwall Tränen aus ihr heraus. Marco war ratlos. Er machte sich aus der Umarmung los, lief ins Badezimmer und holte Papiertaschentücher. Er trocknete damit ihre Wangen, was sie ohne Gegenwehr geschehen ließ. Dann nahm sie ihn wieder in die Arme. So schliefen sie vor dem immer noch laufenden, aber mittlerweile auf lautlos gestellten, TV-Gerät ein.

Am nächsten Morgen erwachte Marco auf der Wohnzimmer-Couch allein. Gut zugedeckt, aber allein. Er erinnerte sich, dass heute Sonntag war und dass seine Mutter am Sonntag in einem Hotel drüben in San Marco den Frühdienst im Frühstücksraum machte. Ein Nebenjob, der von sieben bis elf Uhr dauerte und der ihr zusätzlich ein paar Euro einbrachte. Verschlafen stand er auf und ging in die Küche. Dort hatte ihm seine Mutter alles fürs Frühstück hergerichtet. Die Milch für den Kakao stand schon am Herd, er musste sie nur mehr wärmen. Und auch der Frühstückstisch war für ihn gedeckt. Mit zwei Brioches, die sie vorm Weggehen noch aufgebacken hatte. Daneben stand die Butter, die er so gern zu den Hörnchen hatte. Weich und streichfähig und nicht so hart, wie wenn er sie erst jetzt aus dem Kühlschrank genommen hätte. Und dann lag da noch etwas: ein großer, weißer, eng beschriebener Zettel. Er machte sich seinen Kakao, setzte sich gemütlich hin und aß die erste Brioche. Erst dann widmete er sich dem Zettel, der, wie er wusste, mütterliche Anweisungen enthielt. Als er ihn las, wurde er blass. Das gefiel ihm alles gar nicht, was seine Mutter da von ihm verlangte. Dass er die Wohnung nur verlassen dürfe, wenn er in die Schule ging. Sonst hatte er in der Wohnung zu bleiben. Zum Glück gestattete ihm seine Mutter eine Ausnahme: In die Pizzeria zu Signor Veneto durfte er weiterhin gehen. Allerdings nur unter der Bedingung, dass er von zu Hause schnurstracks dort hinginge. Ohne Umwege! Und zwar auf dem touristischen Haupttrampelpfad. Dezidiert untersagte ihm seine Mutter ab sofort, in Hinterhöfe, schmale Gassen und dunkle Durchgänge zu gehen. Das verbot sie ihm mit Nachdruck. Gezeichnet war der Brief mit ›Ti voglio bene, mamma‹. Und dann sah er etwas, das ihm fast das Herz zerriss: Rund um die Unterschrift war das Papier wellig. Seine Mutter hatte beim Verfassen des Briefes geweint.

VIERUNDZWANZIG

Er arbeitete konzentriert an der Skulptur. Das Abbild seines dritten Opfers stand in Lebensgröße vor ihm. Die gesamte Oberfläche war bereits grundiert, nun war er mit dem Vergolden beschäftigt. Mit einem feinen Haarpinsel brachte er Blättchen um Blättchen auf dem Abbild des nackten Knabenkörpers auf. Er arbeitete so konzentriert, dass er die Klingel der Eingangstür überhörte. Erst die zögernden Schritte im Verkaufsraum vorn und dann die zeternde Altweiberstimme, die

»Signor Smith?« rief, ließen ihn in seiner Arbeit innehalten. »Fuck!«, stieß er zwischen zusammengepressten Zähnen hervor. Sorgsam legte er den Pinsel und das Heft, in dem sich die Goldblättchen befanden, zur Seite. Dann ging er mit energischen Schritten zur Tür, drehte allerdings zuerst das Licht im Raum ab, bevor er sie öffnete. Er trat in den dämmrigen Verkaufsraum, der vollgeräumt mit Rahmen und allerlei Antiquitäten war. Als Signora Umberti ihn sah, huschte ein Lächeln über ihr faltiges Gesicht. »Buon giorno, Signor Smith«, rief sie und begann wie ein Wasserfall zu plappern. Er musste sich sehr konzentrieren, um sie zu verstehen. Denn ohne Rücksicht darauf, dass er ein Fremder war, plapperte sie in venezianischem Dialekt vor sich hin. Da er selbst ursprünglich aus einem kleinen Ort bei Neapel stammte, hatte er mit diesem Idiom seine liebe Not. Er verstand immerhin so viel, dass Signora Umberti und ihre Freundinnen hellauf begeistert von dem Bilderrahmen waren, den er ihr neulich vergoldet hatte. Nun wollte sie, dass er in den Palazzo einer ihrer Bekannten kam. Dort gäbe es einen schönen, alten Spiegel, dessen Rahmen leider schon in einem sehr desolaten Zustand sei. Sie wollte, dass er auf der Stelle mitkomme und sich das gute Stück ansehe. Er glaubte zu träumen. Da hatte er dieser alten Schachtel einen Gefallen getan, um seiner Rolle als Vertreter Cecchettis gerecht zu werden, und nun belästigte ihn diese ›bloody bitch‹ mit weiteren Jobs. Es juckte ihn in den Fingern, nach ihrem faltigen Hals zu greifen und ihr kommentarlos das Genick zu brechen. Er könnte ihre Leiche neben der von Cecchetti verstauen. Cecchettis Leiche verweste, als handliches Bündel verschnürt, in einem Kasten der Abstellkammer, die sich im hintersten Ende des Hauses befand. Er gab seinem augenblicklichen Impuls jedoch nicht nach. No, Sir, I'm not stupid! Sicher hatte der eine oder andere Nachbar Signora Umberti in seinen Laden hineingehen gesehen. Außerdem hatte die alte Nervensäge ja ihren Freundinnen und Bekannten erzählt, dass sie ihn aufsuchen würde. In seiner Wut über die aufdringliche Alte kam ihm plötzlich eine Idee. Er deutete auf all die herumliegenden Rahmen und Gegenstände und begann ihr in vorwurfsvollem Ton zu erklären, dass er vor lauter Arbeit nicht wisse, was er zuerst machen solle. Deshalb sei es im Moment völlig ausgeschlossen, dass er neue Aufträge annehme. Die Alte war enttäuscht. Wann, insistierte sie, wann könne er sich denn nun um diesen Spiegel kümmern? Er sah sie mit kaltem Blick an und überlegte kurz. Für das Finalisieren der dritten Skulptur und die Anfertigung der vierten würde er in Summe drei Wochen brauchen. Also vertröstete er die Alte und bat sie, in drei Wochen wieder zu kommen. Damit schob er sie aus dem Geschäft hinaus und versperrte hinter ihr die Eingangstür. Er atmete erleichtert auf und ging in den Vergolderraum zurück. Dort drehte er das Licht an, griff zum Heft mit den Goldblättchen und dem Haarpinsel. Just in dem Moment, als er das erste Goldblättchen aufbringen wollte, läutete sein Handy. Ein sattes »Fuck!« entwich seinen Lippen. Seufzend legte er das Handwerkszeug beiseite, griff zum Handy und meldete sich mit einem gegrunzten »Yeah …«. Er hörte zu und brummte: »In twenty days.« Dann legte er grußlos auf.

20 DAYS

FÜNFUNDZWANZIG

19 Euro und 20 Cent. Heute schien sein Glückstag zu sein. So viel Trinkgeld hatte er schon lange nicht mehr bekommen. Dabei war er heute gar nicht besonders gut drauf gewesen. Er hatte sich auf die allernotwendigsten Scherze beschränkt und die Führung zügig durchgezogen. Okay, eine Dogenpalast-Führung war immer ein Highlight. Aber dass er Trinkgeld in Gegenwert eines Mittagessens bekam, war selten. Solchermaßen gut gelaunt spazierte er knapp vor 14 Uhr in Marcellos Osteria.

»Ciao Marcello, ciao Luciana«, grüßte er das Geschwisterpaar und machte sich ohne Umschweife auf in die Küche. Er hatte einen Mordshunger. Mit einem knappen »Ciao, Gino« nahm er dem Koch den Löffel aus der Hand und begann von dem Risotto zu löffeln, das dieser gerade auf dem Herd rührte. Der Koch sah ihn erstaunt an, zuckte dann mit der Achsel und zündete sich eine Zigarette an.

»M…mm …mantecare … non mangiare … co… cocogli…one!*«

Lupino grinste. Er begann, wie der Koch es verlangte, den Risotto zu rühren. Dabei aß er aber immer wieder einen Löffel voll. Gino rauchte, ohne eine Miene zu verziehen. Hin und wieder goss er Fischbrühe dazu. Der Risotto al nero di seppia wurde

* Rühren … nicht essen … Du Arsch!

allmählich gar. Wortlos drängte Gino Lupino zur Seite und zog die Pfanne vom Feuer, nahm Lupino den Löffel aus der Hand, rührte selbst noch einmal kräftig um, streute eine Handvoll gehackte Petersilie drüber, griff zur Pfeffermühle, eine Prise Meersalz, rührte nochmals um und kostete dann. Zufrieden grunzend richtete er auf zwei Tellern den schwarzglänzenden Risotto an. Mit der flachen Hand schlug er auf eine Klingel und gab Lupino den Löffel. Er schob ihm die Pfanne hin, in der sich noch einiger Tintenfischrisotto befand und murmelte: »M…mangia!« Lupino ließ sich das nicht zweimal sagen. Er nahm die Pfanne und verzog sich mit ihr an einen schmalen Tisch, der in einer Ecke der Küche stand. Luciana holte die angerichteten Teller und trug sie zu den Gästen hinaus, danach kam sie mit einem Glas Vino bianco zurück, das sie wortlos Lupino auf den Tisch stellte. Der grinste, griff sich ihre Hand und gab ihr auf den Handrücken einen schmatzenden Kuss. Sie quietschte »Bastardo!« und verschwand blitzartig. Gino grinste. Er steckte sich neuerlich eine Zigarette an, griff unter den Arbeitstisch und holte aus einem großen Eimer mittelgroße Tintenfische heraus. Mit der Zigarette im Mund begann er sie zu zerlegen. Zuerst wurde die gefleckte Haut abgezogen. Dann schnitt er die Köpfe ab und löste die Mittelknochen heraus, entfernte die Innereien und die prall gefüllten Tintenbeutel. Letztere legte er behutsam nacheinander in eine Schale, die er sodann zur Seite schob. Dann wusch er die glitschigen Gesellen mit kaltem Wasser, tupfte sie ab und schnitt sie in Stücke. Lupino, der an seinem Weinglas nippend dabei zusah, lief das Wasser im Mund zusammen. Auf seine Frage, was das werde, antwortete Gino: »Se…sepppie co…col nero!*« Lupino stand auf, klopfte dem Koch freundschaftlich auf die Schulter und ging hinaus in den Gastraum. Heute verspürte er Lust, mit Luciana zu flirten. Doch zu seiner Enttäuschung war sie nicht mehr da. Bis auf die zwei Fremden, die den Tintenfischrisotto bereits verzehrt hatten und denen von Marcello nun zwei Espressi serviert wurden, war die Gaststube leer. Lupino seufzte enttäuscht, setzte sich an die Theke, und Marcello goss ihm unaufgefordert Wein in sein Glas nach. Gelangweilt sah Lupino hinauf zu dem kleinen Fernsehgerät, doch da lief nichts von Interesse. Plötzlich hörte er eine wohlbekannte Stimme vom Eingang her:

»Mensch, Wölfchen, bin ich besoffen.«

Wenige Augenblicke später ließ sich Ranieri neben ihm auf einen Barhocker nieder. Lupino erschrak. Der suspendierte Polizist sah dermaßen verkommen aus, dass er ihm leidtat. Ungepflegte fettige Haare, ein graumelierter stacheliger Bart, in dem irgendwelche Speisereste klebten, verdrückte, schmuddelig aussehende Kleidung sowie ein Körpergeruch, der nichts mehr mit einer gewissen männlichen Ausdünstung zu tun hatte. Nein, Ranieri stank wie ein Penner. Lupino rutschte

* Tintenfisch in eigenem Saft (Tintenfisch wird geputzt, geschnitten und in Olivenöl, Knoblauch, Petersilie, Weißwein gedünstet. Am Schluss kommt noch die eigene Tinte dazu)

mit seinem Barhocker etwas weg. Ranieri schien das nicht zu bemerken, er grölte vielmehr:

»Una birra, per favore!*«

Widerwillig öffnete Marcello eine Flasche Bier und stellte sie samt Glas vor Ranieri auf die Theke. Dieser schenkte sich ein, nahm einen langen Schluck und fiel vom Barhocker. Lupino erschrak. Er half Ranieri auf. Dieser wusste nicht, was geschehen war. Völlig desorientiert klammerte er sich an die Theke. Und dann ging es los: Sein Körper verkrümmte sich, und er erbrach einen Schwall, der an der Thekenwand abprallte und zurück auf Ranieris Kleidung spritzte. Lupino schnappte seinen Exkollegen und drängte ihn hinaus auf die Gasse. Dort beugte er ihn über das Geländer der kleinen Brücke vor der Osteria, und Ranieri kotzte nun in den Kanal. Als nur mehr gelblicher Schleim aus Ranieri herauströpfelte, nahm Lupino ein Papiertaschentuch und säuberte Ranieris Gesicht so gut es ging. Dann packte er ihn unter der Schulter und bugsierte ihn in die Osteria zurück. Denn draußen hatten sie schon einiges Aufsehen erregt. Touristen waren stehen geblieben und hatten Ranieris Kotzfestspiel mit fasziniertem Ekel beobachtet. Ein asiatischer Tourist entblödete sich nicht, die unappetitliche Szene zu filmen. Lupino schleppte Ranieri vorbei an Marcello, der mit einem Aufwischtuch und einem Kübel mit Lauge Ranieris Kotze von der Bar entfernte. Im Vorraum des Klos steckte er den Kopf seines Exkol-

* Ein Bier, bitte!

legen unter kaltes Wasser. Dieser schnaubte, hustete und spuckte. Schließlich stammelte er fast ohne Zungenschlag:

»Verdammte Scheiße! Schluss! Aus! Ich bin wieder bei Sinnen.«

Lupino drehte das Wasser ab und lehnte Ranieris Körper an die Wand. Dann nahm er aus dem Spender mehrere Einweg-Papiertücher und trocknete sorgfältig Ranieris Gesicht ab. Das schien dieser Saukerl sogar zu genießen! Als er damit fertig war, gab er Ranieri einen leichten Stoß und sagte:

»Raus mit dir!«

Kaum schwankend verließ Ranieri das WC und setzte sich etwas benommen an einen Tisch im Schankraum. Er schluckte mehrmals und sagt dann:

»Scusami, Marcello! Sono mortificato.*«

Marcello nickte grimmig, und Ranieri bestellte sich einen Espresso doppio. Lupino nahm neben Ranieri Platz und begann von seinen Ermittlungsansätzen zu erzählen. Ranieri, dank des Espressos nun komplett nüchtern, hörte gebannt zu. Dann nahm er den Salzstreuer, öffnete ihn und goss den Inhalt auf das erdfarbene Tischtuch. Aus dem Salzhaufen formte er die fischförmigen Umrisse von Venedig. Dann nahm er die Zuckerwürfel, die ihm zum Espresso serviert worden waren – er hatte ihn bitter getrunken – und markierte damit die Punkte, wo die Knabenleichen gefunden worden waren.

---

* Entschuldige bitte, Marcello! Es ist mir total peinlich.

»In der Questura haben wir dafür eine riesige Karte und bunte Stecknadeln. Aber es funktioniert auch so. Guck mal, Wölfchen: Die Leichen wurden alle auf der San Polo- und Dorsoduro-Seite des Canal Grande gefunden. Das heißt, dass die Knaben höchstwahrscheinlich irgendwo hier«, sein Finger zeigte in die Mitte dieser beiden venezianischen Bezirke, »ermordet wurden. In dem Gebiet zwischen der Kirche San Polo und dem Guggenheim-Museum. Hier muss irgendwo der Wahnsinnige sitzen, der Kinder abschlachtet. Denn eines sag ich dir: Das hat mit der Mafia null zu tun. Das ist ein Einzeltäter. Ein Psychopath. Aber die Arschgeigen in der Questura wollen das nicht wahrhaben.«

SECHSUNDZWANZIG

Nein, nein und nochmals nein! Diese Location passte überhaupt nicht. Warum schlug ihm Philipp Mühleis dauernd nur Drehorte im Dorsoduro und in San Polo vor? Es gab doch auch genug andere interessante Gegenden in Venedig. Zum Beispiel die Bezirke Arsenale oder Cannarégio. Adi Bender verstand die Fixierung seines Aufnahmeleiters auf diese zwei Bezirke nicht. Und ehrlich gesagt ging er ihm von Tag zu Tag mehr auf die Nerven.

»Warum können wir nicht einmal auf der Giudecca drehen? Oder auf Murano? Oder auf dem verdammten Lido? Ich möchte die unterschiedlichsten Gesichter Venedigs und der Lagune einfangen. Und nicht immer nur Dorsoduro, San Polo und wieder Dorsoduro. Das hängt mir zum Hals heraus!«

Philipp Mühleis war blass geworden. Diesen Frontalangriff des Regisseurs hatte er nicht erwartet. Schließlich bemühte er sich ja. Und gab sein Bestes. Eine Gemeinheit war das. Eine der typischen Bender'schen Untergriffe. Nein, das ließ er sich nicht gefallen! Er sprang auf, knallte die Unterlagen auf den Tisch und schrie Bender, seinen Vater, den Produzenten, den Produktionsassistenten und den Kameramann an:

»Ihr habt ja keine Ahnung, was ich durchmache …«

Bender schrie zurück:

»Das interessiert mich nicht! Du hast deine Arbeit ordentlich zu machen. Alles andere ist mir schnurzpiepegal!«

Philipp sprang neuerlich auf und stand da, kalkweiß, mit offenem Mund. Sein Vater, der gleichzeitig ja auch Produktionsleiter war, versuchte die Situation zu entschärfen. In versöhnlichem Tonfall sagte er:

»Philipp, darum geht es nicht. Wir alle fühlen mit dir mit. Aber wir brauchen trotzdem tolle Locations. Und das, was du uns da heute vorgeschlagen hast, haben wir so oder so ähnlich bereits im Kasten. Also beruhig dich und bring uns schleunigst neue Vorschläge.«

Nun fühlte sich auch der Produzent bemüßigt, seinen Senf dazu zu geben. Nach einem tiefen Zug aus der Zigarette sagte er väterlich:

»Philipp, Mensch. Dreh hier keine Oper. Du weißt doch, dass das ganze Team hinter dir steht. Aber wir brauchen trotzdem deinen vollen Arbeitseinsatz. Wir sind hier nicht auf Vergnügungsurlaub.«

Philipp Mühleis bekam einen dicken Hals und brüllte: »Vergnügungsurlaub? Ihr tickt ja alle nicht richtig. Ich sag euch, was das hier ist: Ein Horrortrip! Aber bitte, ich bring euch Giudecca, Murano, den Lido und die ganze Scheißlagune!«

Damit drehte er sich um und verließ, die Tür ins Schloss werfend, den Besprechungsraum.

SIEBENUNDZWANZIG

Lupino erklärte gerade einer Gruppe aus Dresden, was es mit dem Heiligen Markus und Venedigs Wappentier, dem Löwen, auf sich hatte, als sein Handy klingelte. Er ließ es läuten und sprach ruhig weiter. Als es kurz darauf ein zweites Mal läutete, meinte eine weißhaarige Dame, die Sandalen anhatte, in denen ihr an beiden Füßen abnorm verformter Halux aufs Unappetitlichste sichtbar war: »Woll'n Se nich abheben?« Doch Lupino sprach auch diesmal ruhig weiter. Als es kurze Zeit später noch einmal läutete, stellte er das Gerät kurzerhand ab. Um keinen Preis der Welt wollte er sich zum Sklaven seines Handys machen. Es gab Zeitpunkte in seinem Leben, in denen er nicht zu sprechen war. Später, nach Beendigung der Führung, das Trinkgeld war untermittelprächtig gewesen, steuerte er die Bar ai Fiori an und bestellte sich einen Vino bianco. Als er so dasaß und die schmale Gasse beobachtete, fiel ihm wieder sein Handy ein. Er nahm einen Schluck, zog das Handy aus der Tasche, schaltete es ein und sah, dass Philipp Mühleis verzweifelt versucht hatte, ihn zu erreichen. Eine blöde Geschichte, dachte er sich. Mein einziger Klient seit Langem. Trotzdem lass ich mich nicht nerven. Er nahm einen weiteren Schluck Wein und wählte dann Philipp Mühleis' Nummer.

»Herr Severino, endlich«, seufzte Philipp Mühleis. Lupino stammelte irgendwelche Entschuldigungen, dass er in einer Besprechung gewesen war und deshalb nicht abheben konnte. Er staunte, dass Mühleis ihn sofort treffen wollte. Als er eher abweisend auf dieses Ansinnen reagierte, begann Mühleis wie ein kleines Kind zu betteln. Lupino stimmte schließlich seufzend zu. Eine Viertelstunde später trafen sie sich in einer Bar beim Mercato Rialto. Jetzt, zu Mittag, war verdammt viel los hier. Menschenmassen drängten sich über den Markt. Auf dem Weg zur Bar konnte Lupino der Versuchung nicht widerstehen, ein Kilo Castraure zu erstehen, diese kleinen, violetten Artischocken, die extrem jung geerntet wurden. Sie stammten von der Insel Sant'Erasmo und waren ein ganz besonderer Genuss. Lupino wollte Gino bitten, ihm das Gemüse kurz in Zitronenwasser zu marinieren und dann in Olivenöl und mit Knoblauch abzubraten. Danach würde er sie mit frisch gepresstem Zitronensaft und Olivenöl beträufeln, salzen, pfeffern und verzehren. Zu Castraure brauchte Lupino kein Fleisch und keinen Fisch. Nur mit einem Stück Weißbrot und einem guten Schluck Weißwein genoss er dieses zarte Gemüse. Seine Vorfreude auf das köstliche Mittagessen verging ihm aber, als er einen völlig verstörten Mühleis vorfand, der ihn drängte, sofort aufzubrechen. Er wollte heute noch so viele Läden wie möglich im Dorsoduro und in San Polo abklappern und sie nach seinem Sohn befragen. Lupino seufzte. Aber Geschäft war Geschäft. Noch dazu, wo Mühleis ihm gerade wieder sechs Hundert-Euro-Scheine zugesteckt hatte. Also wanderten sie in Richtung Frari-Kirche und gingen in jedes Geschäft, zeigten das Bild von Johannes Mühleis her und fragten, ob man den Jungen hier gesehen hätte. Einige Verkäuferinnen reagierten schroff abweisend, andere erkannten Philipp Mühleis und wünschten ihm ihr Beileid. Doch die Mehrzahl konnte nichts mit dem Bild beziehungsweise mit ihren

Fragen anfangen. Als sie bereits eineinhalb Stunden im Dorsoduro waren, kam es zum Eklat. Philipp Mühleis läutete beim Geschäft eines Silberschmieds an der Tür. Da der Inhaber und seine Frau schon recht betagt waren, dauerte es eine Zeit lang, bis sie die Tür öffneten. Mühleis hatte mittlerweile Sturm geläutet. Die Besitzerin fragte recht unwirsch, warum er so einen Krach mache. Darauf brüllte er sie so laut an, dass die Signora auf ihren kurzen, krummen Beinen erschrocken zurück in den Laden flüchtete. Mühleis hinter ihr her, wild mit dem Foto seines Sohnes gestikulierend. Der Silberschmied erschrak und drückte den Notfallknopf, der in der Questura die Alarmglocke schrillen ließ. Ein Polizeiboot nahm Kurs auf den Silberladen. Gerade, als Lupino die Besitzerin und den Besitzer einigermaßen beschwichtig hatte, stürmten Polizisten herein und überwältigten Mühleis und ihn. Erregt berichtete die Signora, dass Mühleis sie körperlich angegriffen hatte. Obwohl Lupino Mühleis verteidigte, nahmen die Polizisten den durchgeknallten Vater auf die Questura mit. Lupino blieb dies erspart, da ein Polizist ihn noch als Kollegen erlebt hatte, und die Signora ihn ja auch nicht beschuldigte. Als er kurz danach völlig fertig in Ginos Küche auf einen Stuhl sank, murmelte er plötzlich: »Die Castraure!« Er hatte sie im Laden des Silberschmieds stehen gelassen. Zehn Minuten später stand er neuerlich vor dem Laden, doch innen in der Tür hing ein ›Chiuso‹-Schild. Aus einem Fenster im ersten Stock hörte er Teller und Besteck klappern. Und dann roch er ihn: den unvergleichlichen Duft von in Zitronenwasser marinierten und in Knoblauchöl gebratenen Castraure.

ACHTUNDZWANZIG

›Wozu hat man eigentlich alte Bekannte?‹, dachte sich Lupino und gab sich einen Ruck. Eilig zerkaute er die letzte eingelegte Artischocke und spülte mit Ribolla Gialla nach. Da er bereits gezahlt hatte, hielt ihn nichts mehr in Marcellos Osteria. Voll Elan ging er vor zur Vaporetto-Station beim Rialto und hatte Glück, gerade legte ein Boot der Linie zwei an, eine endlose Menschenschlange quoll heraus, und eine nicht minder lange quetschte sich anschließend hinein. Lupino hasste es. Diese Touristen! Wie angenehm war das Vaporetto-Fahren in seiner Jugend gewesen. Da hatte er fast immer einen Platz hinten auf dem offenen Teil bekommen. Dort, wo manchmal ein bisschen Gischt spritzte und man den Dieselmotor roch. Zu diesen wunderbaren Plätzen kam er in diesem Fall gar nicht durch, so voll gepackt mit Menschen war das Boot. Mit stampfendem, bebendem Motor wurde Accademia angesteuert, und dann ging es an Peggy Guggenheims Kunstpalast vorbei hinüber ans andere Ufer, nach San Marco. Auch dort wieder ein total widerliches Geschiebe und Gedränge, dann endlich fester Boden unter den Füßen und Raum zum Ausweichen. Lupino hasste es, mit wildfremden Leuten auf Tuchfühlung gehen zu müssen. Flotten Schrittes wählte er Seitengassen, um auf den Markusplatz zu gelangen. Hier ging er unter den Arkaden nach links zum Grancaffè Quadri. Und tatsächlich: Drinnen in den historischen Räumen saß, so wie jeden Nachmittag um vier Uhr, Avvocato Monelli und las Zeitung. Mit einem strahlenden »Buona sera, avvocato«, begrüßte er ihn. Monelli sah erstaunt von seiner Lektüre auf und bot dann Lupino schmunzelnd einen Sitzplatz an seinem Kaffeehaustischchen an. So wie es seine Art war, kam er gleich zur Sache:

»Che cosa vuole, Severino?*«

Lupino schätzte diesen Wesenszug des Anwalts. Früher, als er noch Polizist war, hatte Monelli mit seiner direkten, ehrlichen Art und mit blitzgescheiten Argumenten des Öfteren etwas für seine Klienten herausholen können. Genau deshalb war Severino nun hier. Er erzählte dem Rechtsanwalt in kurzen Worten von Philipp Mühleis' Verhaftung. Dann informierte er Monelli, dass er als Detektiv von Mühleis engagiert worden war, um ihn bei der Suche nach dem Mörder zu unterstützen. Monelli sah kurz auf und fragte:

* Was wollen Sie, Severino?

»Un assassino? Solo un assassino?[*]«

Lupino nickte. Dann legte er dem Anwalt seine und Ranieris Sicht des Falles dar. Monelli hörte konzentriert zu, enthielt sich aber einer persönlichen Meinung. Er fragte vielmehr, ob Mühleis imstande sei, eine Kaution zu hinterlegen. Lupino bejahte diese Frage ohne lange nachzudenken. Er ging davon aus, dass Mühleis' Vater beziehungsweise die Produktionsfirma dies tun würde. Monelli kraulte sich seinen sorgfältig gestutzten grauen Vollbart und murmelte, dass sie noch etwas Unterstützung benötigten. Er zückte sein Handy, wählte eine Nummer und begrüßte die sich meldende Frauenstimme mit »Ciao, Ornella«. Und als Lupino das Gespräch mitverfolgte, wurde ihm Monellis genialer Plan klar: Er überredete Ornella Felducci, die Regional-TV-Reporterin, die den Begriff ›Venedig-Ripper‹ geprägt hatte, mit einem TV-Team zur Questura zu kommen. Lupino grinste. Unter diesen Umständen standen die Chancen gut, Philipp Mühleis frei zu bekommen.

Und so war es dann auch. Avvocato Monelli rauschte mit Ornella Felducci, einem Kameramann und Lupino im Schlepptau in der Questura ein. Mit großer Geste und lauter Stimme erklärte er, er sei hier, um einen unschuldig Verhafteten zu befreien. Und das alles vor laufender Kamera! Die Uniformierten am Eingang des Gebäudes telefonierten hektisch, und wenig später

* Ein Mörder? Nur ein Mörder?

erschien Silvana Viti, die für den Fall Philipp Mühleis zuständig war. Sie bat den Avvocato und Lupino weiterzukommen, die TV-Leute mussten draußen warten. In ihrem Büro erklärte ihr Lupino, wie der Zwischenfall in Wahrheit abgelaufen war und dass von einem Überfall keine Rede sein konnte. Die Polizistin runzelte die Stirn, schlug ihre unverschämt langen Beine übereinander, dass es Lupino fast die Sprache verschlug, griff zum Telefon und rief den Vicequestore an. Und während Lupino ihre makellosen Beine, die nur im allerobersten Teil von einem Minirock verhüllt waren, bewunderte, erzählte sie ihrem Vorgesetzten in kurzen Worten die Fakten. Dann fügte sie fast beiläufig hinzu, dass vor der Tür Ornella Felducci mit einem Kameramann wartete. Als sie aufgelegt hatte, wählte sie neuerlich eine Nummer und befahl, Signor Mühleis in ihr Zimmer zu bringen. Er wirkte völlig derangiert und verwirrt. Silvana Viti eröffnete ihm, dass er auf freien Fuß gesetzt werde, dass sie aber seinen Pass hier behalte und er das Stadtgebiet von Venedig vorläufig nicht verlassen dürfe. Lupino dolmetschte. Philipp Mühleis fiel ihm um den Hals. Mit dem strahlenden Lächeln eines siegreichen Feldherrn trat Avvocato Monelli vor Felduccis Kamera. Mit bewegten Worten schilderte er, wie es ihm gelungen war, einen unschuldig Verhafteten aus den Fängen der Polizei zu befreien. Zu Lupinos großer Überraschung schwenkte dann die Kamera auf ihn, und Ornella Felducci fragte ihn, was genau vorgefallen war. In knappen Worten schilderte

Lupino die Fakten und fügte in eigener Sache hinzu, dass er im Auftrag von Signor Mühleis im Fall des ›Venedig-Rippers‹ private Ermittlungen durchführe. Felduccis Wangen wurden rot, ihre Augen funkelten und sie fragte, ob er neue Erkenntnisse habe. Lupino holte tief Luft, nahm all seinen Mut zusammen und sagte dann, dass er der These des Sonderermittlers keinen Glauben schenke. Die Snuff-Porno-Theorie sei völlig aus der Luft gegriffen. Der ›Venedig-Ripper‹ hingegen sei – leider – traurige Realität.

NEUNUNDZWANZIG

Marco staunte, als er aus der Schule herausstürmte und sah, dass Bobby Crumb und der nette Ettore auf ihn warteten. Bobby lief auf ihn zu und rief »Gimme five!«. Die beiden Buben klatschten ab, und Ettore erzählte Marco, warum sie hier waren. Bobby hatte heute Geburtstag, und deshalb hat sein Vater in Mestre einen Fußballplatz gemietet. Dort würde schon die Vereinsjugend warten, um mit Bobby zu kicken. Das Geburtstagskind hatte jedoch darauf bestanden, dass Marco unbedingt mitkommen müsse. Und so waren sie zu der Pizzeria gefahren und hatten sich nach Marcos Schule erkundigt. Dem netten Signor Veneto hatten sie gesagt, dass er, Marco, heute wahrscheinlich nicht kommen würde. Der war zwar ein bisschen enttäuscht gewesen, hatte aber dann den Buben viel Spaß beim Kicken gewünscht.

Als Marco wenig später neben Bobby in dem von Ettore gesteuerten Motorboot durch die Lagune pflügte, sodass die Gischt spritzte, konnte er sein Glück kaum fassen. Das hatte er sich immer schon gewünscht: Mit einem starken Motorboot über das Wasser zu zischen. Sie legten in Mestre an, von wo die beiden Buben in einer Lancia Limousine zum Fußballplatz chauffiert wurden. Dort angekommen wurden Bobby und Marco wie Stars begrüßt. Ganz besonders herzlich wurde Marco von Bobbys Vater willkommen geheißen. Der Dicke umarmte Marco, so wie er es sonst nur bei seinen eigenen Söhnen tat. Es spielte eine Musikkapelle, und die beiden Buben bekamen funkelnagelneue Outfits sowie neue Fußballschuhe. Ein Sportartikelhändler aus Mestre war mit Fußballausrüstung in verschiedenen Größen hier, sodass Marco und Bobby passende Schuhe, Trikots und Hosen bekamen. Danach wurden die beiden der Vereinsjugend vorgestellt. Da Bobby darauf bestand, dass Marco in seiner Mannschaft spielte, hatte die gegnerische Mannschaft wenig zu lachen. Nach zweimal 45 Minuten siegte Bobbys Mannschaft mit sieben zu drei. In den Clubräumen des Vereins ließ Donald B. Crumb eine riesige Geburtstagstorte mit Sprühkerzen auffahren. Es gab jede Menge Coca Cola, Hot Dogs, Burgers und Popcorn. Selbstverständlich war die gesamte Vereinsjugend eingeladen mitzufeiern. Als Marco gegen sechs Uhr abends von Ettore zur Pizzeria gebrachte wurde – er wollte unbedingt noch bei Signor Veneto vorbeischauen –, war seine Enttäuschung groß. Dieser war nämlich gerade kurz weggegangen. Aber wenigstens war sein starker Freund, Signor Smith, da. Mit stoischer Gelassenheit saß er dort, wo Signor Veneto normalerweise saß, kaute an einem Stück Pizza Cardinale, trank fallweise einen Schluck Cola aus dem großen Glas mit den vielen Eiswürfeln und bediente die Laufkundschaft mit so einer Selbstverständlichkeit, als hätte er sein gesamtes Leben lang nichts anderes getan. Zu Marcos Überraschung fing Signor Smith mit ihm zu plaudern an. Wie viel Geld er hier verdiene? Ob er das Geld benötige? Und ob er vielleicht mehr Geld verdienen wolle?

Marco horchte auf. Noch mehr Geld? Für ihn waren die fünf Euro, die er meistens an einem Nachmittag hier verdiente, schon verdammt viel.

Signor Smith' Gesicht wurde von einem dünnen Lächeln zerteilt. Fünf Euro? Nun das war nicht viel. Er würde Marco für jeden Tag, an dem er für ihn arbeitete, 50 Euro geben. Die Arbeit würde auch nicht lange, sondern immer nur zwei bis drei Stunden dauern. Insgesamt bräuchte er ihn für drei, vielleicht vier Tage. Marco konnte es nicht glauben. 50 Euro für zwei bis drei Stunden! Und das mal drei oder vielleicht mal vier. Heute war sein Glückstag. Und als Signor Smith ihm seine sehnige, unglaublich kräftige Hand zum Einschlagen entgegenstreckte, zögerte Marco keine Sekunde lang. Überrascht war er, wie ungeheuer kräftig der Händedruck von Signor Smith war. Es fühlte sich an, als ob eine Stahlzwinge seine Hand quetschte.

DREISSIG

Was für ein Tag! Lupino fühlte sich wie durch den Fleischwolf gedreht. Zuerst der durchgeknallte Mühleis, dann die mühsame und ermüdende Suche nach möglichen Spuren in unzähligen Geschäften mit dem anschließenden Eklat im Geschäft des Silberschmieds. Schließlich die vergessenen Castraure, der geniale Avvocato Monelli, die Wahnsinnsbeine der Polizistin und zuletzt das Fernsehinterview. Er kannte Ornella Felducci ja schon seit vielen Jahren. Aber heute war es das erste Mal gewesen, dass sie von ihm Notiz genommen hatte. Ein kleiner, persönlicher Triumph. Und so saß er zufrieden in Marcellos Osteria und verzehrte zur Feier des Tages einen Rombo alla griglia. Mit den

600 Euro, die er heute von Mühleis bekommen hatte, konnte er sich den Edelfisch guten Gewissens leisten. Vorsichtig und mit viel Liebe filetierte er den Steinbutt und schob immer wieder eine Gabel von dem zarten, köstlichen Fleisch in den Mund. Dazwischen genoss er schluckweise den herrlich trockenen Ribolla Gialla. Schmunzelnd erinnerte er sich dabei an Ginos Credo beim Zubereiten von Fischen: Der Fisch ist schon tot. Man muss ihn nicht noch einmal töten. Weder beim Braten noch beim Filetieren. Er hatte so einen Hunger, dass nach einer Viertelstunde nur mehr ein Haufen Gräten sowie der hässliche Kopf des Butts übrig geblieben waren. Leises Rülpsen unterdrückend bestellte er sich einen Espresso doppio und einen doppelten Grappa. Beides genoss er mit Andacht, still in sich versunken. Und als er so ganz mit sich selbst im Reinen dasaß, vor sich ins Leere starrte und mit der Seele baumelte, registrierte er mit Verwunderung, dass Luciana ihm beim Vorbeigehen zärtlich über den Kopf streichelte. Diese liebevolle Geste regte seine erotischen Fantasien an. Vor seinem geistigen Auge sah er neuerlich die unglaublich langen Beine Silvana Vitis. Er stellte sich vor, wie sie ihn mit Handschellen fesselte, er sich wehrte, ihr Minirock dabei noch ein Stück weiter hinauf rutschte und …

»Lupino! Guarda! Sei in TV …*«

Marcellos dröhnende Bassstimme riss ihn aus seinen Träumen. Desorientiert schweifte sein Blick durch

* Lupino! Schau! Du bist im Fernsehen …

den Raum und blieb auf seinem eigenen Konterfei, das über den Bildschirm des TV-Geräts flimmerte, hängen. Marcello erhöhte die Lautstärke per Fernbedienung. Nun war er klar und deutlich zu hören. Seine Schilderung der Fakten rund um den Eklat mit Philipp Mühleis sowie seine Stellungnahme zum ›Venedig-Ripper‹. Die Venezianer in der Osteria spendeten seinem Statement Applaus, die Touristen sahen ihn groß an, so wie man ein fremdes, faszinierendes Tier anstarrt. Marcello gab eine Runde Prosecco zu seinen Ehren aus. Als er mit Luciana anstieß, sah sie ihm tief in die Augen und näherte sich ihm ganz langsam. Lupino ging aufs Ganze und küsste sie. Zu seiner Überraschung spürte er eine Welle von Wärme und Zuneigung. Und plötzlich war wieder dieses erotische Knistern da, aus dem ihn Marcellos Stimme vorher herausgerissen hatte. Still vor sich hinlächelnd schlürfte er seinen Prosecco. Dann trank er einen weiteren Espresso doppio. Heute Abend wollte er fit bleiben.

Als gegen ein Uhr früh Luciana aufstand und ihn fragte, wo denn in seiner Wohnung das Klo sei, dachte er sich: Sie hat zwar nicht so lange Beine wie Silvana Viti, dafür aber einen tollen Busen. Lucianas Busen, den er heute erstmals in natura sah, war so, wie er weibliche Brüste liebte: groß und birnenförmig. Brüste, deren Gewicht er in den letzten Stunden immer und immer wieder in den Händen gehalten und genossen hatte. Außerdem liebte er Lucianas tiefe, heisere Stimme. Dagegen erinnerte ihn die wesentlich höhere und schärfere Stimme der Polizistin an das Kratzen eines Nagels auf Metall. Ja, und was seine Fantasie mit den Handschellen betraf, wer weiß? Vielleicht würde Luciana ja einmal darauf Lust bekommen …

EINUNDDREISSIG

Marco genierte sich. Und dies nicht nur eine kurze Zeit lang, so wie es bisher manchmal der Fall gewesen war, wenn er irgendwas besonders Dummes angestellt hatte. Nein, diesmal genierte er sich lange und anhaltend. Okay, er war zwar mittlerweile um 100 Euro reicher, aber irgendwo nagten massive Zweifel, ob das wirklich so ein tolles Geschäft war, auf das er sich da eingelassen hatte. Denn tief in ihm drinnen steckte eine Scham, die er merkwürdiger Weise nicht loswerden konnte. Im Gegenteil, sie fraß sich wie Säure immer weiter in ihn hinein und verfolgte ihn auch in der Nacht in seinen Träumen. Signor Smith, den er bisher immer als seinen starken Freund und Beschützer empfunden hatte, hatte sich gewandelt. Es war, wie wenn er die freundliche Maske ihm gegenüber abgenommen hätte und darunter sich ein Raubvogelgesicht zeigte, vor dem er Angst hatte. Signor Smith' spitze, lange Nase erschien Marco nun wie ein Schnabel. Seine kalten, forschenden Augen waren die eines Greifvogels, der von ganz weit oben seine Beute fixierte und sie nicht mehr aus den Augen ließ. Cristo!* Vor diesen Augen graute Marco. Früher waren sie ihm nicht so aufgefallen, aber nun, wenn er stillhalten musste und ihn diese Augen fixierten und über jede Kleinigkeit, jedes Grübchen, jede noch so geheime Falte seines Körpers glitten, schauderte ihn. Nein, da war nicht mehr das amüsierte, nachsichtige Lächeln, mit dem er Marco damals das heiße Pizzablech auffangen geholfen hatte. Da war nur mehr ein kalter, forschender Blick, der seinen Körper abtastete. So intensiv, dass es fast wehtat. Vor diesem schamlosen Blick graute Marco. Und deshalb genierte er sich so sehr. Eigentlich unfassbar, dass Signor Smith, sein Freund, so etwas von ihm verlangte. Eigentlich wollte Marco nicht mehr zu weiteren Sitzungen gehen, doch er traute sich nicht, das Signor Smith mitzuteilen. Mit Schaudern erinnerte er sich an dessen schraubstockartigen Händedruck, mit dem er das Geschäft besiegelt hatte. Damals war Marco plötzlich bewusst geworden, dass er sich da auf etwas eingelassen hatte, von dem er bisher überhaupt nicht wusste, dass es existierte: Eiskalte, psychische Gewalt verbunden mit brutaler physischer Kraft. Marco schauderte.

---

* Oh Gott!

»Che cos' hai, Marco?*«, hörte er Bruno Venetos Stimme besorgt fragen. Marco schüttelte nur den Kopf und knetete weiter den Teig. Das, was ihm bis vor Kurzem noch so viel Spaß gemacht hatte, langweilte ihn nun. Das Kneten und Ziehen des Teiges. Das in die Luft Werfen und auf das Holzbrett Knallen. Das Formen von Teiglaiben, aus denen schlussendlich große Pizzafladen gemacht wurden. In seiner Verwirrung kam er sich selbst wie ein Stück Teig vor, den die schraubstockartigen Händen von Signor Smith nach Lust und Laune verformten und kneteten. Und dann verdunkelte sich der Nachmittag endgültig. Mit einem dünnen Grinsen betrat Signor Smith die kleine Pizzeria. Wie immer nahm er hinten in der Ecke Platz. Heute startete er ausnahmsweise mit einer Pizza Funghi. Marco servierte ihm das große Glas Cola mit viel Eis ohne aufzublicken. Das war auch nicht nötig, denn er fühlte Smith' Raubvogelaugen auf sich ruhen. Er kehrte zum Teig zurück und knetete verzweifelt weiter. Schweiß rann ihm herunter, und er wäre am liebsten davon gerannt. Doch er wusste, er würde nicht weit kommen. Die Schraubstockhände würden ihn über kurz oder lang packen und ihn in die Rahmenmacherwerkstatt schleppen. Mit Grauen erinnerte er sich an die ersten beiden Sitzungen. So nannte Signor Smith die Prozeduren, für die er ihn bezahlte. Bei der ersten Sitzung waren sein Kopf und sein Gesicht mit feuchten Gipsbinden eingepackt worden. Zeitweise glaubte Marco

* Was hast du, Marco?

zu ersticken. Dabei musste er eine bestimmte Haltung einnehmen. Genau so wie eines der vier Pferde, die oben auf der Loggia des Markusplatzes standen. Wenn er sich auch nur ein bisschen bewegte, wurde er von Signor Smith gerügt. In einem dermaßen harten Befehlston, dass er sich danach nicht einmal mehr traute, mit den Wimpern zu zucken. Die zweite Sitzung war noch schlimmer. Diesmal musste sich Marco den Oberkörper frei machen und so vor Signor Smith knien. Dabei war besonders wichtig gewesen, dass er die eine Hand leicht anwinkelte und so verharrte. Eine Tortur, die er sein Leben lang nicht vergessen würde. Als die Gipsbinden endlich trocken waren und Signor Smith sie in der Mitte aufschnitt und vorsichtig abnahm, bemerkte er lakonisch, dass bei der nächsten Sitzung dann das Hinterteil drankäme und dass man dann fertig sei. Marco wurde vom Läuten des Telefons aus seinen Gedanken gerissen. Signor Veneto hob ab und begrüßte mit Freude in der Stimme den dicken Amerikaner. Der bestellte fünf verschiedene Pizze und bat, dass Marco sie liefern sollte. Außerdem solle sich Marco eine sechste Pizza aussuchen, er sei eingeladen. Als Marco das hörte, strahlte er. Nichts wie weg von hier! Er konnte es kaum erwarten, dass die Pizze endlich aus dem Ofen herauskamen, um sie in die Kartons zu verpacken. Signor Veneto lächelte, als er sah, wie sich Marco freute. Er hatte den Buben wirklich ins Herz geschlossen und hatte sich schon Sorgen gemacht, warum er in den letzten Tagen so eigenartig verschlossen und still gewesen war. Nun verhielt sich der Junge endlich wieder normal. Bruno Veneto freute sich und sagte Marco, dass er nach dem Pizza-Essen bei Donald B. Crumb nicht mehr in die Pizzeria zurückkehren brauche. Er käme hier den Rest des Tages auch allein zurecht. Marco nahm die sechs Pizzakartons, grüßte und zischte ab. Der dicke, fröhliche Amerikaner hatte ihn erlöst. Wie ein Vater, der seinen in Bedrängnis geratenen Sohn rettet. Marco war Donald B. Crumb unendlich dankbar. Und irgendwo ganz hinten in seinem Herzen verspürte Marco, der ja ohne Vater aufgewachsen war, die Sehnsucht nach genau so einem wunderbaren Vater.

ZWEIUNDDREISSIG

Die Hitze des Tages hatte sich nicht in das enge Gässchen verirrt, in dem sich die Osteria da Marcello befand. Das geschah nur in den brütend heißen Sommermonaten. Jetzt, an den späten Nachmittagen im September, war es hier wieder erträglich. Lupino nahm am einzigen besetzten Tisch Platz, an dem Luciana und Gino vor einem Espresso beziehungsweise vor einem Prosecco saßen. Sie glotzten mit müden Gesichtern auf das oberhalb der Bar befindliche TV-Gerät. Die Stille und Kühle der Gaststube waren eine Wohltat. Vor allem wenn man, so wie Lupino in den letzten Stunden, mit einem Haufen neugieriger Touristen durch die Hitze der Stadt spazieren musste. Nein, eine Freude waren diese Stadtspaziergänge nicht. Aber er verdiente sein Brot damit. Apropos Brot: ausgedörrt wie er war, hatte er Lust auf ein Bier.

»Vorrei una Moretti.*«

»Una Mo… mo… moretti!«, äffte ihn der Koch nach. Luciana warf ihm einen müden Blick zu, stand auf und ging hinter die Bar, das Bier holen. Wortlos stellte sie es vor Lupino auf den Tisch. Dieser nahm die Gelegenheit wahr, packte ihre abgearbeitete, rote Hand und drückte einen schmatzenden Kuss darauf. Errötend entzog sie ihm die Hand, murmelte ein nicht unzärtlich klingendes »Idiota« und ließ sich mit einem Seufzer auf ihrem Platz nieder. Gino, der diese Szene mit halbgeschlossenen Lidern beobachtete, schnalzte mit der Zunge, nahm einen Schluck Prosecco und murmelte:

»Ah! Il g…g…grande amore…**«

Lupino grinste verlegen. Er lehnte sich in seinem Sessel zurück, schaukelte hin und her und nuckelte mit Genuss an dem kalten Bier. Als er sich gerade entspannt hatte, betrat Ranieri die Osteria. Leicht schwan-

* Ein Moretti bitte.

** Ah! Die große Liebe …

kend steuerte er auf die drei zu, lallte »Ciao a tutti!« und ließ sich neben Luciana auf einen Sessel nieder. Gino maß ihn mit einem Blick von oben bis unten und grinste abschätzig. Ranieri bemerkte es nicht, denn er legte die Ellbogen auf den Tisch, ließ den Kopf darauf fallen und begann binnen weniger Minuten zu schnarchen. Luciana lachte leise, nippte von ihrem Espresso und schaute weiter fern. Lupino war fassungslos. Was war mit Ranieri geschehen? Was war schon eine Suspendierung? Sie hatten ihn ja nicht gefeuert. Suspendierung bedeutete vorläufige Dienstfreistellung, ein Disziplinarverfahren, eine Strafe und danach Dienst wie vorher. Also was sollte das Theater? Er nahm einen Schluck Bier, schüttelte den Kopf und sah ebenfalls weiter fern.

Vier Stunden später, als Ranieri auf einem provisorischen Lager aus drei Stühlen und einigen Tischtüchern neben dem Kücheneingang seinen Rausch ausschlief, betraten zwei Männer grußlos die Osteria. Sie hatten kahl geschorene Köpfe, trugen Maßanzüge ohne Krawatten und protzigen Goldschmuck an den Händen. Sie sahen sich im Lokal um und gingen dann auf den Tisch zu, an dem Lupino saß.

»Severino? Lupino?«, grunzte der Kleinere von beiden. Lupino wurde bleich und stotterte:

»S…sssi.«

Der größere legte ihm eine Hand, die die Größe einer Bistecca alla fiorentina hatte, auf die Schulter und murmelte mit heiserer Stimme:

»Andiamo!«

Da er keine Wahl hatte, stand Lupino auf und ging mit den beiden mit. Es waren Männer von ›Il piccoletto‹, dem örtlichen Mafiaboss. Den, der ihm die Hand auf die Schulter gelegt hatte, kannte er von früher. Als er noch Polizist war, hatte er ihn einmal verhaftet. Piero hieß er. Lupino bekam einen Schweißausbruch. Als sie in ein vor der Osteria wartendes Motorboot stiegen, fragte er:

»Che cosa è successo?*«

Er bekam keine Antwort. Stattdessen setzte sich Piero neben ihn und grunzte neuerlich, diesmal zum Motorbootfahrer:

»Andiamo!«

Das Boot steuerte durch die engen Kanäle San Polos hinaus auf den Canal Grande. Dort gab der Fahrer ordentlich Gas. Ihr Weg führte sie vorbei an Santa Maria della Salute rechter Hand und dem Markusplatz linker Hand. Weiter ging es an dem Biennalegelände vorbei, hinaus in die nächtliche Lagune. Sie näherten sich der Lichterkette des Lido. Dort legten sie an, und Piero half Lupino beim Aussteigen. Es wartete ein schwarzer BMW, auf dessen Rückbank sich Lupino zwischen Piero und seinen kleineren Begleiter quetschen musste. Der BMW rollte die Gran Viale Santa Maria Elisabetta entlang zu einem weitläufigen Betonbau mit geschwungenen Formen: dem Strandbad. Der Wagen hielt, und Lupino wurde

* Was passiert jetzt?

von seinen beiden Begleitern in die nächtlich verlassene Anlage geführt. Er bekam neuerlich einen Schweißausbruch, in seinem Bauch grummelte es, und es fehlte nicht viel, dass er sich vor Angst in die Hosen geschissen hätte. Plötzlich sah er ein Licht im Inneren des Strandrestaurants. Auf der Terrasse flackerten einige Kerzen in Sturmlichtern. Beim Näherkommen sah Lupino die massige Gestalt von ›Il piccoletto‹, der eine gewaltige weiße Serviette umgebunden hatte und mit Genuss an einem Hummerbein saugte. Er ließ es fallen, als er Lupino sah und sprang mit einer für so einen riesigen Mann beachtlichen Behändigkeit auf, breitete die Arme aus und kam mit breitem Grinsen Lupino entgegen. Dann geschah das Unvermeidliche: ›Il piccoletto‹ umarmte und küsste ihn auf beide Wangen. Er zählt mich also noch immer zu seinen Leuten, obwohl ich nicht mehr im Polizeidienst bin und schon lange nicht mehr auf seiner Lohnliste stehe, dachte Lupino. Der riesige Mann, der schon als Kind seine Altersgenossen um einen Kopf überragt hatte und ironischerweise seit damals ›Il piccoletto‹ gerufen wurde, bot Lupino einen Platz an seinem Tisch an. Dann winkte er dem Kellner, und Lupino wurde ein halber Lobster serviert. Krachend eine Hummerschere öffnend und schmatzend das darin enthaltene Fleisch heraussaugend, forderte ihn ›Il piccoletto‹ auf:

»Manga, manga! Che è buona.*«

* Iss! Iss! Das ist köstlich.

Da Lupino wusste, dass es eine Beleidigung gewesen wäre, diese Delikatesse auszuschlagen, griff er ebenfalls zur Hummerzange und begann zu essen. Ungefragt schenkte ihm Piero, der wie ein Schatten hinter ihm stand, aus einer Champagnerflasche ein. Was ›Il piccoletto‹ mit einem genuschelten »È francese.*« kommentierte. Lupino beschloss, das Mahl zu genießen. Der Hummer war wirklich vorzüglich, genauso wie der Champagner. Piero schenkte ihm laufend nach, und Lupino goutierte das feine Mousseux sowie das trocken fruchtige Bouquet. Von dem Champagner musste der Wirt des Strandrestaurants übrigens einen ganz schönen Vorrat eingelagert haben, denn kaum hatten sie eine Flasche ausgetrunken, wurde im Eiskübel eine neue gebracht. Als sie fertig gegessen hatten, bestellte ›Il piccoletto‹ Kaffee. Während dieser zubereitet wurde, begann er im Plauderton zu erzählen, dass ihm der Blödsinn, den der Sonderermittler aus Rom in der Öffentlichkeit von sich gäbe, endgültig reiche.

»Ammazzare adolescenti? Io? Fare gli snuff porno? E' ridicolo!**«

Dann erwähnte er, dass dieses Geschwätz des Sonderermittlers sowie dessen Ermittlungen sich störend auf seine Geschäfte auswirkten. Er werde bei jeder Gelegenheit von seinen Geschäftsfreunden gefragt, ob er schwul geworden sei und ob ihn Snuff-Pornos

* Er ist aus Frankreich.
** Ich soll Knaben umbringen? Ich? Und Snuff-Pornos machen? Lächerlich!

mit minderjährigen Knaben anturnten. All das habe er satt. Deswegen habe er dafür gesorgt, dass dem Sonderermittler das Handwerk gelegt werde. ›Il piccoletto‹ nippte nachdenklich an seinem Espresso und dann an dem Grappa, der ihm ungefragt, genauso wie Lupino, zum Kaffee serviert worden war. Der riesige Mann seufzte und philosophierte, dass man als Geschäftsmann sich manchmal zwischen Pest und Cholera entscheiden müsse. Er lachte und sagte, dass er sich für die Cholera entschieden habe und dass er alle seine Kontakte habe spielen lassen, damit Ranieris Suspendierung aufgehoben werde. Er bat Lupino, dies Ranieri mitzuteilen. Nun musste Lupino grinsen. Ranieri war ein Intimfeind von ›Il piccoletto‹. Immer wieder hatte Ranieri ihm in den letzten Jahren das Leben schwer gemacht. Nie hatte er sich von dem Paten bestechen lassen. Nun benutzte ›Il piccoletto‹ die Angelegenheit, um Ranieri in eine Situation zu bringen, in der dieser ihm einen Gefallen schuldig sein würde. Lupino stürzte seinen Grappa hinunter, ließ ein wohliges »Ahhh« hören und war nun vollkommen entspannt. Er war der Bote, der Ranieri die frohe Botschaft überbringen sollte. Doch das war nicht alles. Der Pate orderte zwei weitere Grappe, prostete Lupino zu, schob ihm ein prall gefülltes Kuvert über den Tisch und knurrte leise:

»Acchiappa il killer. Subito.*«

Nun begann Lupino wieder zu schwitzen. Der ört-

* Schnapp den Killer! Und zwar flott!

liche Mafiaboss hatte ihn gerade beauftragt, den Killer zu fassen. Und zwar subito. Schöne Scheiße …

DREIUNDDREISSIG

Sie genoss den Branzino. Ein wunderschönes, großes Exemplar, wie man es heute eher selten bekommt. Im Ganzen serviert, perfekt auf den Punkt gebraten. Schade nur, dass man kaum sein eigenes Wort verstehen konnte. In der versteckt hinter dem Rialto liegenden Osteria ›La Botte‹ war die Hölle los. Einheimische und Touristen drängten sich eng an eng. Auch der allerkleinste Platz wurde ausgenutzt, und so saß an ihrem Tisch ein österreichisches Touristenpaar, dem hier nichts passte. Mit langen Gesichtern hatten sie in der Tris vom Baccalá herumgestochert, danach hatten sie Spaghetti mit Meeresfrüchten bestellt, die ihnen auch nicht wirklich mundeten. Kein Wunder, schließlich tranken die beiden Bier zum Essen. Bier zu Spaghetti und Meeresfrüchten! Brrr! Silvana Viti schüttelte sich bei dem Gedanken. Besorgt sah sie Giancarlo, der fesche, strubbelköpfige Sonderermittler aus Rom an. Nein, nein, der Branzino war in Ordnung, versicherte sie ihm und streichelte dabei über seine Hand. Eine zärtliche Geste, die sie selbst verblüffte. Hatte sie schon so viel getrunken? Sie hatte einen Prosecco als Aperitif, und dann waren sie nun bei der zweiten Flasche Pinot bianco. Das war nicht so viel. Irgendwie hatte sie Giancarlo ins Herz geschlossen. Sie mochte sein brillantes Auftreten, seine Armani-Anzüge, sein gegeltes Haar und seinen lausbübischen Charme. Was seine berufliche Qualifikation und seine Intelligenz betraf, war sie sich nicht so sicher. Da er aber aus einer der besten römischen Familien stammte und auch das Jurastudium in Rekordzeit absolviert hatte, war einer steilen Karriere im Innenministerium nichts im Wege gestanden. Dieser Background war auch das gewisse Etwas, das Silvana ganz besonders an ihm faszinierte. Mit Giancarlo kannte sie, die im Hinterland von Venedig, am ›culo al mondo*‹, aufgewachsen war, endlich jemanden aus Rom. Jemanden mit besten Beziehungen und Kontakten. Ja, Silvana Viti war ehrgeizig. So hatte sie es binnen kurzer Zeit von der uniformierten Polizei zur Kriminalpolizei geschafft. Und als der neue Vicequestore vor einiger Zeit den korrupten Severino abserviert hatte, war sie auf die freie Stelle nachgerückt. Nicht ohne Vicequestore Mastrantonio so manchen sehr persönlichen Dienst zu erweisen. Aber was soll's? Renzo Mastrantonio war ein netter Opa, der Wachs in ihren Händen war. Sie

* Arsch der Welt

mochte ihn wirklich. Und er sie. Trotzdem: Giancarlo, war ein ganz anderes Kaliber. Jung, attraktiv, sportlich, und im Bett würde er vermutlich kein Viagra benötigen … Sie nahm einen Schluck Pinot bianco und streichelte erneut über Giancarlos Handrücken. Der sah ihr tief in die Augen, und sie hielt ganz ruhig seinem fragenden Blick stand. Ja, sie würde Giancarlo benutzen, um nach Rom versetzt zu werden. Zu einer Sondereinheit. Sie wollte Karriere machen, und Giancarlo war ihre Karriereleiter. Als er sich zu ihr über den Tisch beugte, ihre Hand ergriff und fragte, ob sie Lust habe, Kaffee und Digestif in einer Bar im Cannarégio zu nehmen, drückte sie kurz seine Hand, lächelte und sagte:

»Perché no?*«

Giancarlo fackelte nicht lange. Mit einer gebieterischen Geste verlangte er die Rechnung, die auch prompt kam. Aus der Hosentasche nahm er ein Bündel Hundert-Euro-Scheine und blätterte einen auf den Tisch. Er gab ein großzügiges Trinkgeld, drängte sich an der fetten Österreicherin vorbei, die in ihrem Frust nicht bemerkt hatte, dass ihre Tischnachbarn aufbrechen wollten, nahm Silvana galant beim Arm und verließ mit ihr die lärmende Osteria. Eng nebeneinander, ohne aber Händchen zu halten, schlenderten sie den touristischen Haupttrampelpfad zur Strada Nova vor. Dort bogen sie nach rechts in den gespenstisch ruhigen Cannarégio ab. Giancarlo führte sie entlang klei-

* Warum nicht?

ner Kanäle und über malerische Brücken zu den Fondamenta della Misericordia und dann weiter zu den Fondamenta degli Ormesini. Silvana musste grinsen. Giancarlo hatte sich offensichtlich sehr schnell in Venedig eingelebt. Hier in der Gegend hinter dem Ghetto nuovo gab es wirklich sehr nette Bars und Lokale, wo man direkt am Kanal und zum Teil sogar auf Booten sitzend ein Glas Wein, einen Kaffee, einen Digestif oder worauf immer man Lust hatte trinken konnte. Als sie den Rio della Misericordia entlang schlenderten, fanden sie einen freien Zweiertisch direkt am Wasser. Sie setzte sich, und Giancarlo verschwand in das Lokal. Er kam mit zwei Espressi wieder. Kurz darauf erschien eine junge, flippige Kellnerin mit einer Flasche Grappa und zwei Gläsern. Silvana registrierte zufrieden, dass Giancarlo einen Nardini ausgesucht hatte: den Klassiker aus Bassano del Grappa. Sie prosteten einander zu, und Silvana berührte mit ihrem rechten Bein die Armani-umhüllte Wade Giancarlos. Er sah sie wieder lange an, diesmal bemühte sie sich um einen glutäugigen Blick. Du schnuckeliger Giancarlino, dachte sie und lächelte zufrieden, jetzt werden wir auf Tuchfühlung gehen. Ich freu mich schon auf deinen knackigen Arsch und deine Beziehungen in Rom. Lächelnd trank sie ihren Kaffee aus und fragte mit rauchiger Stimme, um die sie sich sehr bemühen musste, da ihre Normalstimme alles andere als tief und erotisch war:

»Andiamo?«

Silvana liebte die Atmosphäre eleganter Hotels. In Giancarlos Hotelsuite fühlte sie sich sofort wie zu Hause. Sie kickte die High Heels, die sowieso drückten, von den Füßen und ging schnurstracks zur Minibar. Und tatsächlich fand sie in ihr, was sie gehofft hatte: eine Demi Bouteille französischen Champagner. Sie drückte Giancarlo die Flasche in die Hand und befahl ihm: »Aprila!*« Und während er sich mit dem Champagnerverschluss abmühte, zog sie ihn aus. Sakko, Hemd, Hose. Grinsend stellte sie fest, dass sie mit ihrer Vermutung recht gehabt hatte: Viagra brauchte Giancarlo wirklich nicht.

»Aprite la porta! Polizia di stato.**«

Zuerst dachte Silvana zu träumen. Doch das Klopfen an der Tür der Suite wurde immer lauter und fordernder. Giancarlo sprang splitternackt aus dem Bett, suchte verzweifelt seine Armani-Unterhose und hielt sich in der Panik schließlich ein Kissen vors Gemächt. So adjustiert öffnete er die Tür. Und dann geschah das Unfassbare. Einen Durchsuchungsbefehl vor sich in der Luft wedelnd betrat Enrico Botterolli die Suite. Ihm folgten fünf Uniformierte, die damit begannen, die Räume auf den Kopf zu stellen. Enrico Botterolli, der als Erster das Schlafzimmer betrat, bekam tellergroße Augen, als er Silvana im Bett des Sonderermittlers vorfand. Grinsend begrüßte er sie schließlich mit einem

---

* Mach das auf!
** Öffnen Sie die Tür! Polizei!

»Buon giorno, ispettore![*]« Als die Uniformierten das hörten, drängten sie sich einer nach dem anderen ins Schlafzimmer, und aus fünf Männerkehlen erscholl mit scheinheiliger Freundlichkeit:

»Buon giorno! … Buon giorno, ispettore Viti! … Buon giorno! … Buon giorno! … Buon giorno…«

VIERUNDDREISSIG

Kalt und ekelhaft nass fühlten sich die Gipsbinden an. Marco wähnte sich in einem Albtraum. Alles um ihn war verschwommen, er schloss die Augen. Bitte, lieber Gott, lass das so schnell wie möglich vorbeigehen. Ihm war schon übel gewesen, als er heute mit zitternden Knien die Rahmenmacherwerkstatt von Signor Smith betreten hatte. Dessen Raubvogelaugen maßen ihn kurz. Dann legte er ihm freundschaftlich die Hand auf die Schulter. In leisem, weichem Tonfall erzählte er Marco, dass das heute die letzte Sitzung sei und dass er ihm danach weitere 50 Euro Prämie geben werde. 150 Euro insgesamt! Das sei doch was … Marco empfand keinerlei Freude. Sein Magen

* Guten Morgen, Frau Inspektor.

revoltierte und er rülpste ununterbrochen. Wieder fixierten ihn die Raubvogelaugen, dann holte Signor Smith ein Glas, in das er Wasser füllte. Mit seinen Schraubstockhänden öffnete er eine kleine Phiole und holte eine Pille heraus. Die steckte er Marco in den Mund. Ohne zu fragen, ob es ihm recht sei. Er reichte ihm das Wasserglas und befahl: »Bevi!*« Mit zitternder Hand griff Marco zu dem Glas und trank folgsam. Dann packte ihn Signor Smith beim Genick und führt ihn in den Gipsraum. Dort durfte er sich ein bisschen auf eine Pritsche legen und ausruhen. Plötzlich wurde ihm ganz komisch. Alles verschwamm um ihn herum. Aus weiter Ferne hörte er eine Stimme, die ihm befahl aufzustehen und sich die Schuhe, die Socken, die Hose und die Unterhose auszuziehen. Als er unten herum nackt war, half ihm eine kräftige Hand, auf den Modelliertisch zu klettern. Dort musste er auf alle viere gehen und wieder die Haltung des einen Quadriga-Pferdes einnehmen. Obwohl alles ganz merkwürdig und verschwommen um ihn herum war, spürte er starken Widerwillen gegen die kalten Gipsbandagen, die mit geübten Griffen zuerst um seine Beine und dann immer weiter hinauf geschlungen wurden. Lieber Gott, mach, dass das alles schnell vorbeigeht! Mach, dass das alles schnell vorbeigeht … oh Gott … nein, nicht da … oh Gott … Alles um ihn herum wurde immer weicher. Weich und weiß wie Watte. Er schloss die Augen, und plötzlich war

* Trink!

der Gips auch nicht mehr so kalt. Langsam trocknete er. Marco kamen ganz wundersame Ideen. Plötzlich fühlte er sich total wohl. Seine Muskeln entspannten sich und waren nun ganz locker. Und der nette Herr, der da um den Modelliertisch herum ging, war sicher ein guter Freund. Woher kannte er ihn nur? Die Zeit verging wie ihm Flug. Der trockene Gips wurde vorsichtig aufgeschnitten und abgenommen. Dann half ihm der freundliche Mann vom Modelliertisch herunter. Und da Marco etwas schwach auf den Beinen war, half ihm der Fremde auch beim Ankleiden. Marco erinnerte das an seine Kindheit. Damals, als seine Mutter ihm auch immer beim Ankleiden geholfen hatte …

Mit wackeligen Beinen ging Marco nach Hause. Seine Mutter war zum Glück nicht da. Er zog sich aus, fiel ins Bett und schlief auf der Stelle ein. Die rechte Hand zu einer Faust geballt. In ihr hielt er einen 50-Euro-Schein. Fest, ganz fest. Den hatte er von dem netten Mann bekommen.

FÜNFUNDDREISSIG

Silvana war schwer aufgestanden. Nicht, dass sie weiter schlafen wollte. Es war einfach die Tatsache, dass ihr vor dem Erscheinen in der Questura graute. Alle, wirklich alle, wussten mittlerweile, dass sie mit dem römischen Sonderermittler geschlafen hatte. Das wäre nun noch nicht wirklich schlimm gewesen. Albtraumhaft wurde dieses sexuelle Abenteuer für sie aufgrund der Tatsache, dass Giancarlo mittlerweile in Untersuchungshaft saß. Und zwar wegen des Besitzes von Kinderpornografie. Bei der Durchsuchung seiner Hotelsuite hatten die Kollegen einen ganzen Koffer mit wirklich ekelhafter Kinderpornografie sichergestellt. Giancarlo war sprachlos. Ohne Widerstand ließ er sich verhaften. Silvana lachte bitter. Wenn sie eines wusste, dann das, dass Giancarlo völlig normal war. So wie sie es beide in der vorletzten Nacht getrieben hatten, gab es gar keine andere Erklärung. Dreimal war er gekommen und hatte ihr multiple Orgasmen verschafft. Nein, ein Pädophiler würde das nie bringen, da war sie sich sicher. Aber wie war das ekelhafte Zeug, das ihr die Kollegen hohnlächelnd gezeigt hatten, in seine Hotelsuite gelangt? Was sie zusätzlich verblüffte, war die Tatsache, dass im Laufe des gestrigen Tages Untersuchungen der Festplatte seines Laptops zusätzlich kinderpornografisches Material ans Tageslicht gebracht hatten. Wie war das alles möglich? Es gab nur eine

Erklärung. Und die behagte ihr gar nicht. Mit seinen Ermittlungen war Giancarlo der organisierten Kriminalität auf die Zehen gestiegen. Um Giancarlo auszuschalten, hatte die Mafia ihm dieses widerwärtige Zeug untergeschoben. Das war die einzige logische Erklärung. Sie musste heute unbedingt mit Mastrantonio sprechen. Doch davor graute ihr. Sie wusste, wie eitel der Dottore, wie ihn in der Questura alle nannten, war. Dass sie es mit dem jungen Kollegen aus Rom getrieben hatte, würde ihr der Vicequestore so schnell nicht verzeihen. Trotzdem musste sie ihn sprechen. Sie fühlte sich verpflichtet, ihn von Giancarlos Unschuld zu überzeugen. Widerwillig kroch sie aus dem Bett, schüttelte alle Glieder und ging ins Bad. Nach einer kurzen Dusche griff sie zum Schminkzeug. Heute war Kriegsbemalung angesagt.

Und es kam schlimmer, als sie es sich hatte träumen lassen. Als sie die Tür zu ihrem Büro öffnete, thronte Ranieri hinter seinem blitzblank geputzten Schreibtisch, der davor wochenlang verwaist und verstaubt dagestanden hatte. Frisch rasiert, ausgeschlafen und völlig nüchtern. Ohne rote Augen und ohne Alkoholfahne. Er knurrte eine Begrüßung und setzte sie, während sie noch verdattert im Türrahmen stand, davon in Kenntnis, dass der Vicequestore ihn neuerlich mit den Ermittlungen im Fall des ›Venedig-Rippers‹ beauftragt hatte. Sie sei ab sofort den Fall los und solle sich, falls Ranieri sie nicht benötigte, für andere Fälle zur Verfügung halten. Wütend stürmte sie zu ihrem Schreibtisch. Und da lag sie: eine dürre Mitteilung Mastrantonios, dass Ranieri ab sofort allein für die ›Venedig-Ripper‹-Ermittlungen verantwortlich sei. Sie knallte die Handtasche auf den Schreibtisch, nahm die Dienstanweisung und rauschte aus dem Zimmer. Mit großer Genugtuung warf sie die Tür hinter sich zu. Sie stürmte hinauf zum Büro Matrantonios, riss die Vorzimmertür auf und stand vor Signora Orsetto. Durch modisch bunte Brillengläser hindurch musterte sie Orsettos kalter Blick. Wie eine Riesenkröte thronte die Sekretärin des Vicequestore hinter ihrem Schreibtisch und sagte keinen Ton. Sie starrte die Viti nur an. Silvana hatte plötzlich die Vision, dass Orsettos klebrige Zunge vorschnalzen und sie in das riesige Maul der Kröte ziehen würde. Wie ein missliebiges Insekt. Silvana holte tief Luft und verlangte mit ruhiger Stimme, den Dottore zu sprechen. Signora Orsetto verzog keine Miene. Silvana fühlte sich plötzlich in ihre Schulzeit zurückversetzt. Da hatte es Lehrerinnen gegeben, die auch nur dasaßen und sie einfach fixierten. So lange, bis sie rot und komplett unsicher geworden war. Genau diese Taktik verfolgte die Vorzimmerkröte. Silvana holte tief Luft und ging blitzschnell zu der Tür, die ins Büro des Vicequestore führte. Die Kröte zischte bösartig, aber sie hatte schon die Tür geöffnet und war hineingeschlüpft. Ihr Vorgesetzter las gerade Zeitung. Er blickte kurz auf und las dann einfach weiter. So als ob sie nicht da wäre. Sie versuchte ihm die ganze Sache zu erklären, doch der alte Mann hörte nicht zu. Im Gegenteil. Er griff zum Telefon und rief, während sie zu ihm sprach, bei seinem Friseur an. Er plauderte mit ihm und vereinbarte einen Termin. Das war zu viel. Silvana drehte sich um und ging. Im Vorzimmer grinste die Kröte bösartig. Sie leckte sich mit ihrer fetten Zunge übers Maul und rief der wütend hinaus eilenden Viti nach:

»Saluti a Giancarlo! Un bellissimo uomo.*«

SECHSUNDDREISSIG

Das ständige Pizzafressen ging ihm mächtig auf den Sack. Andererseits wollte er so wenig wie möglich Aufsehen erregen. Das hier war wie ein Einsatz der Special Forces. Unerkannt in feindliches Gebiet eindringen, Job erledigen und so rasch wie möglich wieder hinaus. Wham bam thank you Ma'am! Nicht ablenken lassen, volle Konzentration, größtmögliche Präzision. Gegen letztere Maxime hatte er sowieso schon verstoßen. Eigentlich hätte er Marco liquidieren müssen. Andererseits wozu? Das Kind verdiente seine Anerkennung. Die Mutter war dauernd arbeiten, der

---

* Liebe Grüße an Giancarlo! Ein sehr schöner Mann.

Vater fort und kein Geld in der Haushaltskasse. Das erinnerte ihn verdammt an seine eigene trostlose Kindheit. Und Marco tat das, was er damals ebenfalls getan hatte: Er hatte sich nach einem Job umgeschaut, um ein bisschen Geld zu verdienen. Zusätzlich hatte er beobachtet und festgestellt, dass Marco in der kleinen Pizzeria unentbehrlich geworden war. Er entlastete Signor Bruno merklich. Dem alten Mann wäre das Herz gebrochen, wenn er Marcos Leiche im Kanal, so wie die drei anderen Leichen, entsorgt hätte. Bullshit! Er leistete sich Sentimentalitäten. Das war gefährlich. Fuck it! Er hätte nie diesen Job in Venedig annehmen sollen. Allerdings vier Millionen Dollar waren auch keine Kleinigkeit. Solche Jobs kamen nicht alle Tage. Vier Millionen Dollar … Da hatte er schon für viel weniger Geld Menschen vom Diesseits ins Jenseits befördert.

Signor Smith hatte sich fein gemacht. Frische Jeans, frisches T-Shirt und darüber seine Barbour Jacke. Schließlich regnete es. Ein befreiendes Gefühl. Ende September gab es nun endlich Regen. Gewaltige Niederschläge, die die Hitze sowie die unzähligen Touristen aus den Gassen Venedigs spülten. Ja, der Dauerregen trieb sie hinein, die Touristenhorden. In die Museen, Kirchen, Bars und Restaurants. Dort saßen sie mit verdrossenem Blick und starrten in die trübe, regengraue Lagunenstadt hinaus. Sowohl vor neugierigen Blicken als auch vor dem stetig plätschernden

Regen geschützt, wanderte er unter der Kapuze seiner Barbour Jacke durch die zauberhaft leere Stadt. Er spazierte in Richtung Rialto, überquerte aber die Brücke nicht. Es zog ihn zum Rialto-Markt, der ausnahmsweise ziemlich leer und verlassen war. Die Händler standen rauchend und manche auch frierend unter den riesigen Planen, die über die Tische gespannt waren, auf denen die Pracht und die Herrlichkeit des herbstlichen Gemüse- und Obstangebots ausgebreitet waren. Die Farben schienen ihm heute besonders intensiv zu leuchten. Kein Wunder, schließlich war alles ein bisschen feucht und glänzte besonders bunt im trüben Licht des Regentages. Rotbackige Äpfel stachen ihm ins Auge und er kaufte einen. Als er hineinbiss und das knackige Fruchtfleisch kaute, atmete er tief durch. Er genoss das fruchtig herbe Aroma des Apfels und schwor sich, nach Beendigung dieses Jobs ausgiebig Urlaub zu machen. Der Apfel hatte seinen Gusto auf ein gehaltvolles, gutes Essen dermaßen verstärkt, dass er, ohne lange zu überlegen, in eines der Lokale am Markt ging. Es war zum Bersten voll, doch er fand einen Hocker und ein kleines Tischchen in einem Eck. Er bestellte sich Sarde in saòr und ein Glas Weißwein. Als er die süßsauer marinierten Sardinen verspeiste, schloss er die Augen und gab sich konzentriert dem Genuss dieser uralten venezianischen Vorspeise hin. Da seine Gier nach lange entbehrten Genüssen noch nicht gestillt war, bestellte er sich danach einen Risotto alla Bechèra. Auch hier schloss er beim Essen die Augen. Speziell die im Risotto enthaltene Hühnerleber bereitete seinem Gaumen allergrößtes Vergnügen. Wie lange hatte er schon keine Hühnerleber mehr gegessen? Es musste Jahrzehnte her sein. Bevor er nach Amerika ausgewandert war. Bloody motherfuckers these Americans! Diese Ignoranten aßen keine Innereien und natürlich auch keine Leber. Eigentlich mochte er, obwohl er in den USA lebte, die Amerikaner nicht. Vielleicht würde er zurück nach Europa gehen. In die Schweiz. In den Tessin. Und dort einen ruhigen Lebensabend genießen. Ein messerdünnes Lächeln zerschnitt sein Gesicht. Ihm wurde bewusst, dass er überarbeitet war. Er seufzte, zahlte und ging. Zurück zu seinen Skulpturen. Zurück in Cecchettis Werkstatt. Zurück zu Pizza und Cola.

SIEBENUNDDREISSIG

Auf dem Rückweg war er an einem Coop-Laden vorbeigegangen und hatte sich ein Raumspray gekauft. Diese Investition war notwendig geworden, da der im Kasten verschnürte Cecchetti allmählich bedenklich zu stinken begann. Fuckin' ol' man! Konnte Cecchetti mit der Gas- und Geruchsentwicklung nicht so lange warten, bis er fort war? Lange dauerte es sowieso nicht mehr. Er ging in den Gipsraum der Werkstatt und betrachtete liebevoll die fertige Skulptur von Marco. Mit feinem Glaspapier hatte er alle Unebenheiten und rauen Stellen abgeschliffen. Nun musste er den Untergrund für das Vergolden auftragen. Davor hieß es aber Saubermachen. Vergolden und eine staubige Werkstatt passten nicht zusammen. Da würden die Goldblättchen nicht ordentlich halten. Also warf er den Staubsauger an und saugte circa eine halbe Stunde lang, dann nahm er einen Kübel mit Wasser und ein feuchtes Tuch und wischte alle senkrechten Flächen ab. Als er fertig war, rülpste er laut und zufrieden. Ein zarter Geschmack von Risotto und Hühnerleber war mit dem Rülpser aus seinem Magen emporgestiegen. Er seufzte leise, denn nun roch er Cecchetti. Mit der gezückten Raumspraydose in der Hand ging er zum hinteren Abstellraum. Als er die Tür öffnete, wich er entsetzt zurück. Die Leiche des alten Manns stank abscheulich. Fuckin' ol' bastard! Wild um sich sprayend schloss er die Tür. Die Luft anhaltend und hektisch um sich sprühend trat er den Rückzug in den Vorraum und ins Stiegenhaus an. Erst dort atmete er wieder tief durch. Danach ging er ins Bad und wusch sich Hände und Kopf. Solchermaßen gesäubert ging er zurück in die Werkstätte, zog sich einen weißen Arbeitsmantel an und trug Marcos Skulptur vom Gipsraum ins Atelier. Auch hier bemerkte er Staub.

Also setzte er die Staubsaug- und Abwischprozedur auch hier fort. Als er sich schließlich erschöpft auf einen wackeligen Sessel niederließ, läutete sein Handy. Angewidert nahm er es und meldete sich mit einem unartikulierten Grunzer. Dann hörte er eine Zeit lang zu und nickte ein paar Mal zustimmend. Schließlich brummte er »In seven days« und legte grußlos auf.

7 DAYS

ACHTUNDDREISSIG

Donald B. Crumb saß in einer der holzgetäfelten Logen des Caffè Florian und ärgerte sich. Die Contessa ließ ihn warten. War das die europäische Art, mit Geschäftsfreunden umzugehen? Verdrossen rührte er in der kleinen Schale seines Caffè Macchiato um und dachte mit Wehmut an die großen irdenen Schalen, die Mugs, mit dampfend heißem Kaffee, die er daheim in Florida im Turtles Beach Café um diese Tageszeit zu trinken pflegte. Er sah in den strömenden Regen hinaus und gestand sich ein, dass er Heimweh nach dem sonnigen Florida hatte. Nach riesigen Home Made Hamburgers, Hot Dogs mit Chili oder Sauerkraut, nach Gator Steaks, Stone Crabs, Surf'n'Turf und ganz besonders nach dicken, fetten Shrimps. Und während er so dasaß und auf den verregneten Markusplatz hinaus sah, über den Menschen mit Regenmänteln und Schirmen huschten, fiel ihm plötzlich ein, dass Bobby jetzt schon verdammt lang auf dem WC war. Vor gut zehn Minuten war er weggegangen. Siedend heiß überkam es Donald B. Crumb. Jesus Christ! Sein Junge! His big boy! Er sprang auf, zögerte aber dann. Was war, wenn ausgerechnet jetzt die Contessa aufkreuzte, ihn suchte und wieder ging? Fuck that bitch! Er musste schleunigst seinen Jungen finden. Mit seiner ganzen Leibesfülle schob er sich hektisch durch das Kaffeehaus. Jeden Ober fragte er, ob er einen kleinen Jungen gesehen hatte. Einer nickte und wies ihm den Weg in Richtung WC. Dieses war über eine abenteuerlich steile und enge Treppe im Oberstock zu erreichen. Schnaufend stampfte er empor und musste dabei mitten auf der Treppe massiv den Bauch einziehen, damit ein heruntersteigender asiatischer Tourist an ihm vorbeikam. Oben war eine der beiden Herrentoiletten verriegelt. Ohne jegliche Hemmungen rüttelte er wie besessen an der Tür und rief laut »Bobby!«. Da die Tür nicht ordentlich verriegelt war, sprang sie auf und er blickte in die schreckgeweiteten Augen eines weiteren asiatischen Touristen, der auf der Klomuschel saß. Angsterfüllt sah ihn dieser an und stammelte:

»No Bobby … no, no …«

Die Klofrau, die zuvor auf der Damentoilette rumort hatte, stürzte sich dazwischen und rief entrüstet:

»Ehi! Ma che diavolo credi di fare?*«

Crumb machte kehrt und polterte die enge Stiege wieder hinunter. Er schwitzte, sein Pulsschlag raste und er spürte Panik aufkommen. Er lief nun durch das gesamte Caffè Florian und stieß dabei mit der Contessa zusammen. Nervös raunzte er sie an »Sit down and wait!« und war im nächsten Moment bei der Kaffeehaustür draußen. Unter den Arkaden lief er, einem Bauchgefühl folgend, in Richtung Campanile. Und tatsächlich, dort unter den Arkaden stand Bobby und fütterte mit verklärtem Lächeln die Tauben. Donald

* He! Was zum Teufel machen Sie da?

B. Crumb atmete erleichtert durch. Er bremste sein Tempo ein und ging die letzten Meter mit ruhigem Schritt auf seinen Sohn zu. Der blickte auf und lachte: »Daddy look! These pigeons are hungry.«

Eine Stunde später, als er der Contessa seine Pläne erläutert und diese ohne große Begeisterung zugestimmt hatte, spazierte er gemeinsam mit Bobby durch den Regen heim. Als sie an dem großen Auslagenfenster eines Luxusmodengeschäfts vorbeikamen, in dem er sich und seinen Sohn sah, musste er grinsen. Mit ihren Regenpelerinen und Kapuzen sahen sie wie zwei von Walt Disney gezeichnete Zwerge aus. Donald und Bobby, Cinderellas achter und neunter Zwerg. In sich versunken lächelnd wanderte er mit seinem Sohn weiter durch die feucht glänzende Lagunenstadt. Ganz fest hielt er dabei Bobbys Hand und schwor sich, in Zukunft besser auf seinen big boy aufzupassen.

NEUNUNDDREISSIG

Adi Bender war ausnahmsweise gut aufgelegt. Kein Wunder, schließlich hatte er den knabenhaften Produktionsassistenten gestern Abend erstmals auf sein Zimmer mitgenommen. Viel war leider nicht passiert, da sie beide volltrunken gewesen waren. Aber immerhin, ein erster Schritt war getan. Er erinnerte sich an die straffe Haut des jungen Burschen, an seinen glatten, unbehaarten Oberkörper und an seinen sehr maskulinen Körpergeruch. Bender bekam eine Erektion. Fröhlich pfeifend stieg er die Stiegen des Krankenhauses hinauf. Er klopfte kurz an die Zimmertür und öffnete sie dann vorsichtig. Mit breitem Grinsen betrat er das Zimmer und erschrak. Philipp Mühleis lag aufgebahrt wie eine Leiche in seinem Bett. Das Gesicht käseweiß, die Haare zerrauft. Mit müdem Blick und unnatürlich großen Pupillen blickte er Bender an. Na die haben einen Arsch voll Psychopharmaka in dich hinein gepumpt, dachte sich Bender, als er an Mühleis' Bett trat und ihn mit einem jovialen »Servus! Wie geht's, wie steht's?« begrüßte. Mühleis drehte den Kopf von Bender weg. Er starrte aus dem Fenster hinaus und murmelte dann: »Wie soll's mir schon gehen?«

Bender bemühte sich, Philipp Mühleis aufzumuntern: »Du, die Locations, die du vor deinem … na ja, weißt eh … vor deinem … deinem Zusammenbruch uns gebracht hast, sind klasse. Echt leiwand!«

Mühleis sah Bender weiterhin nicht an und brummte: »Davon wird mein Johannes auch nicht mehr lebendig.«

»Mein Gott, Philipp! Du musst dich zusammenreißen. Wir brauchen dich am Set.«

»Niemand braucht mich.«

»Verdammt noch einmal! Du hast einen Vertrag. Du verdienst gute Kohle. Also, was ist? Steh auf und komm! Wir brauchen dich!«

Mühleis drehte den Kopf zu Bender. Ein langer, unendlich trauriger Blick traf diesen, als er gerade weiterreden wollte, sagte Mühleis leise:

»Meine Frau hat die Scheidung eingereicht. In Wien ...«

Bender senkte sein Haupt und sah auf seine Schuhspitzen. Danach herrschte kurze Zeit Schweigen. Schließlich stand Bender seufzend auf und fragte:

»Kann ich irgendetwas für dich tun, Philipp?«

Mühleis sah nun wieder zum Fenster hinaus und reagierte nicht. Abermals seufzend trat Bender den Rückzug an. Als er schon fast bei der Tür draußen war, hörte er Mühleis sagen:

»Sag dem Privatdetektiv, dem Severino, er soll mich besuchen. Ich kann ihn nicht erreichen, der Akku meines Handys ist leer.«

VIERZIG

Lupino saß bei Marcello an der Theke. Es war ein fauler, verregneter Nachmittag, und Luciana hatte sich auf einen Barhocker neben ihn gesetzt. Er spürte die Wärme ihres linken Schenkels, der den seinen berührte. Da Lupino wusste, dass Luciana es hasste, Zärtlichkeiten in der Öffentlichkeit auszutauschen, schätzte er diesen diskreten Liebesbeweis umso mehr. Er saß vor seinem dritten Glas Ribolla Gialla und träumte vor sich hin. Er dachte an die letzten Nächte, die er gemeinsam mit ihr verbracht hatte, und genoss das Gefühl, verliebt zu sein. Eine vertraute Stimme riss ihn aus seinen Tagträumereien:

»Mensch! Is dat ein Hundewetter! Buon giorno a tutti!«

Diese wilde Mischung aus Deutsch und Italienisch brachte Lupino zum Grinsen. Er drehte sich um und erblickte einen patschnassen Ranieri. Der schüttelte das Wasser von seinem Trenchcoat, strich es sich aus seinem dichten, grauen Haar und bestellte bei Marcello, der hinter der Bar gedöst hatte:

»Un espresso e una doppia grappa!*«

Und zu Lupino gewandt, brummte er:

»Eigentlich bin ich im Moment staubtrocken. Aber bei diesem Hundewetter braucht der Mensch Schnaps.

* Einen Espresso und einen doppelten Grappa!

In Deutschland hätte ich jetzt ’nen doppelten Korn bestellt. Das hilft. Hat immer geholfen. Gegen Verkühlung und so Scheiß.«

Lupino grinste neuerlich. Die Gewohnheiten, die er sich während seines Germanistikstudiums in Bochum angeeignet hatte, würde Ranieri wohl in diesem Leben nicht mehr ablegen. Als Marcello das Gewünschte vor Ranieri auf die Bar gestellt hatte, hob Lupino sein Glas und sagte:

»Gesundheit, Ludwig!«

Ranieri gab ein zackiges »Prost!« von sich und kippte den doppelten Grappa in einem Zug hinunter. Marcello griff zur Grappaflasche und fragte:

»Ancora?*«

Ranieri zögerte einen Augenblick lang, winkte dann jedoch ab:

»No, grazie!«, zu Lupino gewandt fuhr er fort, »Ich bin im Moment trocken. Staubtrocken. Ich konzentriere mich voll auf den Killer. Ich muss ihn finden. Und ich werde ihn finden. Ich lass mich von dem Kerl nicht länger verkackeiern.«

Lupino nahm einen Schluck Ribolla Gialla und bekam ein schlechtes Gewissen. Was tat er eigentlich hier? War er verrückt geworden, dass er in Marcellos Osteria herumlungerte und Lucianas Schenkelwärme genoss, statt draußen im Regen unterwegs zu sein und den Killer zu suchen? Das und nichts anderes war sein Job. Dafür wurde er bezahlt. Von Philipp Mühleis. Und

---

* Noch einen?

von ›Il piccoletto‹. Dem Ersten wollte er, dem Zweiten aber musste er Ergebnisse liefern. Alles andere war lebensgefährlich. Er rutschte unruhig auf dem Barhocker hin und her. Ranieri nippte an seinem Espresso, stellte die Schale behutsam zurück auf die Theke, rührte mit dem Mokkalöffel darin um und sagte leise:

»Ich dürfte dir diese Information eigentlich nicht geben. Aber wir haben beide schon so viel Zeit und Arbeit in diesen Fall hineingesteckt, dass du es auch wissen sollst: Die Spurensicherung hat an allen drei Knabenleichen Spuren von Gips gefunden.«

Lupino zog den Schädel ein und nuschelte:

»Spuren von Gips?«

Ranieri nickte und sagte in verschwörerischem Tonfall:

»Deshalb überprüfen wir jetzt alle Spitäler. Und alle, die dort arbeiten.«

EINUNDVIERZIG

Als Lupino voll Unruhe und Selbstvorwürfen neben Ranieri an der Bar saß, läutete sein Handy. Eine unbekannte Nummer. Lupino musste sofort an ›Il piccoletto‹ denken. Er räusperte sich und meldete sich mit einem unsicher klingenden »Pronto«.

»Herr Severino?«, meldete sich eine ihm unbekannte, Wienerisch sprechende Männerstimme.

»Ja bitte. Was kann ich für Sie tun?«

Die Stimme lachte kurz und trocken:

»Für mich? Nix. Aber für Philipp Mühleis. Bender hier, Adi Bender. Ich bin der Regisseur des TV-Dreiteilers, den wir gerade da in Venedig drehen. Ich war bei Philipp Mühleis im Spital und er bittet Sie, ihn dort zu besuchen.«

Lupino war überrascht.

»Ich habe schon mehrere Tage nichts von ihm gehört. Wie geht's ihm denn?«

»Wenn Sie mich persönlich fragen: Nicht so gut. Aber das ist nur meine Meinung. Also sind S' so gut und schaun S' bei ihm vorbei. Er liegt im Ospedale Civile am Campo San Giovanni e Paolo. Schönen Tag noch, wiederschau'n!«

Lupino murmelte ein »Grüssie«, doch Bender hatte bereits aufgelegt. Alora, jetzt musste er hinaus. Die Zeit des Handelns war gekommen. Er trank den restlichen Weißwein aus, klopfte Ranieri auf die Schulter und strich über Lucianas Hand. Er rief: »Ciao Marcello!«, und ehe sich die anderen versahen, war er mit aufgesetzter Kapuze draußen im gleichmäßig plätschernden Regen verschwunden.

Die Nässe kroch durch alle Ritzen und Schlitze seiner Kleidung. Oben tropfte es vom Kapuzenrand herunter, vorn beim Hals – er hatte seinen Schal daheim vergessen – und auch bei seinen Schuhen sickerte Wasser herein, sodass er ziemlich bald feuchte Socken hatte. Nein, das war kein Wetter, um durch die Stadt zu laufen. Deshalb sah er zu, dass er schleunigst in den rumpelnden, trockenen Bauch eines Vaporettos gelangte. Mit einem Boot der Linie eins tuckerte er den Canal Grande bis zum Bahnhof, wo er in die Linie 41 umstieg. Diese Ringlinie, die durch Cannarégio hinaus zu den Fondamenta Nuove führte, wurde fast ausschließlich von Einheimischen genutzt. In Ermangelung einer prachtvollen Kulisse fuhren hier kaum Touristen. Lupino grinste. So hatte er seine Heimatstadt gern. Keine Touristen, nur Venezianer. Er setzte sich an einen Fensterplatz und beobachtete mit liebevoll melancholischem Blick die abgeblätterten und teilweise auch ziemlich verfallenen Fassaden der Häuser entlang des Canal di Cannarégio. Immer wieder musste er mit dem Ärmel seiner Regenjacke die anlaufende Fensterscheibe abwischen. Kein Wunder, draußen klatschten die kalten Regentropfen ans Glas, herinnen aber war es warm. Die Kleider der Passagiere dampften, und es roch nach feuchtem Stoff. Als das Boot draußen in der Lagune anlangte und entlang den Fondamenta Nuove fuhr, schaukelte es kräftig. Schließlich legte das Linienschiff bei der Station Ospedale an. Aufgewärmt, durchgetrocknet und ausnahmsweise auch guter Laune sprang Lupino an Land und rutschte dabei aus. Mit ein paar hektischen Fußbewegungen konnte er einen Sturz gerade noch vermeiden. Eine Windböe peitschte einen Guss Regenwasser in sein Gesicht, und mit dem rechten Fuß landete er in einer knöcheltiefen Lache. Damit war seine gute Laune beim Teufel. Fluchend stapfte er zum Spitalseingang und fragte den Portier nach Philipp Mühleis. Der musste einige Minuten telefonieren, bis er Trakt, Abteilung und Zimmer nennen konnte.

Als er fünf Minuten später das Krankenzimmer betrat, erging es ihm wie Bender zuvor. Lupino erschrak. Philipp Mühleis machte einen sehr entrückten und darüber hinaus auch gebrechlichen Eindruck. Müde wendete Mühleis seinen Kopf Lupino entgegen. Dann sprach er mit leiser Stimme:

»Danke, dass Sie gekommen sind. Mein Akku ist leer, ich konnte Sie nicht anrufen.«

Lupino nahm sich einen Sessel, setzte sich nieder und fragte höflich:

»Wie geht es Ihnen, Herr Mühleis?«

»Schlecht. Wie geht es Ihnen mit Ihren Ermittlungen?«

Das war genau die Frage, die Lupino nicht hören wollte. Trotzdem quälte er sich, um ein höfliches Lächeln auf seine Lippen zu zaubern, und antwortete:

»Nun, es gibt neue Erkenntnisse«, in seiner Not fiel ihm nur das ein, was er von Ranieri vor knapp einer Stunde unter dem Siegel der Verschwiegenheit erfahren hatte. »Am Körper Ihres Jungen und auch an den Körpern der anderen beiden wurden Gipsspuren gefunden.«

Mühleis sah ihn fragend an.

»Deshalb forschen wir nun, also die Polizei und natürlich auch ich, nach, wer in Venedigs Spitälern mit Gips zu tun hat. Beziehungsweise wer zu den Gipsräumen Zugang hat.«

Mühleis wendete seinen Kopf und sah zum Fenster hinaus. Nach einer langen Pause sah er Lupino wieder an und fragte:

»Sollte man nicht auch Bildhauer, Vergolder, Bilder- und Rahmenmacher unter die Lupe nehmen?«

Lupino war sprachlos. Natürlich, Mühleis hatte recht. Auch diese Berufsgruppen arbeiteten mit Gips. Das hatte Ranieri völlig übersehen. Und plötzlich ging ein Ruck durch Lupino. Voll Eifer rückte er näher an Mühleis heran und sagte:

»Okay, ich überlasse der Polizei die Spitäler. Dafür kümmere ich mich um diese anderen Berufsgruppen. Sind Sie damit einverstanden?«

Ein zartes Lächeln spielte auf Mühleis' Lippen. Dann schloss er die Augen, und keine zwei Minuten später atmete er gleichmäßig und ruhig. So wie es Schlafende zu tun pflegen.

ZWEIUNDVIERZIG

Leise summte die Weckfunktion seines Handys. Verschlafen drehte er sich zu dem Geräusch hin, vorsichtig suchten seine Finger den Störenfried. Endlich spürte er das flache, kühle Ding, das er mit einem Fingerdruck ruhigstellte. Langsam erhob er sich und ging leise aus dem Zimmer. Nicht ohne vorher noch einmal stehen zu bleiben und zu lauschen. Und da war es. Das Geräusch, das er hören wollte. Regelmäßiges, feminines Schnarchen. Dann ein kurzes Schmatzen, leises Atmen und schließlich wieder Schnarchgeräusche. Zufrieden zog er die Schlafzimmertür hinter sich zu und tapste in die Küche. Er machte Licht, nahm aus dem Küchenkasten die kleine Bialetti heraus, schraubte sie auf und füllte Wasser in den unteren Teil. Mit leicht zitternden Fingern griff er nach der Kaffeedose. Er schraubte sie auf, holte aus der Besteckladе einen Kaffeelöffel und füllte damit das nicht allzu große Metallsieb. Dabei bröselte er einiges daneben, doch das war ihm egal. Liebevoll putzte er den oberen Teil des Siebes und die Gummidichtung ab. Dann verschraubte er den unteren mit dem oberen Teil, suchte die Streichholzschachtel, zündete die kleinste Flamme des Gasherdes an und stellte die silberne Espressomaschine auf die Flamme. Zufrieden trottete er ins Badezimmer, wo er sich auf die Toilette setzte. Jetzt ist Schluss mit dem Stehendpinkeln, dachte er sich und grinste. Nach der heißen

Dusche schlang er sich das Badetuch um die Hüften und ging in die Küche zurück, wo die Bialetti bereits munter blubberte und zischte. Er drehte die Flamme ab, nahm eine Espressoschale aus dem Geschirrspüler und goss das duftende, belebende Elixier ein. An der Espressoschale nippend ging er ins Bad zurück, wo er zu einer Schere griff und sich sorgsam den Bart stutzte. Immer wieder wuchsen einige Partisanen schneller als seine restliche Gesichtsbehaarung. Diese Ausreißer galt es, einen Kopf kürzer zu machen. Weiters entdeckte er ein besonders langes Haar, das aus seiner linken Ohrmuschel herauswuchs. Dieses sowie mehrere lästige Nasenhaare wurden ebenfalls zurechtgestutzt. Ranieri ging in die Küche und füllte die Espressoschale aufs Neue. Zufrieden registrierte er, dass die Wassermenge, die er in die Bialetti gefüllt hatte, genau für zwei Schalen reichte. Den nicht mehr so heißen Kaffee trank er mit zwei kräftigen Schlucken und gab dann ein zufriedenes »Ahh!« von sich. Voll Energie schritt er zum begehbaren Kleiderschrank, betrat ihn, machte Licht und suchte sich einen frisch geputzten Anzug, ein farblich dazu passendes Hemd, Shorts, Socken und eine Krawatte aus. Nachdem er sich angezogen hatte, betrachtete er sich zufrieden in dem hohen Spiegel, der sich auf der Innenseite des Ankleideraumes befand. Er schnitt eine fröhliche Grimasse und griff zur Krawatte. Plötzlich hielte er inne, sah prüfend in den Spiegel und murmelte dann ein »No«. Sorgfältig hängte er die Krawatte zurück auf den Krawattenhalter, knipste das Licht aus, schloss die Tür und ging beschwingt ins Bad. Dort zog er sich das Sakko aus und putzte sehr vorsichtig, indem er sich weit vorbeugte, die Zähne. Zufrieden registrierte er, dass es mit der nötigen Vorsicht durchaus möglich war, sich das Hemd beim Zähneputzen nicht zu bekleckern. Er schlüpfte neuerlich ins Sakko und danach in seine Schuhe. Er zog seinen Trenchcoat an und griff nach dem Regenschirm, ein prüfender Blick in die Küche und er erstarrte. Auf der Küchenarbeitsfläche war alles mit Kaffee vollgebröselt, eine leere Espressoschale mit traurigen schwarzen Rändern komplettierte das schlampige Stillleben. Nein, so durfte er die Küche nicht zurücklassen! Er griff sich einen Küchenschwamm, wischte die Kaffeebrösel weg, wusch dann die Espressoschale aus, trocknete sie ab und stellte sie zu den anderen sauberen. Na also, so würde seine Frau nach dem Aufstehen eine blitzblank saubere Küche vorfinden. Mit zufriedenem Grinsen eilte er aus dem Haus. Gott sei Dank war seine Frau zu ihm zurückgekehrt! Sie hatte ihm zwar noch nicht komplett verziehen, aber er arbeitete daran. Genauso wie er verbissen daran arbeitete, diesem verdammten ›Venedig-Ripper‹ endlich das Handwerk zu legen.

Trotz Regenschirm und Trenchcoat erreichte er die Questura ziemlich durchnässt. Doch das konnte seiner guten Laune keinen Abbruch tun. Gestern hatte er den ganzen Tag mit seiner Kollegin Silvana Viti und mit einem Profiler, den er eigens angefordert hatte, zusammen gesessen. Wieder grinste er, als er sich an Silvanas verblüfftes Gesicht erinnerte, als er sie zu diesem Meeting eingeladen hatte. Ja, er wollte sie wirklich dabei haben. Sie hatte oft genug bewiesen, dass sie intuitiv einiges drauf hatte. Außerdem tat ihm Silvana leid. Ihre Affäre mit dem Kinderpornos liebenden, römischen Sonderermittler würde man sich in der Questura noch in 30 Jahren schenkelklopfend erzählen. Ranieri fand das mies. Okay, Silvana hatte einen leicht nuttigen Charme und dazu einen brennenden Ehrgeiz. Trotzdem machte diese Entgleisung sie liebenswert. Zumindest für ihn. Nobody is perfect. Mit Schaudern erinnerte er sich an seinen Absturz in den Alkoholismus vor ein paar Wochen.

Ranieri hatte den PC hochgefahren und fing an, das Profil, das sie gestern gemeinsam erarbeitet hatten, in eine vernünftige schriftliche Form zu bringen. Irgendwie hatte er das Gefühl, dass sein Absturz und Vitis Missgeschick sie einander näher brachte. Gestern hatte Silvana erstmals keine ihrer berühmt-berüchtigten spitzen Bemerkung gemacht. Auch er hatte nicht den grantig, aggressiven Ton angeschlagen, mit dem er ihr früher immer begegnet war. Ranieri kratzte sich den Bart und murmelte auf Deutsch: »Wie man in den Wald hineinruft, so hallt es wider …« Diese Erkenntnis beschäftigte ihn auch bezüglich seines getrübten Verhältnisses zur lokalen Presse. Seit seiner Entgleisung in der Gelateria an den Fondamenta Zattere ai Gesuiti ließen so ziemlich alle Journalisten kein gutes Haar an ihm. Seit seiner Wiedereinsetzung pinkelten sie ihm Tag für Tag ans Bein. Früher wäre ihm das unerträglich gewesen und er hätte mit blinder Wut reagiert. Nun bemühte er sich um Gelassenheit, obwohl die Attacken teilweise unter der Gürtellinie waren. Allerdings hatte er es sich ja selbst zuzuschreiben. Nun bemühte er sich, sein Fehlverhalten auszubügeln. Dafür bot die Pressekonferenz zum Thema ›Venedig-Ripper‹ eine gute Gelegenheit. Heute um elf Uhr würde er ihnen das Täterprofil präsentieren. Die Sache mit den Gipsspuren, von denen die Pressefritzen noch nichts wussten, würde er ihnen auch erzählen. Als krönenden Abschluss würde er sich vor laufenden Kameras dann bei Ornella Felducci entschuldigen. Beim Gedanken daran begann er im Nacken und auf den Handflächen zu schwitzen, aber daran führte kein Weg vorbei.

Als Silvana Viti kurz nach neun Uhr ins gemeinsame Büro kam, hatte er gerade das Täterprofil ausgedruckt. Er legte es der noch etwas verschlafen dreinschauenden Kollegin auf den Schreibtisch und bat sie höflich, noch einen Blick darauf zu werfen, ob er etwas übersehen oder nicht optimal formuliert habe. Silvana sah ihn überrascht an, nickte dann und begann, konzentriert den Text durchzulesen. Zwei Kleinigkeiten fielen ihr noch auf, die Ranieri bereitwillig änderte. Wieder traf ihn ein verwunderter Blick Silvanas. Er grinste still und begann gerade die ausgebesserte Version auszudrucken, als es an der Tür klopfte und der von Wind und Wetter zerzauste Lupino Severino hereinschaute:

»Ciao a tutti! Servus, Ludwig, störe ich?«

»Tach, Tach«, erwiderte Ranieri und fügte hinzu: »In etwas über einer Stunde gebe ich eine Pressekonferenz.«

»Ich weiß, deshalb wollte ich dir noch etwas mitteilen, was mir seit gestern durch den Kopf geht. Es könnte wichtig sein.«

Ranieri schaute überrascht und bat Lupino dann, in Italienisch weiter zu sprechen. Er wollte Silvana nicht aus der vielleicht wichtigen Konversation ausschließen. Als Lupino von Philipp Mühleis' Idee, dass die Gipsspuren auch auf einen Vergolder, Rahmenmacher oder Bildhauer hinweisen könnten, berichtete, pfiff Ranieri durch die Zähne. Auch Silvana Viti nickte. Dann sprang Ranieri auf und stürzte zu seinem PC, wo er den laufenden Druckauftrag stoppte. Er öffnete neuerlich das Dokument mit dem Täterprofil und ergänzte es um diesen Zusatz.

Am späten Nachmittag kam Ranieri ziemlich geschlaucht und müde, aber trotzdem gut gelaunt in die Osteria da Marcello. Der Wirt stellte ihm automatisch ein Bier auf die Theke. Doch Ranieri winkte zu Marcellos Verwunderung ab und bestellte statt dessen einen Espresso doppio sowie ein Acqua Naturale. Lupino klopfte ihm auf die Schulter und sagte:

»Ludwig, mein Alter. Es ist allerhöchste Zeit, dass

du endlich vernünftig wirst. Ich hatte schon Angst, dass du dir die Birne weichsäufst.«

Er erzählte Lupino, dass nach der Pressekonferenz, an deren Ende er sich, so wie er es geplant hatte, bei der Felducci entschuldigte, diese auf ihn zugekommen war und ihn gefragt hatte, ob er Zeit für einen Aperitif hätte. Er hatte eingewilligt, und bei einem Glas Prosecco fand dann die Aussöhnung mit der Reporterin statt. Lupino gratulierte ihm und erzählte, dass er heute Nachmittag so ziemlich alle Rahmenmacher und Bildhauer in San Polo abgeklappert hatte. Er war auf nichts Verdächtiges geschweige denn einen Verdächtigen gestoßen. Ranieri verließ nach knapp einer Stunde die Osteria und machte noch einen kleinen Umweg zu einer Floristin. Denn es war ihm ein dringendes Bedürfnis, seiner Frau Blumen mitzubringen.

DREIUNDVIERZIG

Der Sturm peitschte den Regen an das Fenster. Die Äste des einsamen Baumes, der vor dem Fenster stand, kratzten an der Hausmauer und am Fensterstock. Dabei entstanden hässlich krächzend-schabende Laute, die Marco aus dem Schlaf rissen. Sie erinnerten ihn an das ebenfalls hässliche Geräusch, das die Schere verursacht hatte, mit der Signor Smith den erstarrten Gipsabdruck an seinem Körper entzweigeschnitten hatte. Plötzlich war Marco hellwach. Er klammerte sich an das Leintuch und die Decke, unter der er lag, und biss sich auf die Lippen. Mit Grauen erinnert er sich, wie Signor Smith' kraftvolle Hand den kalten, glitschigen Gips auf seinen Penis und Hoden gedrückt hatte. Und kurz danach war sein Arsch dran. Marco schüttelte es vor Ekel. Tränen traten in seine Augen, und er versuchte dieses widerliche Gefühl, das der glitschige Gips auf den intimsten Regionen seines nackten Unterleibs verursacht hatte, zu verdrängen. Er wälzte sich zuerst nach links, dann nach rechts. Schließlich drehte er sich auf den Bauch. Vor Zorn, dass er das mit sich geschehen hatte lassen, biss er in das Kissen. Und dann weinte er so lange, bis es ganz nass war. Schließlich sprang er auf. Seine heißen Fußsohlen berührten den kalten Terrazzoboden. Er lief in die Küche und nahm die Flasche mit Mineralwasser aus dem Kühlschrank. Gierig trank er. Eiskalt rann das Wasser die Kehle hinunter in den Magen. Das beruhigte, genauso wie der kalte Boden. Marco stellte die Mineralwasserflasche in den Kühlschrank und ging langsam in sein Zimmer zurück. Er lehnte sich an den Fensterrahmen und sah hinaus in das stürmische Treiben der Regennacht. Als er im Stehen kurz einnickte, wusste er, dass er sich nun hinlegen und weiter schlafen konnte. Er drehte das nasse Kissen um, kuschelte sich in die trockene Rückseite und schlief sofort ein.

Am nächsten Morgen weckte ihn wie immer das lautstark aufgedrehte Radio. Seine Mutter liebte es, in der Früh laut Radio zu hören. Erstens verstand sie so auch die Nachrichten, wenn sie Zähne putzte, wenn die Espressomaschine zischte oder wenn sie schnell noch Schmutzwäsche in die Waschmaschine stopfte. Außerdem sang sie bei Songs, die sie mochte, lautstark mit. Marco stand verschlafen auf, verfluchte diese grauenvolle Nacht und tapste in die Küche. Dort gab er Kakaopulver in eine Tasse und fügte dann mit der Milchschaumeinrichtung der Espressomaschine heiße, geschäumte Milch hinzu. Die Espressomaschine war ein Segen! Mit Schaudern erinnerte er sich an frühere Jahre, als sie diese Maschine noch nicht hatten. Da wärmte ihm seine Mutter in der Früh immer die Milch am Gasherd. Was zur Folge hatte, dass sie oft überkochte und es grauenhaft stank. Marco nippte an seinem heißen Kakao und spitzte die Ohren. Konzentriert hörte er dem Nachrichtensprecher zu. Der berichtete von einer Pressekonferenz des Commissario Ranieri. Dabei erwähnte dieser die Gipsspuren an den Körpern der ermordeten Knaben. Marco bekam Gänsehaut. Und plötzlich fiel es ihm wie Schuppen von den Augen: Der erste Knabe war ermordet aufgefunden worden, kurze Zeit, nachdem Signor Smith in

Signor Cecchettis Werkstatt eingezogen war. Wo war übrigens Signor Cecchetti geblieben? War er wirklich zu seiner Tochter nach Amerika gefahren? Oder hatten ihn Signor Smith' Schraubstockhände ins Jenseits befördert? Vor Aufregung zitternd saß er da, schlürfte Kakao und überlegte. Seine Mutter störte ihn wie immer. Sie ermahnte ihn, sich zu waschen, anzuziehen und in die Schule zu gehen:

»Non hai tempo per sognare!*«

Widerwillig stand er auf und ging ins Badezimmer. Das alles war ganz bestimmt kein Zufall. Und die Sache mit dem Gips passte auch. Aber warum hatte Signor Smith ihn nicht umgebracht? Weil sie einmal Freunde gewesen waren? Wenn Signor Smith ein echter Freund wäre, hätte er mir das nie angetan, dachte Marco. Vielleicht war das von Anfang an seine Absicht? Er wusste, dass ich Geld brauchte. Deshalb hatte er mich mit Geld geködert. Außerdem dachte er sicher, dass ich niemandem davon erzählen würde, weil ich mich schämte. Marcos Hände, die gerade Zahnpasta auf die Zahnbürste drückten, begannen neuerlich zu zittern. Er schloss die Augen und atmete tief durch. Dann begann er ruhig und konzentriert die Zähne zu putzen. In seinem Kopf formte sich allmählich eine Idee. Eine kühne Idee, die zu einem Plan reifte. Ein Plan, wie er sehr viel Geld bekommen würde …

* Zum Träumen hast du keine Zeit!

VIERUNDVIERZIG

Die Fensterscheibe trotzte souverän dem Bombardement der Regentropfen, die dicken Tränen gleich an ihr herunterrannen. Innen war die Scheibe beschlagen. In unregelmäßigen Abständen wischte er mit dem Handrücken ein Stück frei, sodass er hinaus auf den Canal Grande blicken konnte. Hier, in unmittelbarer Nähe des Rialto-Marktes, saß der Mann, den man Signor Smith nannte, bei einem Espresso und einem Grappa. Die Züge seines Raubvogelgesichts waren heute etwas weicher als sonst, und seine Habichtaugen waren von einer ungewohnten Melancholie verschleiert. Er nippte am Grappa, genoss die Wärme des Schnapses in seinem Magen und orderte ein zweites Glas. I've got the blues, man. Er blickte auf den Canal Grande hinaus und sah vor seinem geistigen Auge in den grauen Fluten die nackten Körper der drei von ihm getöteten Knaben treiben. Sollte er auch Marco liquidieren? Der Gedanke gefiel ihm nicht. No way. Der kleine Bastard hatte ihn tatsächlich zu erpressen versucht. Trotzdem lächelte er und erinnerte sich an seine eigene Kindheit. Er wusste genau, dass er genauso wie Marco gehandelt hätte. Das Einzige, was auf dieser Welt zählte, war Geld. Diese Lektion hatte er selbst schon verdammt früh gelernt. Und Marco war genau so. Fuck! Der kleine Spinner wollte tatsächlich 10.000 Euro von ihm. Dafür, dass er das Maul hielt und nicht zur Polizei ging und ihr erzählte, dass es da einen Signor Smith gäbe, der kleine Knaben nackt in Gips abgoss. This fuckin' detective Rhineri, Rommeri or whatever … Das Täterprofil, das dieser Cop veröffentlicht hatte, passte verdammt gut auf ihn. Er schlug nochmals die Zeitung auf, um es durchzulesen. Fuck! Wie wenn ihm dieser Ronnery in den Schädel geschaut hätte. Einzig die Annahme, dass er ein Lusttäter sei, war falsch. Der Perverse, der die ganze Sauerei in Auftrag gegeben hatte, saß irgendwo im Hintergrund. That's not me! Scheiß auf Knaben! Mit Vergnügen dachte er an die zahlreichen luxuriösen Puffs in Europa, in denen junge Mädchen mit biegsamen Körpern die betuchte Kundschaft verwöhnten. Frischfleisch aus dem Osten. Bulgarien, Rumänien, Moldawien … That's the real stuff! Aber nackte Knaben? Disgusting! Vielleicht hatte sein eigenes Unbehagen, als er Marco beim Eingipsen an den kleinen Schwanz und die winzigen Eier gefasst hatte, diesen dazu animiert, einen Erpressungsversuch zu starten? Nein, bei dieser Geschichte war er ganz und gar nicht cool geblieben. Es war ihm peinlich gewesen. Andererseits wollte er nicht noch einen Knaben entführen. Jede Entführung war ein Risiko. Und es galt, Risiken zu minimieren. Deshalb hatte er Marco das Angebot gemacht. Er hatte gehofft, so den Job ohne Troubles abschließen zu können. Ohne, dass er eine vierte Leiche produzieren musste. Nun saß Marco unten in dem Kellerloch, wo er auch die anderen Knaben gefangen gehalten hatte, und er selbst saß hier in der Bar. Eigentlich sollte er an Marcos Statue weiterarbeiten, obwohl er dazu absolut keine Lust hatte. Die Polizei kam ihm allmählich gefährlich nahe. Er musste schleunigst den Job abschließen. Es half alles nichts, er musste weg von hier. Je früher, desto besser. Seufzend faltete er die Zeitung zusammen, stand auf, schlüpfte in seine Barbour Jacke, zahlte und ging. Draußen streifte er die Kapuze über den Schädel und hörte, wie die Regentropfen draufprasselten.

Er ging durch kleine Gassen und Durchgänge. Als er bei Cecchettis Haus um die Ecke bog, stoppte er abrupt. Vor dem Rahmenmacherladen stand die alte Umberti, in eine durchsichtige Regenpelerine mit spitzer Kapuze gehüllt. Wie besessen redete sie auf einen Fremden ein. Ein schlanker, schlaksiger Typ in einer sportlichen, schwarzen Kapuzenjacke. Geduldig hörte der Kerl ihr zu. Smith verharrte hinter der Hausmauer und wagte hin und wieder, kurz ums Eck zu schauen. Der Typ verabschiedete sich von der Umberti und kam auf ihn zu. Für den Bruchteil einer Sekunde kreuzten sich ihre Blicke. Smith sah ein hartes Gesicht, in dem wache Augen alles registrierten. Er drehte sich weg und überquerte die Straße, die zu Cechettis Haus führte. Nach zehn Metern gab es die Auslage eines Immobilienmaklers. Dort blieb er stehen, tat so, als ob er die Immobilienangebote studieren würde. Zufrieden registrierte er, dass der Fremde in die andere Richtung gegangen war. Er kehrte auf dem Absatz um und stieß an der Ecke mit Signora Umberti zusammen. Sie quietschte vor Entzücken, als sie ihn sah. Endlich hatte sie ihn erreicht! Nun musste er sofort mitkommen zu ihrer Freundin, die diesen fantastischen Spiegel mit dem wertvollen, aber leider etwas desolaten Rahmen hatte. Er sah sich um. Niemand außer einer asiatischen Touristengruppe war auf der Straße. Er bat Signora Umberti, kurz in die Rahmenhandlung mitzukommen, da er einen Maßstab mitnehmen wollte. Bereitwillig folgte sie ihm ins Geschäft und dann nach rückwärts in die Vergolderwerkstatt. Er schloss die Werkstatttür hinter ihr und machte Licht. Signora Umberti erstarrte. Vor ihr kniete auf dem Arbeitstisch die Statue von Marco. Die Signora stammelte:

»Ma questo è … questo è Marco! Marco Canella …*«

Weiter kam sie nicht, denn eine fürchterliche Ohrfeige erschütterte ihren Kopf, sodass sie fast das Gleichgewicht verlor. Als Nächstes schlug er ihr mit der Faust mitten ins Gesicht. Der Schlag ließ sie in die hinterste Ecke der Werkstatt taumeln. Er trat auf sie zu und schlug ihren Schädel gegen die Wand. Die alte Frau sackte in sich zusammen. Nun öffnete er die Tür zur Diele, und ein bestialischer Geruch schlug ihm entgegen. Ein böses Grinsen erschien auf seinem Gesicht. An ihren grauen, dauergewellten Haaren schleifte er die Umberti durch die Diele zu dem folgenden Raum, in dem ein riesiger alter Kasten stand. Er öffnete ihn und erschrak. Fiepend sprangen mehrere Ratten her-

---

* Aber das ist … das ist Marco! Marco Canella …

aus und verschwanden eiligst. Mit Abscheu bemerkte er, dass sie Cecchettis verwesende Leiche an den Händen und im Gesicht angeknabbert hatten. Signora Umberti, die gerade wieder zu Bewusstsein kam, sah Cecchetti, dem die Ratten die Nase weggefressen hatten, ins verweste Antlitz und stieß einen markerschütternden Schrei aus. Grob stieß er sie in den Kasten hinein. Mit Zerren und Treten verstaute er den fetten, sich wehrenden Frauenkörper neben Cecchetti im Inneren des Kastens. Dann holte er aus und schlug ihr mit der Faust nochmals ins Gesicht. Knochen krachten, Blut spritzte. Stille trat ein. Trotz des unbeschreiblichen Gestanks atmete er erleichtert durch. Er ging in die Werkstatt, wo er nach kurzem Suchen einen dünnen Draht fand. Außerdem griff er zu dem Raumspray, den er unlängst erworben hatte. Er ging zurück in den hinteren Raum und fesselte mit dem Draht die Umberti an Händen und Füßen. Er knallte die massive Holztür zu und versperrte mit einem klobigen Schlüssel das alte knarrende Schloss der Kastentür. Kurz überlegte er, ob er den Schlüssel abziehen sollte, ließ ihn aber schulterzuckend stecken. Heftig um sich sprayend verließ er den Raum, schloss die Tür zur Diele und sprayte solange weiter, bis die Dose leer war. Dann ging er in die Küche in den ersten Stock und setzte Wasser am Herd auf. Als die Teekanne zu pfeifen anfing, goss er starken, schwarzen Tee auf. Da er ganz heftiges Verlangen nach etwas Süßem hatte, lief er nochmals hinaus in den Regen. Sein Weg führte ihn auf den kleinen Platz bei der nahen Kirche. Hier gab es eine Pasticceria, die wunderbare Bäckereien hatte. Er kaufte sich ein Kilo davon und aß schon beim Heimgehen gierig. In der Werkstatt trank er dann den heißen Tee, aß Kekse und lehnte sich entspannt auf einem Stuhl zurück. Zufrieden betrachtete er Marcos Statue. Da sie bereits grundiert war, musste er sie nur noch vergolden. Das wollte er heute Nacht und morgen untertags zu Ende bringen. Und dann nichts wie weg von hier.

FÜNFUNDVIERZIG

Lupino hasste dieses Wetter. Unter seiner schwarzen, sportlichen Kapuzenjacke stapfte er durch den Regen. Hinter ihm trottete eine Handvoll norddeutscher Touristen, die sich durch dieses Wetter nicht abschrecken ließen und einen Spaziergang rund um San Marco gebucht hatten. Lupino spulte seine Führung routiniert ab, war jedoch mit dem Kopf nicht bei der Sache. Ihm ging noch immer die alte Dame durch den Kopf, die ihm gestern vor dem Rahmenmachergeschäft im Dorsoduro über den Weg gelaufen war. Fürchterlich hatte sie sich aufgeregt, dass der Rahmenmacher in letzter Zeit dauernd geschlossen hatte. Dabei war das so ein begabter Mann. Handwerklich viel geschickter als der eigentliche Besitzer des Ladens, ein gewisser Cecchetti. So schön hatte dieser Signor Smith, der ja eigentlich nur Cecchettis Vertretung war, ihren Tintoretto gerahmt. Der Mann hatte goldene Hände. Nur war er nie da. Sie hatte ihre Freundin, die Contessa, schon wiederholt vertrösten müssen. Dabei müsste der Rahmen des riesigen barocken Spiegels, der im Vestibül des Palazzos ihrer Freundin hing, dringend restauriert werden. Aber dieser Signor Smith war ja nie zu erreichen. Direkt mysteriös sei dieser Signor Smith! Zum Abschied, nachdem sie ihm ihr Herz ausgeschüttet hatte, kramte sie aus ihrer Handtasche eine etwas verknitterte in altmodischer Schreibschrift gesetzte Visitenkarte hervor. Die hatte sie Lupino mit der Bitte in die Hand gedrückt, sie doch zu verständigen, wenn er Signor Smith antreffen sollte. Danach war er weitergegangen und fast mit einem Fremden, der eine dunkelblaue Barbour Jacke trug, zusammengestoßen. Der Mann hatte einen unangenehm stechenden Blick gehabt. Mysteriös sei dieser Signor Smith, hatte die alte Dame gesagt. Das ließ Lupino keine Ruhe. Er beendete ohne großen Enthusiasmus die Tour und bekam dementsprechend auch kein Trinkgeld, was ihm aber egal war. Weil er sich aufwärmen wollte, ging er in eine Osteria gleich hinter den Kolonnaden des Markusplatzes. Eine lächelnde Chinesin fragte ihn in fürchterlichem Italienisch, was er zu trinken wünschte. Er schreckte aus seinen Gedanken auf und ärgerte sich. Denn er stand in einem der Lokale, die von Chinesen mit Koffern voll illegalem Geld gekauft worden waren. Er hasste es, dass seine Landsleute so korrupt waren und auf diese Deals einstiegen. Vor seinem geistigen Auge sah er Venedig fest in chinesischer Hand. Schlitzäugige Gondoliere, die am Canal Grande Peking Opern trällerten, und Caffès, in denen grüner Tee statt Espresso serviert wurde. Er machte auf der Stelle kehrt und verließ das schauerliche Lokal. Wütend stapfte er durch den Regen über den Campo Santo Stefano in Richtung Accademia. Er überquerte die rutschige Holzbrücke und ging links in die Bar, die sich unmittelbar neben der Brücke befand. Einer der Kellner, Luigi, begrüße ihn mit einem freundlichen »Ciao, Lupino!«. Er bestellte einen Espresso und konzentrierte er sich auf diesen Signor Smith. Was war das für ein merkwürdiger Name? Eine Mischung aus Englisch und Italienisch? Sehr mysteriös. Und dann fiel ihm ein, dass in Ranieris Täterprofil davon ausgegangen wurde, dass es sich bei dem ›Venedig-Ripper‹ wahrscheinlich um einen Fremden handelte. Plötzlich begann Lupino zu schwitzen. War es möglich, dass er dem Ripper endlich auf die Schliche gekommen war? Er zahlte eilig und verließ die Bar. Er rannte im Laufschritt durch den Regen zu dem Rahmenmachergeschäft. Es war zehn Minuten nach 16 Uhr, der Rahmenmacher müsste offen haben. Er drückte die antiquierte Türklinke, dann rüttelte er an der Tür. Ausdauernd und lange. Er klopfte und rief. Doch das Geschäft blieb geschlossen. Lupino überlegte, was er tun sollte. Er kramte in den weiten Taschen seiner Jacke und fand schließlich, was er suchte: die Visitenkarte der alten Dame. Da sie nur eine Gasse weiter wohnte, beschloss er, sie nicht anzurufen, sondern sie zu besuchen. Sie wohnte in einem schönen alten Haus, das eine moderne Klingelanlage hatte. Nachdem er mehrmals bei ihr angeläutet hatte, ohne dass sich etwas rührte, klingelte er bei den Nachbarn. Eine verrauchte Stimme krächzte »Pronto?« durch die Haussprechanlage. Lupino erklärte der Stimme, dass er Signora Umberti besuchen wolle und dass diese nicht öffne. Summend wurde die Haustür geöffnet. Er stieg in den ersten Stock hinauf, wo eine Zigaretten rauchende Signora ihn erwartete. Lupino schilderte ihr kurz den Anlass seines Besuchs, und dann ging die Signora mit ihm in den zweiten Stock hinauf. Dort läutete und klopfte sie an Signora Umbertis Tür, doch niemand antwortete. Nun wurde Lupino wirklich nervös. Da stimmte etwas nicht. Das Jagdfieber, das er früher in seiner Tätigkeit als Polizist manchmal verspürt hatte, hatte ihn nun wieder gepackt. Er begann zu schwitzen. Mit feuchten Fingern zückte er sein Handy und wählte die Nummer der Questura. Nach mehrmaligem Insistieren und längerem Warten hatte er endlich Ranieri am Apparat. Dieser war aber extrem kurz angebunden. Lupino hörte im Hintergrund eine Frauenstimme hysterisch kreischen. Als er Ranieri sagte, dass er möglicherweise den ›Venedig-Ripper‹ ausfindig gemacht habe, zischte Ranieri ins Telefon »Komm in die Questura. Mensch, beeil dich!« und legte grußlos auf.

SECHSUNDVIERZIG

Er hetzte durch den Regen. Quer durch San Marco und durch Teile von Castello hin zum Rio di San Lorenzo, wo sich die Questura befand. Als er keuchend und schwitzend eintraf, erwartete ihn ein schrilles Schauspiel. Vor dem Gebäude der Questura drängte sich eine mit aufgespannten Regenschirmen ausgerüstete Menschentraube um eine Frau, die im strömenden Regen stand und mit schriller Stimme vor sich hin schimpfte. Über die unfähigen Polizisten. Lauter Kinderschänder und Pädophile, arrogante Bürokraten, die am liebsten ihren Arsch nicht vom Dienstsessel erhoben. Faul, unfähig und unwillig. Völlig überfordert, wenn sie ausnahmsweise einmal nicht wegen eines Handtaschenraubs oder einer Rauferei ermitteln mussten. Die Questura in Venedig? Ha! Ein Biotop der Ineffizienz. Seit Wochen trieb hier ein Kindermörder sein Unwesen, und was geschah? Nichts! Nichts geschah! Und das konsequent! Ein Skandal, der zum Himmel stank. Und was machte das Innenministerium in Rom? Die schickten einen pädophilen Sonderermittler. Die machten den Bock zum Gärtner. Das war typisch für die gesamte Politik. Lauter unfähige Vollidioten, die dank Beziehungen oder Bestechung zu ihrem Job gekommen waren. Das gesamte Innenministerium und die Polizia di Stato gehörten gesäubert. Alle rausgeschmissen. Lauter Flaschen! Einer dümmer als der andere. Und solche Leute sollten einen perfiden, mit allen Wassern gewaschenen Kindermörder fassen! Das war doch von Anfang an zum Scheitern verurteilt. Und überhaupt dieser Commissario Ranieri! Ein Alkoholiker, der sich das Hirn kaputtgesoffen hat. So einer leitete die Ermittlungen. Ein dementer Kerl, ein Alkoholkranker sollte den Kindermörder fassen. Eine gescheiterte Existenz, ein menschliches Wrack …

Lupino konnte die Beschimpfungen Ranieris nicht weiter mit anhören. Es ekelte ihn vor dem offensichtlichen Gefallen, den die versammelten Reporter an dieser Szene hatten. Sie filmten den hysterischen Anfall begeistert mit und riefen der völlig durchgedrehten Frau auch noch Stichworte zu, die diese immer wieder zu neuen Tiraden anstachelte. Er drängte sich durch die Menge und verschwand in der Questura. Eine Minute später betrat er Ranieris Zimmer. Ranieri stand neben Silvana Viti vor einer Wandkarte Venedigs. Die beiden diskutierten einen Polizeigroßeinsatz, um die beiden Bezirke San Polo und Dorsoduro systematisch zu durchkämmen. Haus für Haus wollten sie die Bewohner befragen, ob sie in den letzten Wochen irgendetwas Merkwürdiges in ihrem Haus oder in der Nachbarschaft bemerkt hatten.

»Wolfgang, was hast du herausgefunden? Sag schon!«

Lupino erzählte auf Italienisch, sodass Silvana Viti es verstand, was er gestern erlebt und an diesem Nachmittag herausbekommen hatte. Ranieri forderte Lupino auf, ihm auf der Karte zu zeigen, wo denn Cecchettis Laden sei. Als Lupino dies tat, pfiff er durch die Zähne. Silvana fragte ihn, wie man Cecchetti schreibe und tippte den Namen in den Polizeicomputer. Da sich hier nichts Auffälliges fand, hatte Silvana die Idee, die amerikanische Bundespolizei und die U.S.-Einwanderungsbehörde um Hilfe zu bitten. Da sie recht gut Englisch konnte, begann sie E-Mails in die USA zu schreiben. Ihre erste Bitte betraf die Tochter Cecchettis, ob deren Aufenthaltsort bekannt sei. Die Anfrage an die Einwanderungsbehörde betraf Cecchetti selbst. Ob er vor einigen Wochen in die USA eingereist sei. Dann suchte sie nach Signor Smith. Doch hier stieß sie überall auf negative Ergebnisse. Einen italienischen Rahmenmacher namens Smith gab es nicht. Während Silvana Viti im Internet recherchierte, fragte Lupino Ranieri, wer denn die Verrückte vor der Questura war. Ranieri seufzte und sagte dann:

»Seit vorgestern ist ein vierter Junge, er heißt Marco

Canella, verschwunden. Die Hysterikerin da draußen ist seine Mutter.«

Als Lupino Ranieri fragte, wo denn der Verschwundene wohnte, stand Ranieri seufzend von seinem Bürosessel auf und ging zur Karte. Er setzte eine Pinnnadel genau neben die Adresse, die Cecchettis Laden anzeigte. Jetzt pfiff Lupino durch die Zähne. Silvana Viti kam ebenfalls zur Karte. Alle drei standen davor und starrten auf die Pinnnadeln. Da waren allmählich zu viele Zufälle im Spiel. Hier stimmte irgendetwas nicht.

SIEBENUNDVIERZIG

Er hatte Angst. Angst davor, hier im Dunkeln zu sitzen. Angst vor den Ratten, die ganz ungeniert auf ihm herumgeklettert waren, als er noch betäubt war. Angst, vielleicht nie mehr Tageslicht zu sehen. Angst, hier unten jämmerlich zu verhungern. Und natürlich: Angst vor Signor Smith. Er lag auf einer ekelhaften, alten Matratze und einigen feuchten Lumpen, von der Decke des Gewölbes fielen in unregelmäßigen Abständen Tropfen herunter. Es roch nach Fäulnis und Moder. Bitter bereute Marco seinen vermessenen Plan. Wie konnte er nur so dumm sein und annehmen, dass er Signor Smith erpressen könnte? Voll Scham über seine eigene Dummheit begann er leise zu weinen. Vor lauter Geldgier hatte er völlig den Verstand verloren. 10.000 Euro – das war sicher auch für Signor Smith viel Geld. Geld, das ein Mann wie er nicht ohne Widerstand jemand anderem aushändigen würde. Und schon gar nicht einem zehnjährigen Rotzlöffel, der ihn erpressen wollte. Marco erinnerte sich, wie er mit einem gewissen Bauchgrimmen, aber auch mit dem festen Vorsatz, bei Signor Smith abzukassieren, ihm mit einem Stück Pizza einen Zettel zugeschoben hatte, auf dem stand, dass er alles wüsste und zur Polizei gehen würde, wenn er nicht 10.000 Euro bekommen würde. Signor Smith hatte den Zettel lange angesehen, ohne auch nur mit der Wimper zu zucken, dann sah er Marco in die Augen. Doch sein Habichtblick erschreckte Marco nicht mehr. Fast unmerklich hatte der Rahmenmacher dann genickt. Mit dem Blick immer noch Marco fixierend zog er seine Brieftasche aus der hinteren Tasche seiner Jeans, entnahm ihr 300 Euro und schob Marco die Scheine über den Tisch. Eine Anzahlung, hatte Signor Smith gemurmelt. Den Rest bekäme er, sobald er hier in der Pizzeria fertig sei. Er müsse nur dreimal kurz und dreimal lang an die Tür des Rahmenmachergeschäfts klopfen. Marco hatte genickt. Nachdem er bei Bruno Veneto seinen Job erledigt hatte, war er schnurstracks zum benachbarten Geschäft gegangen und hatte das vereinbarte Zeichen an die Tür geklopft. Sofort war Signor Smith erschienen und hatte ihn hereingelassen. Dann waren sie nach rückwärts in die Werkstatt gegangen. Kaum hatte sich die Tür zum Verkaufsraum hinter Marco geschlossen, versetzte ihm Signor Smith einen wuchtigen Schlag gegen den Kopf, sodass er mit dem Schädel an die Wand schlug. Marco war zusammengesackt. Als Nächstes hatte er wahrgenommen, dass Signor Smith ihm eine Flüssigkeit einflößte. Dann war es dunkel geworden.

Marco stand auf und tastete sich vorsichtig die Wand entlang. Sie war feucht und ekelhaft glitschig. Ihm kam es vor, dass der Boden leicht abschüssig war. Und dann patschte er in eine Lache. Er versuchte auszuweichen, doch da war überall Wasser. Marco wich zurück. Er tapste im Dunkeln zu der Ecke mit der alten Matratze zurück. Dabei bemerkte er, dass überall Wasser herabtropfte. Auch an den Seitenwänden sickerte Wasser herein. Und plötzlich überkam ihn eine neue Angst. Die Angst, hier zu ertrinken.

ACHTUNDVIERZIG

Ranieri gab sich einen Ruck. Es war Zeit, den Vicequestore zu informieren. Sie hatten zwar keinen einzigen Beweis, aber eine Fülle von Indizien. Dieser Rahmenmacherladen musste durchsucht werden. Dort stimmte irgendwas nicht. Da hatte Lupino absolut recht. Allerdings durfte er vor dem Dottore den Namen Severino nicht erwähnen. Lupino war für Mastrantonio ein rotes Tuch. Ein korrupter Expolizist, eine gescheiterte Existenz. Als er die Stiegen hinauf zum Büro des Chefs stieg, überlegte er sich, wie er die gesammelten Erkenntnisse seinem Vorgesetzten mitteilen sollte, sodass dieser einer Hausdurchsuchung zustimmte. Außerdem würde er sowieso die Kontakte des Vicequestore brauchen, um jetzt am späten Nachmittag noch einen richterlichen Hausdurchsuchungsbefehl zu bekommen. Höflich klopfte er an die Tür der Vorzimmerdame und öffnete sie vorsichtig. Er trat ein und sah in das regungslose Krötengesicht von Signora Orsetto. Die kalten Augen hinter ihren bunten Brillen musterten ihn. Ranieri kam sich in seine Schulzeit zurückversetzt vor. Da hatten sie eine Direktorin, die genauso einen kalten Blick hatte. Und die ihn des Öfteren zur Sau gemacht hatte. Einfach so, weil er klein war, und weil sie ihn einfach nicht leiden konnte. Tagelang hatte er nach solchen Zusammenstößen Albträume gehabt. Ohne dass er sich dagegen wehren konnte, begann der Commissario zu stottern, als er Signora Orsetto fragte, ob der Dottore da sei. Ohne auf seine Frage einzugehen, fragte sie zurück, worum es denn gehe. Er räusperte sich und erklärte ihr, dass es im Falle des ›Venedig-Rippers‹ neue Indizien und Erkenntnisse gäbe. Deshalb müsse er dringend mit dem Dottore sprechen. Er brauche einen Hausdurchsuchungsbefehl. Signora Orsetto lächelte mild und klärte ihn auf, dass Dottore Mastrantonio vor einer Stunde wegen einer wichtigen Besprechung das Haus verlassen habe. So leid es ihr tue, aber heute würde es mit dem Hausdurchsuchungsbefehl nichts mehr werden. Und mit leiser Ironie in der Stimme vertröstete sie ihn:

»Domani, commissario. Domani …*«

Als Ranieri zurück in sein Zimmer kam, fand er Lupino und Silvana über Vitis Computer gebeugt. Lupino sah auf. Sein Blick flackerte und sein Gesicht war käsebleich. Leise sagte er:

»Das FBI hat geantwortet. Vor zwei Wochen ist die Leiche einer Giulietta Cecchetti gefunden worden. Sie war an Händen und Füßen mit Draht gefesselt und wies Folterspuren auf. Die Leiche war an einem einsamen Strandstück von Long Island im Sand verscharrt gewesen. Der Hund eines Spaziergängers hatte sie ausgebuddelt.«

* Morgen, Kommissar, morgen …

NEUNUNDVIERZIG

Druck lastete auf ihm. Schwarze, massige, unbarmherzige Angst hatte sich auf seine Brust gehockt und drückte. Sie drückte auf sein Herz, seine Lunge, seinen Magen. So heftig, dass er sich kaum bewegen konnte. Selbst das Atmen fiel ihm schwer. Die Angst schnürte alles ab. Wie Spinnweben aus ganz feinem Draht wickelte sie sich um seine Gliedmaßen, schnürte sie ab und lähmte sie. Er spürte das Kribbeln der Ameisen, die Durchblutungsstörungen in Armen und Beinen. Nicht einmal die Hand konnte er bewegen, um den fetten Tropfen, der ihm gerade auf die Stirn geklatscht war, abzuwischen.

»Mamma, mamma …«, wimmerte Marco leise. Und die Erinnerung an all ihre Ermahnungen, Vorwürfe und Verbote trieb ihm die Tränen in die Augen. Warum hatte er nicht auf sie gehört? Warum musste er unbedingt seinen eigenen Kopf durchsetzen? Wenn er sich von Signor Smith ferngehalten hätte, so wie es seine Mamma ihm gesagt hatte, wäre das alles nicht passiert. Dann hätte Signor Smith einen anderen Knaben als Vorlage für diese garstige Gipsfigur verwendet. Das Weinen half. Es entspannte Marco, und er konnte sich wieder bewegen. Er wischte sich den Tropfen von der Stirn und die Tränen aus den Augen. Lautstark zog er den Rotz auf und erntete dafür ein sympathisierendes Fiepen einer Ratte. Die Ratten! Zuerst hatte er sich irrsinnig vor ihnen gefürchtet. Aber mit der Zeit war er froh, dass sie wenigstens hier bei ihm waren. Lebewesen, weich und pelzig. Sie wuselten jetzt unmittelbar um ihn herum, denn der Raum hatte sich massiv verkleinert. Das Wasser stieg ständig, und nur mehr ein Stück rund um seine Ecke, in die er sich verkrochen hatte und die offensichtlich etwas höher gelegen war als der Rest des Verlieses, war noch nicht überschwemmt. Marco dachte fieberhaft nach, was er tun würde, wenn auch dieses trockene Stückchen in der Wasserflut versank. Er rappelte sich auf und streckte sich. Die müden und von der feuchten Kälte lahmen Glieder musste er erst wieder zum Funktionieren bringen. Er trat kurz ganz schnell auf der Stelle. Quietschend stoben die Ratten auseinander. Als er das taube Gefühl in seinen Beinen überwunden hatte, tastete er sich an der Wand allmählich vor. Seine Sneakers tauchten in das Wasser ein. Er ging nicht viel weiter, da er keine nassen Füße haben wollte. Er tastete sich zurück in seine Ecke und ging nun die andere Wand entlang. Es musste die Stirnwand seines Verlieses sein. Der Boden hier war, so wie in der Ecke, in der er bisher gekauert hatte, ebenfalls höher. Als er in das gegenüberliegende Eck gelangte, ging er nun die links von ihm stehende Wand entlang. Mit dem Ergebnis, dass er ziemlich bald im Wasser stand. Er drehte um und tastete sich zuerst an dieser Wand zurück und dann an der Stirnwand weiter. Seine Finger suchten jetzt irgendetwas, was sich vielleicht oberhalb befand. Eine Mauernische, ein zugemauertes Fenster oder sonst was. Es gab aber nichts. Außer einer einheitlichen Mauer, durch deren Ritzen ständig Wasser sickerte. In seiner Verzweiflung ging er nochmals die Stirnseite des Kellers ab, und da entdeckte er etwas: einen eisernen Ring, den er mit ausgestreckten Händen gerade erreichen konnte. Ein Ring, der in die Mauer eingelassen war und an dem er sich anhalten konnte. Er zog sich an dem Ring empor und versuchte, die Decke des Kellers zu erreichen, doch da hatte er keine Chance. Dafür war er zu klein. Keuchend und enttäuscht wankte er zu seinem klammen Lager zurück und ließ sich darauf fallen. Und dann kam die Angst wieder. Ganz langsam kroch sie aus der muffigen Dunkelheit des Raumes auf ihn zu. Über die Beine hinauf auf seine Brust, wo sie sich schwer niederließ. Die Angst, hier sterben zu müssen. Die Angst, ertrinken zu müssen. Die Angst, nicht mehr atmen zu können. Angst, schwarze fette, bleischwere Angst.

FÜNFZIG

Das Klopfen und Rütteln an der Tür des Rahmenmachergeschäfts hatte einen Nerv in ihm berührt. Er verharrte still wie ein Mäuschen in seiner Vergolderwerkstatt und lauschte dem minutenlangen rabiaten Rütteln an der Eingangstür. Fuck! Seine Hände begannen zu zittern und er begann zu schwitzen. Don't panic! Wenn das da draußen die Polizei war, würde sie binnen kurzer Zeit mit einem Durchsuchungsbefehl und einem Schlosser wieder kommen. Und dann säße er in der Falle. Leise, ganz leise stand er von seinem Arbeitsplatz auf und schlich aus der Werkstatt auf den Gang, von dem die Stiege hinauf in den ersten Stock des Hauses führte. Jedes Knarren der Treppe ließ ihn enerviert das Gesicht verziehen. Oben ging er zu einem der Fenster, öffnete es leise und sah hinunter. Dort vor der Tür stand der Typ von gestern. Mit seiner schwarzen, sportlichen Regenjacke. Erschrocken zog er seinen Kopf zurück, als der Blick dieses Kerls hinauf über die Fassade des Hauses wanderte. Wie ein kleines Kind hockte er sich nieder und duckte sich unterhalb des Fensterbretts. Fuck! Fuck! Bloody bastard! Nun zitterte er am ganzen Körper. Er schloss die Augen und sah sich plötzlich um Jahrzehnte zurückversetzt. Er kauerte im strömenden Regen in einem Straßengraben und wartete. Vor Kälte und Aufregung zitternd. Und dann sah er die Lichter aus der Ferne näherkommen. Der Fahrzeugkonvoi, der das Auto des Richters begleitete. Seine Hände zitterten wie welkes Laub im Herbststurm, als sie den Hebel des Zündmechanismus berührten. Er biss die Zähne zusammen und konzentrierte sich. Er musste unbedingt den richtigen Augenblick erwischen. Und dann, dann war der erste Alfa Romeo der Carabinieri an der markierten Stelle vorbei, nun war die Lancia Limousine des Richters dort: DRÜCKEN – FEUERBALL – SCHWIRRENDE METALLTEILE! Der Richter fuhr zur Hölle. Erleichterung. Aufspringen. Und laufen, laufen, laufen. Zu dem einen Kilometer entfernt geparkten Wagen. Regen rann ihm ins Genick, in die Schuhe, drang in jede Falte seines verschwitzten Körpers. Laufen. Von ferne Polizeisirenen. Laufen. Scheiße! Ein Schuh blieb im schmatzenden Schlamm, zu dem sich die Erde verwandelt hatte, stecken. Mit nur mehr einem Schuh an den Füßen und mit klatschnassen Socken lief er weiter. Die Erde war eiskalt und glitschig. Mehrmals rutschte er aus. Einmal fiel er hin. Aufrappeln. Weiterlaufen. Endlich die Straße. Wo war das Scheißauto? Alles grau in grau. Regenwand. Null Sicht. Verzweifelt weiterlaufen. Schwarze Silhouette. Endlich der Wagen. Wo war der verdammte Schlüssel? Hatte er ihn verloren? Da! Endlich! Hinein ins trockene Wageninnere. Und dann Scheinwerfer. Ein Auto näherte sich rasant. Ducken. Deckung suchen im Fußraum des Wagens. Zusammenkrümmen, Kopf einziehen, zittern …

Endlich hatte das Rütteln und Klopfen unten aufgehört. Ja, er glaubte nun, Schritte zu vernehmen, die sich entfernten. Langsam, ganz langsam tauchte Signor Smith aus der Versenkung auf und schaute vorsichtig beim Fenster hinunter. Tatsächlich. Der Kerl war verschwunden. Er schloss das Fenster und überlegte, was er tun sollte. Am liebsten hätte er seine Tasche gepackt und hätte Knall auf Fall dieses verdammte Haus verlassen. Gegen einen plötzlichen Abgang gab es jedoch ein starkes Argument: eine Million Dollar. So viel bekam er noch für die letzte, beschissene Figur. So viel war dieser verdammte Perverse ihm noch schuldig. Außerdem hatte er ja nicht mehr viel zu tun. Er musste nur noch die fertig vergoldete Figur an den erhabenen Stellen glänzend polieren. Fuck! Die Erde brannte ihm unter den Füßen. Nichts wie weg von hier, sagte ihm sein Instinkt. Er stürmte in das Nachbarzimmer, das ihm als Schlafstätte diente, holte seine Reisetasche aus dem antiken Kasten hervor und stopfte seine wenigen Kleidungsstücke hinein. Dann ging er ins Badezimmer und schnappte Zahnpaste, elektrische Zahnbürste und Rasierzeug. Handtücher hatte er keine mitgehabt, die hatte er sich vom alten Cecchetti ausgeborgt. Zurück zur Reisetasche, hinein mit den Toilettenartikeln! Tasche zu und die Treppen hinunter. Ein letzter Blick in die Werkstatt. Und da stand sein Werk: der nackte, vergoldete Marco. Ein Meisterwerk. Stolz ging er darauf zu und setzte sich kurz auf seinen Arbeitssessel. Er begann zu grübeln, und dann kam ihm eine Idee. Auf der Rückseite des Hauses befand sich der Hinterhof, der zum Nachbarhaus führte. Er sprang auf und eilte zu dem Fenster, durch das man auf den Hinterhof hinaussah. Erstmals, seitdem er hier eingezogen war, öffnete er es und tatsächlich: Es war ganz easy, hier hinauszusteigen und durch den Hinterhof in das andere Haus und von dort in die Parallelgasse zu kommen. Erleichtert ging er zurück zu seinem Arbeitsplatz, nahm das Werkzeug mit dem geschwungenen Jadestein in die Hand und fuhr fort, die Haare der Statue zu polieren.

Als er einige Stunden später damit fertig war, gönnte er sich eine kleine Pause. Er ging hinauf in die Küche im ersten Stock und machte sich mit Cecchettis Bialetti einen Kaffee. Dazu trank er den letzten Schluck Grappa aus der Flasche, die ihm der nunmehr verwesende Hauseigentümer hinterlassen hatte. Ein zynisches Grinsen spielte auf seinem Gesicht, und er murmelte: »Addio grappa … addio Signor Smith … addio Venezia!« Während er den Kaffee schlürfte, überlegte er sich, ob er Cecchettis Haus anzünden sollte, um möglichst alle seine DNA-Spuren zu vernichten. Andererseits könnte er das erst dann tun, wenn die Spedition da gewesen wäre und Marcos Statue abgeholt hätte. Dafür müsste er aber zumindest bis morgen Mittag hier bleiben. Fuck! Das war zu riskant. Wieder hatte er das kribbelnde Gefühl an seinen Fußsohlen. Als ob die Erde unter ihm zu brennen anfangen würde. Get out of here! The sooner the better. Außerdem: Was sollte die Polizei Venedigs schon mit seiner DNA anfangen? Nichts. Okay, sie würden sie in die internationale Datenbank einspeichern und vergleichen. Schlussendlich würden sie die Erkenntnis erzielen, dass diese DNA auch noch bei einigen anderen ungeklärten Mordfällen in Nordamerika, Europa und Asien gefunden worden war. So what? Niemand wusste, wer er war. Seine DNA hatten sie. Aber seine Identität nicht. Wieder grinste er. Er war ein Phantom. Von ihm gab es kein Foto und keine Personenbeschreibung. Okay, eine Personenbeschreibung würden sie jetzt bekommen. Vom alten Bruno Veneto und natürlich von Marco, wenn sie ihn rechtzeitig aus dem Kellergewölbe befreien würden. Was möglich, aber nicht unbedingt wahrscheinlich war. Mit all dem konnte er leben. Außerdem wollte er sowieso schon längst sein Gesicht verändern lassen. Er kannte da eine nette Klinik in Florida. Endloser Strand, Palmen, das Rauschen des Meeres, Frozen Magaritas zum Sonnenuntergang und die besten Schönheitschirurgen des Landes. Das würde wie ein Urlaubsaufenthalt werden. Wiederum huschte ein dünnes Grinsen über sein Gesicht. Trotz des Kaffees fühlte er sich total müde. Er lümmelte am Küchentisch und nickte ein. Wobei das kein erholsamer, tiefer Schlaf war, sondern ein Dahindämmern. Immer wieder schreckte er auf und dachte sich: Aufstehen, in die Werkstatt gehen und die Skulptur einpacken. Er musste sie transportfertig machen. Dazu hatte der Perverse, der sein Auftraggeber war, eine

Holzkiste anfertigen lassen, in die er die Statue stellen musste. Danach waren die Hohlräume ganz mit Holzwolle auszufüllen. Wieder wunderte er sich über seinen Auftraggeber. Was trieb diesen Kerl an? Ein Typ, der so stinkreich war, konnte sich doch alles kaufen. Der konnte sich in Marokko, Thailand oder Vietnam einen ganzen Harem von minderjährigen Knaben halten, die ihm in natura die vier Pferde der Quadriga nachstellen würden. Er schüttelte sich vor Ekel. Eigentlich hatte er sich während dieses Jobs immer wieder gefragt, warum er das tat. Und nicht nur einmal hatte er sich überlegt, den Typen aufzuspüren, sein Geld an sich zu nehmen und ihn zu liquidieren. Allerdings hatte sein Auftraggeber gute Kontakte zum organisierten Verbrechen. Und wer weiß, welche Troubles er sich einhandeln würde, wenn er den Widerling wirklich ausschalten würde. All diese Gedanken quälten sein übermüdetes Hirn, das sich auszurasten versuchte. Nein, dieser Dämmerzustand war kein angenehmer. Es war eher eine Art Fegefeuer. Eine Zwischenstation zwischen Wachen und Träumen. Nur dass seine Träume im Moment Albträumen glichen …

Nachdem er eine Stunde so vor sich hingedämmert hatte, schaffte er es, sich aufzuraffen und aufzustehen. Er streckte sich, rieb sich die Augen und gähnte. Dann stakste er die Stiegen hinunter in die Werkstatt. Er machte Licht und betrachtete zufrieden sein Werk. Er zückte sein Smartphone und fotografierte die Statue von allen Seiten. Dann schickte er die Bilder kommentarlos an die Handynummer seines Auftraggebers. 20 Minuten später bekam er eine SMS. Eine Million Dollar war auf sein Schweizer Bankkonto überwiesen worden. Eine weitere SMS traf ein: Die Lieferung sollte heute Vormittag erfolgen. Er sah auf die Uhr und zuckte zusammen. Fuck! Es war bereits 2.30 a.m.! Er musste sich beeilen. Gähnend ging er in den Nachbarraum und holte die letzte der vier zusammenlegbaren Kisten, die ihm sein Auftraggeber hatte liefern lassen, in die Werkstatt. Sie war – so wie die anderen drei auch – aus solidem Teakholz hergestellt und mit Nut und Feder sowie mit Metallhaken und Ösen zusammenbaubar. Eine sündhaft teure Spezialanfertigung. Er legte die Bodenplatte der Kiste direkt neben die Statue auf den Fußboden. Dann holte er einen der noch vorhandenen Säcke Holzwolle und bereitete der knienden Statue auf der Bodenplatte ein dickes Holzwollbett. Er zog weiße Zwirnhandschuhe an und hob die vergoldete Statue vorsichtig auf diese weiche Unterlage. Nun setzte er die vier Seitenwände der Kiste auf die Bodenplatte auf. Danach kam der heikle Teil, die Staue rundum in Holzwolle einzubetten. Fuck! Bei dieser Arbeit kam er immer ins Schwitzen. Als die Kiste rund um die Statue mit Holzwolle ausgestopft war, setzte er die Abdeckplatte oben auf und verschloss die Kiste mit Klappverschlüssen aus Metall. An diesen wurden dann noch kleine Schlösser angebracht, für die wahrscheinlich nur er und sein Auftraggeber einen Schlüssel hatten. Das alles waren Einzelanfertigungen, alle bis ins kleinste Detail durchdacht. Ein unglaublicher Aufwand. Der Kerl musste wahrlich ein krankes Gehirn haben. Bloody pervert!

Endlich war die Kiste versandfertig. Neuerlich zückte er sein Smartphone und sendete der Spedition den Auftrag, die Kiste abzuholen. In dem elektronischen Auftragsformular gab er an, dass niemand anwesend sei und dass der Schlüssel zur Eingangstür am Türstock rechts oben lag. Abzuholen war die Holzkiste, die unmittelbar hinter der Eingangstür stand. Lieferadresse wie gehabt, eine Lagerhalle in Marghera. Als er nach ein paar Minuten die elektronische Bestätigung per SMS erhalten hatte, dass der Auftrag angenommen war und ausgeführt werden würde, atmete er erleichtert durch. Er sah auf die Uhr. Es war 3.40 a.m. Sein Job war erledigt. Es war vorbei.

Ein letztes Mal stapfte er die enge Stiege hinauf in Cecchettis Küche. Fast mit etwas Wehmut setzte er ein letztes Mal die kleine Bialetti-Kaffeemaschine auf die Flamme des Herdes. Hungrig trat er zum Kühlschrank und sah nach, was er noch an Vorräten hatte. Nichts außer dem Endstück einer Salamistange. Er nahm ein spitzes Messer aus der Küchenschublade und schälte die Haut von dem Salamirest ab. Entspannt begann er daran zu kauen. Als die Kaffeemaschine blubberte, schenkte er sich Kaffee ein und nahm dazu einen Schluck Wasser aus der fast leeren Mineralwasserflasche. Alles ging hier zu Ende. Und das war gut so. Er schlürfte Kaffee und entspannte sich. Nun verflüchtigte sich auch die Müdigkeit. Er war auf dem Sprung. Nichts konnte ihn mehr aufhalten. Fast nichts.

Als er die Eingangstür öffnete, fluchte er. Wasser sickerte in die Werkstatt. Acqua alta! Er schloss die Tür von innen und sah sich hektisch um. Dann holte er zwei Sessel aus dem Haus, stellte sie zusammen und platzierte auf ihnen fluchend und schnaufend die Kiste. Neuerlich öffnete er die Eingangstür, wieder sickerte etwas Wasser in den Raum. Diesmal war es ihm egal. Er knallte die Tür zu, sperrte ab und deponierte den Schlüssel, so wie er es der Spedition angekündigt hatte, rechts oben am Türstock. Dann stapfte er platschend durch das Wasser, das zum Glück nur den Boden bedeckte und nicht wirklich hoch war, davon.

Um 5.48 a.m. erreichte er Santa Lucia. Er stieg die breite Treppenanlage des Bahnhofs hinauf und war froh, endlich wieder trockenen Boden unter den Füßen zu haben. Seine Fallschirmspringerstiefel waren vollgesogen mit Wasser. Fuck! Er ging zielstrebig zu dem Bahnsteig, von dem die Regionalzüge nach Mestre abfuhren. Der nächste ging um 5.57 a.m. Da der Zug bereits dastand, stieg er ein. Noch einmal spürte er dieses verdammte Brennen unter den Fußsohlen. Es verschwand erst, als der Zug sich ruckelnd in Bewegung setzte. Über den langen Damm, der quer über die Lagune führte, fuhr der Zug in bedächtigem Tempo nach Mestre. Er sah im Osten das fahle Licht des neuen

Tages über dem Meer empor dämmern und die funkelnden Lichter Venedigs in der Ferne verblassen. Neuerlich atmete er erleichtert durch. Nothing can stop me now.

EINUNDFÜNFZIG

Schreien. Schreien. Schreien. Dass die Adern an der Stirn und am Hals anschwollen. Er schrie und schrie, bis nur mehr ein Krächzen aus der Kehle kam. Das Wasser stand nun auch in dem erhöhten Eck des Gewölbes bis zu seinen Knien. Die Lumpen, auf denen er gelegen hatte, schwammen als fahle Flecken um ihn herum. Ein Stoffstück hatte er wurstartig zusammengerollt und umschloss es krampfhaft mit seinen Fäusten, während er vor Wut und Panik schrie. Als seine Stimme endgültig versagte, begann er hysterisch zu schluchzen. Langsam wurde ihm bewusst, dass ihn aus diesem Loch niemand herausholen würde. Elendig ersaufen, das war sein Schicksal. Mutterseelenallein. Nicht einmal die Ratten waren mehr hier. Zuerst schwammen sie noch auf der Wasseroberfläche herum, doch dann waren sie abgetaucht und verschwunden.

Wenn er nur auch abtauchen und irgendwo anders, wo kein Hochwasser war, wieder auftauchen könnte. Er stellte sich vor, eine Ratte zu sein. Abtauchen und wegschwimmen. Weit weg. Plötzlich hatte er eine Eingebung: Nicht abtauchen war die Lösung, sondern mit Hilfe des Eisenrings oben auf der Wasseroberfläche zu bleiben. Er könnte sich das zusammengerollte Stoffstück um die Brust binden und das längere Ende durch den Eisenring ziehen. Damit würde er, auch wenn er mit seinen Kräften am Ende war, trotzdem oben an der Wand Halt finden und nicht untergehen.

Das Wasser stieg schnell. Bald musste Marco schwimmen. Wenn er stehen wollte, ging es ihm bereits über die Ohren. Mit müden, vor Kälte starren Gliedern machte er Schwimmtempi. Nach zwei, drei Minuten Bewegung wurde ihm etwas wärmer. Er schwamm zu dem Eisenring, den er nun ganz locker erreichte, zog das lange, nasse Tuch durch den Ring und verknotete es mit einiger Mühe. Seine Finger waren steif vor Kälte. Das lange Ende des Tuches band er sich als Brustgeschirr um und verknotete das Ende dann am Eisenring. Nun musste er nicht mehr Wasser treten. Er schwamm jetzt an dem Ring befestigt auf der Wasseroberfläche.

ZWEIUNDFÜNFZIG

Voll Unwillen schlüpfte Lupino in seine Gummistiefel. Er hasste es, wenn es Hochwasser gab. Ausgerechnet heute, wo sie diese merkwürdige Rahmenmacherwerkstatt durchsuchen wollten, kam diese Unannehmlichkeit ihnen in die Quere. Als er das Haus verlassen wollte, es war mittlerweile 8.51 Uhr, klingelte sein Handy. Zu seiner Überraschung hörte er Philipp Mühleis' Stimme:

»Guten Morgen, Herr Severino. Wie geht's? Wie sieht's mit den Ermittlungen aus? Haben Sie einen Vergolder, Rahmenmacher oder Bildhauer gefunden, der in das Täterprofil passt?«

Lupino war sprachlos. Erstens, weil Mühleis wieder ganz normal und keineswegs durchgeknallt klang. Zweitens, weil er sich ausgerechnet jetzt meldete. Und da er seinen Klienten nicht anlügen mochte, schilderte er ihm in kurzen Worten den Stand seiner Ermittlungen. Mühleis war eine Zeit lang absolut still, dann sagte er mit energischer Stimme:

»Die genaue Adresse? Ich komme hin.«

Lupino verdrehte die Augen. Aber was sollte er tun? Mit einem flauen Gefühl im Magen gab er ihm die Adresse der Rahmenmacherwerkstatt im Dorsoduro.

»Danke. Bis gleich.«

Nun hatte Lupino die Kacke am Dampfen. Um neun Uhr wollte er sich vor der Werkstatt mit Ranieri treffen. Jetzt kam Mühleis auch dazu. Hoffentlich flippte Ranieri nicht aus.

Missmutig stapfte er durch das Hochwasser zu Cecchettis Haus. Ranieri wartete bereits. Sie begrüßten einander knapp, Ranieri knurrte:

»Der Vogel ist ausgeflogen. Ich habe schon geläutet und geklopft. Keiner da.«

»Und was ist mit einem Durchsuchungsbefehl?«

»Das wollte ich mir ersparen, aber es führt kein Weg daran vorbei«, seufzte Ranieri und zückte sein Handy. Er wandte sich ab und ging einige Schritt weg, als er mit der Questura zu telefonieren begann. In diesem Moment tauchte Philipp Mühleis auf. Lupino informierte ihn über den Stand der Dinge. Er merkte, wie Mühleis wieder seinen merkwürdig starren, fanatischen Blick bekam. Mühleis trat zu der Glastür des Geschäftes und rüttelte wie ein Besessener daran. Dann schlug er mit der Faust auf den Türrahmen, und plötzlich fiel etwas platschend ins Wasser. Mühleis hielt verblüfft inne, Lupino glaubte einen Schlüssel gesehen zu haben, der da ins Wasser gefallen war. Er trat neben Mühleis, hockte sich hin und sah tatsächlich einen Schlüssel in der trüben Brühe liegen. Er fischte ihn aus dem Wasser, sah ihn sich an, nahm das Schloss der Tür kurz in Augenschein und sagte grinsend:

»Gratulation, Herr Mühleis. Dank Ihrer Unbeherrschtheit ist uns der Eingangsschlüssel mehr oder weniger in den Schoß gefallen.«

Er steckte vorsichtig den Schlüssel ins Schloss. Dann drehte er ihn zweimal um, und die Tür sprang auf. Lupino wandte sich Ranieri zu, der mittlerweile gut zehn Meter von ihnen entfernt war und heftig gestikulierend telefonierte.

»Ludwig, wir haben den Schlüssel gefunden!«

Ranieri schaute ihn zweifelnd an, dann, als Lupino auf die offene Tür deutete, schaltete er einfach sein Handy aus und stürmte auf Mühleis und Lupino zu. Ohne nach den näheren Umständen zu fragen, ging er in den Laden und knurrte:

»Schau mer mal.«

DREIUNDFÜNFZIG

Mit hochrotem Schädel riss Renzo Mastrantonio die Tür seines Büros auf und brüllte Signora Orsetto an, dass sie ihn schleunigst mit dem Handy von Commissario Ranieri verbinden solle. Er informierte sie aufgebracht, dass er gerade mit Ranieri telefoniert hatte und plötzlich unterbrochen worden war. Die Kröte duckte sich und verharrte in dieser Haltung. Das brachte den Vicequestore noch mehr in Rage. Er schrie sie an, dass er ihn sofort und nicht übermorgen sprechen wolle. Nun bewegte sich die krötengesichtige Vorzimmerdame. Mit aufreizend langsamen Bewegungen blätterte sie in einem Telefonverzeichnis, wobei sie für jedes Mal umblättern den Finger an den Lippen befeuchtete. Endlich griff sie zum Telefon und wählte Ranieris Handynummer. Dabei hatte sie den Zimmerlautsprecher eingeschaltet, sodass Mastrantonio das Tuten am anderen Ende der Leitung mitverfolgen konnte. Als das Tuten plötzlich aufhörte und Ranieris Mailbox sich meldete, verzog er das Gesicht zu einer Grimasse. Dann folgte ein Schwall von Flüchen. Der Vicequestore brüllte Signora Orsetto an, sie solle es gefälligst so lange versuchen, bis Ranieri sich meldete. Worauf die Kröte ihn mit einem langen müden Blick bedachte. Dann schlug sie vor, doch Silvana Viti herauf zu zitieren. Die liebe Kollegin müsste doch wissen, wo sich der Commissario herumtreibe. Mastrantonio verstummte, sah seine Sekretärin verblüfft an und herrschte sie an, dass sie sofort die Viti heraufholen solle. Signora Orsetto wählte, ohne eine Miene zu verziehen Vitis Nummer und teilte ihr in kurzen Worten und in barschem Ton mit, dass sie sofort zum Dottore kommen solle. Zwei Minuten später klopfte es an der Vorzimmertür, und Silvana Viti schlich wie ein Schulmädchen, das etwas angestellt hatte, herein. Der Vicequestore brüllte sie an:

»Dov' é Ranieri?*«

Die Inspektorin zuckte wegen des rüden Tonfalls zusammen und dachte sich: Um Gottes willen! Was hat denn Ranieri schon wieder ausgefressen? Dann antwortete sie cool und freundlich:

»Ranieri? Penso che sia a casa del Signor Cecchetti.**«

»Cecchetti?«, brüllte Mastrantonio. »Chi cazzo è questo Cecchetti?***«

Nun wurde Silvana Viti rot. Hatte Ranieri dem Vicequestore keinen Bericht geschickt?

Gestern Abend sprach er doch noch von einer E-Mail, die er dem Chef schicken wollte. Zögernd und mit leiser Stimme fragte die Inspektorin ihren Vorgesetzten, ob er heute schon in seine E-Mails hineingeguckt habe. Der Dottore schnauzte sie an, dass sie das nichts anginge. Noch ehe sie etwas erwidern konnte, hatte die heftig auf der Tastatur ihres Computers herumtippende Signora Orsetto trocken festgestellt, dass gestern Abend noch eine interne E-Mail vom Commissario gekommen sei. Mastrantonio warf ihr einen bösen Blick zu und wollte wissen, was Ranieri geschrieben habe. Mit neutraler Stimme las Signora Orsetto ihm vor, dass Ranieri den begründeten Verdacht habe, dass sich im Rahmenmachergeschäft und im dazugehörigen Haus des Signor Cecchetti der ›Venedig-Ripper‹ eingenistet habe. Signor Cecchetti sei seit mehreren

---

* Wo ist Ranieri?

** Ranieri? Ich denke, dass er im Haus von Cecchetti ist.

*** Cecchetti? Wer zum Teufel ist dieser Cecchetti?

Wochen unauffindbar, seine Tochter in den USA, zu der er reisen wollte, war ermordet worden. Cecchetti selbst sei nie in die USA eingereist. Deshalb ersuche Ranieri den Vicequestore dringend, mit dem Untersuchungsrichter zu sprechen, dass dieser einen Hausdurchsuchungsbefehl ausstelle. Es sei dringend. Signora Orsetto blickte mit einem sybillinischen Lächeln auf den krötenartigen Gesichtszügen zu Mastrantonio und bemerkte trocken, dass der Commissario selbst gestern Abend noch hier bei ihr gewesen sei und den Vicequestore gesucht habe. Er sei aber leider außer Haus und unauffindbar gewesen. Mastrantonio wurde plötzlich ganz unsicher. Silvana Viti, die das bemerkte, dachte sich: Wahrscheinlich war der alte Bock wieder einmal bei seiner Freundin. Und dann wurde der Dottore plötzlich hektisch. Er befahl der Orsetto, sofort den Untersuchungsrichter anzurufen, und verschwand in seinem Büro. Von drinnen rief er zur Orsetto heraus, ob sie wisse, wo seine Gummistiefel seien. Orsetto und Viti sahen einander überrascht an. Offensichtlich hatte der Vicequestore vor, sich höchstpersönlich zu Cecchettis Haus zu begeben. Silvana Viti beschloss, zurück in ihr Büro zu gehen. Sie hatte die Tür zum Vorzimmer des Chefbüros schon fast hinter sich geschlossen, als sie Mastrantonio brüllen hörte:

»Viti!!!«

VIERUNDFÜNFZIG

Lupino traute seinen Augen nicht. Ranieri hatte heute tatsächlich seine Dienstwaffe mit. Und er hatte sie gezogen, als sie in das unheimliche Geschäft mit den unzähligen alten Rahmen, dem Gerümpel, dem Holz und der merkwürdigen Kiste, die direkt hinter dem Eingang stand, gingen. Lupino machte Ranieri darauf aufmerksam, dass sich in dem Raum bereits Wasser befunden hatte, als sie die Tür öffneten. Das bedeutete, dass heute morgen jemand hier heraus- beziehungsweise hineingegangen sein musste. Ranieri sah eine Abdichtplatte, wie sie viele Geschäfte in Venedig hatten, neben der Tür stehen. Er bat Lupino diese anzubringen, damit nicht noch mehr Wasser eindringe. Philipp Mühleis half Lupino, die Platte in die vor der Tür befindlichen Schienen zu schieben. Ranieri hatte sich mittlerweile in dem ziemlich großen und verwinkelten Raum umgesehen und schien jetzt erst so richtig von Mühleis Notiz zu nehmen.

»Was tut denn der hier?«, brummte er mit einer Kopfbewegung in die Richtung Philipp Mühleis'. Lupino fühlte sich ertappt, ließ sich aber nicht ins Bockshorn jagen:

»Der? Der hatte, wenn du dich erinnerst, Ludwig, die Königsidee mit den Vergoldern, Rahmenmachern und Bildhauern.«

»Das ist eine Amtshandlung. Eigentlich dürftest nicht einmal du hier dabei sein … Aber scheiß drauf!«

Damit öffnete er vorsichtig die Tür, die zu der hinter dem großen Geschäftsraum liegenden Vergolderwerkstatt führte. Er fluchte, als das Wasser auch in diese Räume sickerte. Ranieri drehte das Licht auf und sah den Arbeitstisch. Neugierig inspizierte er, noch immer die gezückte Waffe in der Hand, das Vergolderwerkzeug und die in einer Ecke stehenden Gipssäcke. Ranieri deutete den anderen beiden zurückzubleiben, als er die Tür zu einer lang gezogenen Diele öffnete. Er knipste das Licht an, und es waren Treppen, die nach oben gingen, eine verschlossene Tür ganz am Ende der Diele sowie eine weitere Tür zu sehen. Ranieri schnupperte. Ein merkwürdig fauliger Geruch lag in der Luft. Als Lupino an seine Seite trat und ebenfalls schnupperte, wurde er blass.

»Scheiße, Ludwig. Da stinkt es nach Verwesung.«

Ranieri nickte und betrachtete das Wasser, das nun von den Werkstatträumlichkeiten in die Diele sickerte. Es war nicht viel, doch Ranieri wollte der Spurensicherung nicht alles versauen. Deshalb bat er Lupino und Mühleis, die Holzwolle, die Kartons und auch die alten Zeitungen, die vor allem im ersten Raum, im Verkaufsraum, herumlagen, auf dem Boden aufzulegen, sodass das Wasser aufgesogen werden würde. Lupino und Mühleis nickten und machten sich an die Arbeit. Ranieri ging inzwischen dem Verwesungsgeruch nach. Eine Aufgabe, um die ihn Lupino nicht beneidete. Das war etwas, was er an seinem früheren Job gehasst hatte: Leichen zu entdecken beziehungsweise von anderen entdeckte Leichen anzusehen und sie zu identifizieren. Gemeinsam mit Mühleis kam er mit dem Auflegen der saugenden Materialien gut voran, ein Großteil des Verkaufsraumbodens war nun mit Papier, Pappe und Holzwolle bedeckte. Es sickerte kein Wasser mehr in die weiteren Teile des Hauses.

»Aaaaaaaiiiiiiii!«

Dieser tierisch anmutende Schrei ließ Lupino durch die Werkstatt in die Diele eilen. Er sah Ranieri ihm entgegenwanken. Grün im Gesicht. Der Commissario drückte ihm seine Waffe ihn die Hand und stammelte:

»Halt die Stellung, Mensch.«

Dann stürzte er hinaus in den Verkaufsraum und danach ins Freie, wo er sich an eine Hausmauer lehnend übergab. Plötzlich ertönte wieder dieser Schrei, der Lupino das Blut in den Adern gefrieren ließ. Er kam von dem Raum, der am hinteren Ende der langen Diele lag. Ranieri hatte die Tür halboffen gelassen, und eine Wolke von bestialischem Verwesungsgeruch strömte Lupino entgegen. Lupino nahm all seinen Mut zusammen, entsicherte die Pistole und ging langsam, ganz langsam auf die halbgeöffnete Tür zu. Als mehrere Ratten fiepend an ihm vorbei aus dem Zimmer liefen, erschrak er. Fast hätte er wild um sich geschossen. Er stieß die Tür mit dem Fuß auf und erstarrte. An der gegenüberliegenden Wand des nicht sehr großen

Raums stand ein massiver Barockkasten, dessen Türen sperrangelweit offen standen. Was er in dem Kasten sah, erzeugte auch bei ihm Brechreiz. Links hing an einem Haken aufgehängt eine halbverweste Leiche, die mit braunem Klebeband wie eine Mumie verschnürt war. Die Hände, die ursprünglich aus der Verklebung herausgeragt hatten, waren bis auf die Knochen von den Ratten abgenagt. Aus dem von den Ratten zerfressenen Gesicht hing ein Augapfel herunter. Dieser Anblick war aber harmlos im Vergleich zu dem, was Lupino neben der verwesten Leiche zu sehen bekam. Am Boden des Schrankes, angelehnt an die rechte Seitenwand, saß in einer Pfütze von menschlichen Fäkalien ein weibliches Wesen, das an den Handwurzeln und oberhalb der Knöchel mit Draht gefesselt war. Der Draht hatte sich so tief ins Fleisch eingeschnitten, dass dieses blau-violett angeschwollen und an den Einschnittstellen rötlich entzündet war. Dunkles, geronnenes Blut an Unterarmen und Füßen. Die Beine, auf denen sich einmal eine Strumpfhose befunden hatte, wovon jetzt nur mehr einige Fetzen zeugten, hatten die Ratten zerbissen. Die Gesichtszüge der Frau waren total verzerrt. Schwarze Augen glühten in einer weißteigigen Gesichtsmasse, die rund um Nase und Mund total verschwollen und schwarz vor geronnenem Blut war. Die Nase war eingeschlagen und von trockenem Blut verklebt. Die tiefschwarzen Augen, in denen sich unfassbares Entsetzen und Leid spiegelte, weiteten sich, als sie ihn wahrnahmen, die Adern an der Stirn schwollen an. Dann schlossen sich die Augenlider. Dafür ging die blutige Öffnung, die einmal ein Frauenmund gewesen war, auf, und neuerlich erklang der nicht enden wollende tierische Schrei.

FÜNFUNDFÜNFZIG

Marco hatte jegliches Gefühl für Raum und Zeit verloren. Angegurtet an den Eisenring trieb er auf der Wasseroberfläche dahin und döste immer wieder weg. Seinen Körper fühlte er schon lange nicht mehr. Alles war so ruhig und friedlich. Und dann kam seine Mama auf ihn zugelaufen. Sie umarmte ihn, drückte und küsste ihn. Endlich war sie gekommen! Nun gingen sie gemeinsam heim. Das heißt, sie gingen nicht, sie flogen. Alles war wieder gut. Er schmiegte sich an seine Mutter, die ihm mit einer zärtlichen Handbewegung durch das Haar fuhr. Und heute Abend würde sie ihm Lasagne kochen. Sein Lieblingsgericht, das sie ihm schon so lange nicht mehr zubereitet hatte, weil sie dauernd so viel arbeiten musste. Ja, und ihre Arbeit war auch besser geworden. Seine Mutter hatte eine Beförderung erhalten und war nun Managerin eines ganz tollen, ganz schicken Restaurants. Seine schöne Mama … Er sah, wie sie in einem eleganten Hosenanzug ebenfalls gut gekleidete Gäste empfing und ihnen Plätze in einem riesengroßen Restaurant, das sich in einem hell erleuchteten Palazzo befand, zuwies. Jetzt musste sie nicht mehr an jedem Sonntagmorgen arbeiten gehen. Jetzt waren sie an den Sonntagen immer zusammen. Er durfte zu ihr ins Bett klettern und dort seinen Kakao schlürfen, während seine Mama Radio hörte und Zeitung las. Alles hatte sich zum Guten gewendet. Alles war gut. Die Welt war wunderbar.

Irgendwann wachte Marco aus seinem Träumen auf. Ein tierischer Schrei. Hatte er das geträumt? Nein, das konnte nicht sein. Schließlich war er daheim bei seiner Mama gewesen. Ganz eng hatte er sich an sie gekuschelt. Warum sollte sie da schreien? Und dann hörte Marco das Getrampel von Füßen über sich. Langsam dämmerte ihm, dass er sich nicht daheim, sondern in dem Verlies im Haus von Signor Smith befand. Die Schritte rannten hin und her, und plötzlich erklang wieder dieser markerschütternde Schrei. Fremde Menschen mussten da oben sein. Vielleicht hatten sie Signor Smith endlich verhaftet? Dieser Gedanke machte Marco plötzlich Mut. Er zog sich an dem Ring etwas empor und begann mit seiner kleinen Faust gegen die Gewölbedecke zu klopfen. Ein Unterfangen, das ihm unendlich schwerfiel. Denn seine Hände waren starr vor Kälte. Nur ganz langsam konnte er zuerst die Faust ballen. Langsam waren auch die ersten Schläge gegen die Gewölbedecke. Marco konzentrierte sich und versuchte in einem regelmäßigen Rhythmus zu klopfen. Dazu begann er immer wieder ganz laut »Aiuto!« zu rufen. Mehrfach musste er innehalten. Keuchend merkte er, dass es um seine Kräfte nicht zum Besten bestellt war. Im Gegenteil. Selten in seinem Leben hatte sich Marco so schwach und hilflos wie in diesem Augenblick gefühlt. Trotzdem gab er nicht auf. Denn wenn er den Schrei von oben hören konnte, musste doch irgendjemand auch seine Schreie von hier unten hören.

»Aiuto! Aiutatemi!*«

Und dann begannen Marco Tränen der Verzweiflung herunterzurinnen. Eine würgende Hilflosigkeit packte ihn. Niemand würde ihn hören. Nie würde er jemals seine Mama wieder sehen. Ihre Wärme spüren, sich an sie schmiegen können. Nie würde sie mehr mit ihm schimpfen und ihm einen Teller oder einen Schuh nachwerfen. Nie würde er sich mehr bei ihr entschuldigen können. Nie mehr würde sie ihn in der Früh drängen, nicht zu träumen, sondern weiterzumachen. Nie mehr würde er ihr eine schlechte Schulnote beichten und nie mehr würde er sich in der Schule auf den Unterricht konzentrieren müssen. Nie mehr würde er Freunde, Nachbarn und Menschen seines Viertels sehen. Ob ihn Signor Veneto vermissen würde? Oder die alte Signora Umberti, die ihm immer Trinkgeld gab, wenn er ihr ein Eis oder ein Pizzastück verkauft

---

* Hilfe! Helft mir!

hatte? Und auch mit seinem neuen Freund, Bobby Crumb, würde er nie mehr Fußball spielen können. Dabei wollte er ihn so gern zu seiner Geburtstagsfeier einladen. Seine Mama hatte ihm nämlich versprochen, dass sie Bobby und Marcos Schulfreunde zu einem großen Fest anlässlich seines Geburtstages einladen würde. Nie mehr würde er Bobbys netten Vater Donald Crumb sehen. Nie mehr würde er einen Stapel mit duftenden Pizzas in dessen Palazzo liefern können. Und nie mehr würde er davon träumen können, einen Vater wie Donald B. Crumb zu haben. Nie mehr, nie mehr …

SECHSUNDFÜNFZIG

Als Lupino aus seiner schockartigen Erstarrung erwachte, hörte er in der Werkstatt heftiges Rumoren. Er lief dorthin zurück und sah Philipp Mühleis wie verrückt in einem Werkzeugkasten kramen.

»Mühleis! Hören Sie auf! Das muss sich alles die Spurensicherung vornehmen!«

»Scheiß auf die Spurensicherung! Ich suche eine Beißzange. Wir müssen die Frau befreien.«

Inzwischen war Ranieri wieder bei ihnen. Er steckte sein Handy, mit dem er gerade noch heftig telefoniert hatte, ein und hockte sich zu Mühleis auf den Boden, um gemeinsam mit ihm eine geeignete Zange zu suchen.

»Er hat recht, Wolfgang. Wir müssen die Frau befreien.«

Mühleis stieß einen Schrei des Triumpfes aus. Hinter der mehrlagigen und total unordentlichen Werkzeugkiste hatte er auf einem kleinen Hocker die gesuchte Zange erblickt. Er schnappte sie und lief damit in den hinteren Raum zu der Frau. Als sie ihn auf sich zukommen sah, stieß sie wieder einen ihrer markerschütternden Schreie aus. Lupino und Ranieri hasteten hinter ihm her. Lupino gab Ranieri die Waffe zurück. Dieser schaute ihn verdutzt an und ließ dann die Waffe in seinem Schulterhalfter verschwinden. Inzwischen kniete Philipp Mühleis vor der Frau und schnitt behutsam den Draht auf. Dabei musste er natürlich die stark geschwollenen und entzündeten Hautstellen berühren, was mehrere neuerliche, durch Mark und Bein gehende Schreie zur Folge hatte. Doch dann konnte die Frau ihre Hände wieder bewegen. Sie hob sie vor ihr Gesicht und sah diese verwundert an. Als Philipp Mühleis die Fußfesseln durchschnitt, reagierte sie überhaupt nicht. Denn die Möglichkeit, endlich wieder die eigenen Hände betrachten zu können, benötigte ihre gesamte Aufmerksamkeit. Vorsichtig griffen Mühleis und Lupino der Frau unter die Oberarme und hoben sie ganz langsam und behutsam aus dem Kasten. Die beiden Männer mussten die alte Frau stützen, denn ihre seit über 36 Stunden angewinkelten Beine trugen sie nicht. Vorsichtig führten sie sie in die Werkstatt, wo sich ein Sessel befand. Darauf wurde Signora Umberti oder das, was von der alten Dame nach eineinhalb Tagen Einzelhaft im Barockschrank übrig geblieben war, auf den Stuhl gesetzt. In diesem Augenblick erklang vorn im Geschäftsraum Lärm. Ranieri zuckte zusammen, denn er erkannte die Stimme seines Vorgesetzten. Die Tür wurde aufgerissen, und der Vicequestore gefolgt von Silvana Viti und einem uniformierten Polizisten stand vor Signora Umberti. Das erschreckte diese so, dass sie einen ihrer Schreie losließ. Danach war der Vicequestore leichenblass. Leise fragte er Ranieri, was hier vorging. Der nahm wortlos den Dottore beim Arm und geleitete ihn in die Diele und dann weiter in das hintere Zimmer. Viti, der Polizist und Lupino folgten den beiden. Lupino beobachtete, wie die Viti und der Polizist ob des Gestanks grün im Gesicht wurden. Als Silvana Viti die verweste Leiche im Barockschrank baumeln sah, stieß sie ihrerseits einen Schrei aus. Dann stürzte sie so wie Ranieri zuvor aus dem Zimmer hinaus. Der Uniformierte blieb bei seinem Vorgesetzten. Tapfer stand er da und versuchte, mittels heftiger Schluckbewegungen gegen den Drang, sich zu übergeben, anzukämpfen. Einzig der Vicequestore blieb ruhig. Als erfahrener Kriminalist, der sich seine Sporen in Kalabrien verdient und dort unzählige N'drangheta-Morde miterlebt hatte, konnte ihn die verwesende Leiche nicht aus der Fassung bringen. Zur allgemeinen Überraschung hatte er sogar Gummihandschuhe mit. Diese zog er sich mustergültig über, bevor er die Leiche vorsichtig zu untersuchen begann. Er murmelte etwas von zwei bis drei Monaten und von einem alten Mann. Dann fragte er Ranieri, wie alt denn Cecchetti gewesen sei. Dieser antwortete, er sei sich nicht sicher, soweit er sich erinnern könne, 72 oder 73 Jahre. Mastrantonio nickte und meinte, dass die verweste Leiche wahrscheinlich Cecchetti sei. Dann besah er sich die Drähte, mit denen Signora Umberti gefesselt gewesen war. Wieder war von draußen Lärm zu hören. Diesmal waren es die Spurensicherer, die hereinkamen. Auch sie atmeten zuerst hektisch und flach. Lupino grinste. Denn er nahm zwar nach wie vor den Gestank war, aber er tangierte ihn nicht mehr. Der Mensch gewöhnt sich doch wirklich an alles, dachte er sich. Er wurde vom Vicequestore aus seinen Gedanken gerissen. Ziemlich grob forderte der ihn auf, den Tatort zu verlassen. Lupino protestierte. Schließlich war er derjenige gewesen, der Cecchettis Haus entdeckt hatte. Zu seiner Überraschung erhielt er von Silvana Viti Rückendeckung, die mit einem Taschentuch vor der Nase nun wieder bei ihren Kollegen stand. Sie bestätigte, dass Lupino den entscheidenden Hinweis gegeben hatte. Außerdem sei er ja von dem Vater des ersten Opfers als Privatdetektiv engagiert worden. Mastrantonios Zornadern schwollen an. Bevor er aber wieder losbrüllen konnte, hörten sie aus der Diele ein heftiges Platschen und dann den deutschsprachigen Schrei:

»Hilfe! Warum kommt mir niemand zu Hilfe?«

Ranieri und Lupino liefen in die Diele und sahen, dass die eine Tür, die bisher verschlossen gewesen war, offen stand. Sie führte in einen fensterlosen Nebenraum, der dem Rahmenmacher offensichtlich als Warenlager gedient hatte. Hier standen Hölzer, Leimkübel und allerlei anderes Zeug herum. Was die beiden aber am meisten verblüffte, war die Tatsache, dass es in der Mitte des Raums eine Falltür gab, die offen stand. Neben ihr lagen Philipp Mühleis' Kleider verstreut, und von unten aus der Falltür hörten sie Mühleis' hallende Stimme brüllen:

»Hier unten befindet sich ein Kind! Verdammt noch einmal, warum hilft mir niemand?«

Lupino schrie zurück:

»Wir sind schon da! Was sollen wir tun?«

»Ich brauche eine Schere, schnell!«

Lupino sah Ranieri erstaunt an, der zuckte mit den Achseln und brüllte hinaus, dass sie eine Schere benötigten. Mittlerweile hatte sich der Vicequestore zu ihnen gesellt. Und da er kein Deutsch verstand, übersetzte ihm Ranieri, was Mühleis geschrien hatte. Silvana Viti brachte eine Schere, die sie Lupino gab, der sich mit dem Oberkörper in die Falltür hinunterbeugte. An den Beinen wurde er von Ranieri und Mastrantonio gehalten. Lupino reichte die Schere an Mühleis weiter, der offensichtlich in dem überschwemmten Kellerraum hin und her schwamm. Nach einer bangen Minute schrie Lupino, sie sollten ihn hinaufziehen. Er war schwer, sehr schwer. Denn er hatte einen klatschnassen Knaben unter die Arme gefasst, der mit ihm aus dem Falltürloch heraufgezogen wurde. Als der Knabe zitternd und weinend oben angekommen war, rief Ranieri euphorisch:

»Marco? Marco Canella?«

Das Kind nickte wortlos. Silvana Viti zog ihre Kostümjacke aus und wickelte den zitternden Marco darin ein. Lupino und Ranieri halfen Philipp Mühleis aus dem eiskalten Wasserloch heraus, und der Vicequestore, der vor in die Werkstatt ging, sah dort einen leeren Sessel stehen, denn Signora Umberti war verschwunden.

SIEBENUNDFÜNFZIG

Die Sanitäter, die Ranieri zuvor zur Versorgung von Signora Umberti gerufen hatte, kümmerten sich nun um Marco und Philipp Mühleis. Durch die Schreie der

Frau war die gesamte Nachbarschaft zusammengelaufen. Gut und gern 30 Menschen drängten sich in Cecchettis Verkaufsraum sowie in den dahinter liegenden Räumen der Werkstatt. Es wurde heftig diskutiert, und als die Sanitäter den in Decken gehüllten Marco hinaus zum Ambulanza-Boot tragen wollten, stürzte sich Bruno Veneto auf ihn. Er umarmte den Sanitäter und den Buben, heulte Rotz und Wasser und küsste beide wie besessen ab. Dabei schrie er in einem fort:

»Miracolo! Miracolo!*«

Mehrere der umstehenden älteren Frauen bekreuzigten sich und kreischten Danksagungen und Lobpreisungen Gottes. Mastrantonio, der dieses Spektakel kurze Zeit fassungslos mitangesehen hatte, bekam schließlich einen roten Kopf und brüllte, dass die Wände zitterten. Die versammelten Menschen duckten sich ob dieser Stimmgewalt. Rasch verließen sie das Rahmenmachergeschäft. Nachdem auch die Sanitäter mit Marco und dem ebenfalls ziemlich unterkühlten Philipp Mühleis abgezogen waren, befahl der Vicequestore dem uniformierten Polizisten, die Tür als Tatort zu markieren und niemanden mehr hereinzulassen. Als endlich Ruhe eingekehrt war, atmeten die Verbliebenen erleichtert auf. Gemeinsam durchsuchten sie das gesamte Haus. Zu Lupinos Überraschung behandelte der Vicequestore ihn wie einen Kollegen. Vor allem auch deshalb, weil er ihm Mühleis' Kurzbericht übersetzt hatte, als dieser vor Kälte zitternd schilderte, wie er plötzlich

* Ein Wunder! Ein Wunder!

Klopfzeichen und leise Rufe von unterhalb gehört und die Falltür in dem Lagerraum entdeckt hatte. Außerdem gelang Lupino in der Küche ein bemerkenswerter Fund: Er entdeckte ein Fleischermesser, das offen in der Küche herumlag. Lupino, der wie alle anderen Beteiligten mittlerweile Gummihandschuhe trug, nahm es mit den Fingerspitzen und packte es in eine Plastiktüte. Auch das brachte ihm Punkte bei Mastrantonio. Ranieri, der Lupinos Bemühungen beobachtete, konnte sich ein Schmunzeln nicht verkneifen. Lupino war dieses Fleischermesser insofern aufgefallen, weil es in der Küche sonst keinerlei andere Anzeichen von Kochtätigkeit gab. Außer einer stark benutzten und entsprechend verschmutzten Bialetti-Kaffeemaschine und einer ebenfalls dreckigen Teekanne, einigen ungewaschenen Kaffee- beziehungsweise Teeschalen und einigen gebrauchten Schnapsgläsern gab es keinen Hinweis darauf, dass hier jemand eine Mahlzeit zubereitet hatte. Lupino und Ranieri hofften, dass dieses Messer als Tatwaffe identifiziert werden könnte. Obwohl nirgendwo im Haus Blutspuren zu finden waren. Allerdings stand das gesamte untere Geschoss derzeit unter Wasser. Vielleicht würde man da unten Hinweise finden. Als sie das Haus durchsucht hatten, standen sie im Verkaufsraum des Geschäftes zusammen und diskutierten die weitere Vorgehensweise. Plötzlich stöhnte Ranieri auf:

»Dov' è la cassa di legno?[*]«

---

* Wo ist die Holzkiste?

Der Vicequestore wurde weiß im Gesicht. In dem ganzen Irrsinn war die Teakholzkiste, die auf zwei Sesseln gestanden hatte, verschwunden. Die Sessel lagen umgeworfen im Matsch aus Zeitungspapier, Holzwolle und Karton, der den Boden des Verkaufsraumes bedeckte.

ACHTUNDFÜNFZIG

Es war trüb und nebelig. Dichte Schwaden zogen durch die Lagune und hüllten die trostlose Silhouette der Kräne, Schornsteine, Lagerhallen, Raffinerie- und Hafenanlagen von Marghera in weiche, fließende Formen. Mit fahrigen Bewegungen sperrte er das Spezialschloss auf. In der Lagerhalle gingen die Neonröhren an. Sie flackerten und beleuchteten mit ihrem kalten Licht einen gewaltigen schwarzen Kubus, der mitten in der sonst leeren Halle stand. Zielstrebig ging er auf die Eingangstür des Kubus zu und tippte eine Zahlenkombination in das Nummernschloss. Die Eingangstür öffnete sich. Ein Bewegungsmelder ließ gedämpftes Licht im Inneren aufflackern. Der Kubus war mit einer bequemen, schwarzen Ledersitzgruppe samt schwarzem Couchtisch, einem matt schwarz schimmernden Kühlschrank und einem schwarz lackierten Art Deco-Möbel, das als Bar diente, eingerichtet. Etwas abseits an der Wand, gleich neben der Eingangstür, standen drei dunkel glänzende Teakholzkisten. Der Mann strich mit der Hand zärtlich über die vorderste Kiste und ging zur Ledersitzbank, auf die er sich mit einem Seufzer fallen ließ. Regungslos saß er eine Zeit lang da und starrte auf den schwarzen Vorhang, der einen Teil des Innenraums abdeckte. Neuerlich sah er vor seinem geistigen Auge die Bilder, die ihn seit Jahrzehnten quälten. Damals, als er blass, dünn und schüchtern einem Kollegium von Professoren seine Kunstmappe mit zitternden Fingern präsentierte. Alles, was er damals künstlerisch auszudrücken vermocht hatte, war in dieser Mappe gewesen. Sein Herzblut. Und sie, die mit gelangweilten Gesichtern darin blätterten, hatten ihn ohne es ausreichend zu erklären, fortgeschickt. Zwei Jahre später, dasselbe demütigende Procedere. Er hatte mittlerweile in einer Künstler-WG gewohnt und sich voll auf Konzeptkunst konzentriert. Mit zynischem Lächeln hatten sie seine Ideen zerpflückt und ihm die Aufnahme verweigert. Der Traum vom Studium an einer renommierten Kunstuniversität war endgültig geplatzt. Gedankenverloren griff er zu einer Fernbedienung und drückte eine Taste. Aus dem Dolby Surround System erklang Igor Stravinskys ›Le sacre du printemps‹. Mit einem zufriedenen Lächeln lauschte er den geheimnisvoll zaghaften Klängen, mit denen die ›Introduction‹ des Opfertanzes begann. Er schloss die Augen und sah Reihen von nackten Knaben, die festlich geschmückt, begleitet von dieser geheimnis- und weihevollen Musik zum Opferaltar geführt wurden. So wie er einst als Knabe im Internat selbst Opfer gewesen war. Opfer der älteren Mitschüler, die ihn nächtens im Schlafsaal immer wieder überfallen und vergewaltigt hatten. Später, als er dann zu den Älteren zählte, wechselte er die Seiten und wurde vom Opfer zum Täter. Nackte, schmale Knabenkörper. Eine mächtige Erektion überkam ihn. Als der stampfende Rhythmus der ›Danses des adolescentes‹ erklang, schüttelte er sich kurz und verscheuchte die sexuellen Visionen. Er sah auf seine goldene Rolex, stand auf und mixte sich an der Bar eine Virgin Bloody Mary. Für Alkohol war es noch zu zeitig. Mit einem Seufzer ließ er sich wieder auf die Ledergarnitur fallen. Er nippte an dem Drink und lächelte. Nun hatte er es fast geschafft. Endlich nahm sein künstlerisches Meisterwerk Gestalt an. Eine private Kunstkammer, so wie sie früher nur große Herrscher besaßen: wie Lorenzo de Medici oder Kaiser Rudolf II.. Jahrelang hatte er weltweit Museen besucht und sich Tausende Kunstwerke angesehen. Schlussendlich fiel seine Wahl auf Picasso und Chagall. Die Werke dieser beiden Giganten würden seinem eigenen Hauptwerk einen würdigen Rahmen verleihen. Die Picassos und Chagalls befanden sich bereits in einem Sicherheitscontainer auf dem Seeweg nach Venedig. Die Entscheidung war für diese Transportvariante gefallen, da dabei Kontrollen, die den Inhalt des Containers betrafen, mittels üppiger Schmiergelder in den Häfen problemlos umgangen werden konnten. Wieder nippte er an seinem Drink und erinnerte sich an seine ersten Kontakte zur Unterwelt. Sehr vorsichtig und diskret war es ihm gelungen, einen Experten für Kunstdiebstähle zu finden. Auf diesem Weg war er auf den ›Sculptor‹ gestoßen, der ihm nach und nach die gewünschten Picassos und Chagalls besorgt hatte. Der letzte Schluck der Virgin Bloody Mary rann seine Kehle hinunter, und er widerstand der Versuchung, sich nun eine echte Bloody Mary mit einem ordentlichen Schuss Wodka zu mixen. Später … Wenn das Werk vollendet sein würde. Sein Meisterwerk, das durchaus einer Komposition des großen Stravinsky ebenbürtig war. Dann würde der Zeitpunkt gekommen sein, die Flasche Roederer Cristal Brut, einen wunderbaren Jahrgangschampagner, zu öffnen, die sich bereits in dem schwarzen Kühlschrank befand. Ein leidender, bitterer Ausdruck huschte über sein Gesicht. Er würde diese Stunde des kreativen Triumphes völlig allein feiern müssen. Mit niemandem – mit niemandem auf diesem ganzen weiten Erdball konnte er die Begeisterung für seine Kunstkammer und sein Meisterwerk teilen. Niemand würde ihm dafür Anerkennung zollen. Die Menschheit war einfach noch nicht so weit. Diese Herdentiere, diese homogene auf die

Befriedigung ihrer primitivsten Bedürfnisse fixierten Lemminge. Wertloses Menschenmaterial, das man scharenweise den Wenigen, den Auserwählten, den Genies opfern sollte. So wie zu Anbeginn der Menschheit, als im Namen Gottes Menschen und Tiere geopfert wurden. Ein wohliger Schauer rieselte über seinen Rücken, als er an die Gladiatorenspiele des römischen Imperiums dachte. »Panem et circenses …*«, murmelte er, und vor seinem geistigen Auge schlachteten sich Gladiatoren gegenseitig ab, Christen wurden von wilden Tieren zerrissen, und auch der Kampf Mensch gegen Tier wurde blutig zelebriert. Kurz flackerten die Hexen- und Ketzerverbrennungen des späten Mittelalters und der frühen Neuzeit in seiner Fantasie auf. Doch sein Geist kehrte sofort wieder in die geliebte Antike zurück. Mit geschlossenen Augen rezitierte er laut eine Stelle aus Homers Ilias, in der von den Hekatomben an Schlachttieren erzählt wurde, deren fette Dämpfe zu den Göttern emporstiegen. Ein wohliger Schauer überrieselte ihn, und der ›Danse de la terre‹ ließ sein Gehirn einen Schwall von Glückshormonen ausstoßen. Er atmete tief durch und wollte gerade einen archaischen Glücksschrei von sich geben, als es läutete. Jäh wurde er aus seiner Ekstase gerissen. Mit eiligen Schritten ging er zur Eingangstür des Kubus, neben der eine Türöffnungsanlage samt Videobildschirm hing. Mit einem Knopfdruck aktivierte er den Bildschirm und lächelte. Vor der Lagerhalle stan-

* Brot und Spiele …

den zwei Speditionsarbeiter, die die vierte und letzte Teakholzkiste bei sich hatten. Der Vollendung seines Werks stand nichts mehr im Wege.

NEUNUNDFÜNFZIG

Während der Vicequestore Ornella Felducci vor dem Haus Cecchettis ein TV-Interview gab, bei dem er alles und nichts sagte, verließen Lupino, Ranieri und Viti den Tatort. Lupino dachte sich: Jetzt suchen wir eine alte Schachtel und eine neue Kiste. Als Erstes schauten sie nebenan zu Bruno Venetos kleiner Pizzeria, doch der Rollbalken war heruntergezogen. Geschlossen. Darauf führte ihr Weg zum Wohnhaus von Signora Umberti. Lupino läutete stürmisch bei der kettenrauchenden Signora im Stockwerk unterhalb. Doch niemand antwortete. Als er dann bei Umberti läutete, meldete sich zu seiner Überraschung die verrauchte Stimme. Die Kettenraucherin öffnete ihnen das Haustor, und die drei stiegen hinauf zu Umbertis Wohnung. Dort erwartete sie eine positive Überraschung: die Signora, mit einer Zigarette im Mundwinkel, und zwei Nachbarinnen hatten sich der alten Dame angenommen. Diese saß mittlerweile gebadet und frisiert in einem frischen Nachthemd im Bett und aß gierig ein großes Stück Kuchen. Dazu trank sie, so gut es mit ihren aufgeschlagenen Lippen ging, einen Caffè latte. Sie schlürfte und schmatzte wie ein kleines Kind, der irre Glanz in ihren Augen war jetzt milder, aber noch immer nicht ganz verschwunden. Die Kettenraucherin informierte Lupino, dass Signora Umberti noch nicht wirklich ansprechbar sei. Silvana Viti erkundigte sich höflich, ob die Signora vielleicht psychologische Hilfe benötigte. Die Nachbarinnen zuckten mit den Schultern, ließen sich dann aber ein Kärtchen mit der Nummer des Polizeipsychologen geben. Nun fragte Ranieri die Damen, die sich alle in Cecchettis Laden aufgehalten hatten, ob ihnen eine neue Kiste aus dunklem Holz und mit glänzenden Metallbeschlägen aufgefallen sei. Alle drei nickten und meinten, dass die, als sie die Werkstatt betreten hatten, auf zwei Sesseln gestanden hatte. Auf Ranieris Frage, ob ihnen noch etwas rund um die Kiste aufgefallen sei, sahen sie ihn verständnislos an und schüttelten die Köpfe. Die beiden Polizisten und Lupino verabschiedeten sich und gingen enttäuscht die Stiegen hinunter. Als sie zwei Schritte von der Haustür entfernt waren, machte Lupino auf den Fersen kehrt. Er läutete noch einmal bei Umberti, und als sich wiederum die kettenrauchende Signora meldete, fragte er sie, ob sie den kleinen Jungen, Marco Canella, kenne. Sie bejahte, und Lupino bat sie um dessen Wohnadresse. Auch die konnte die Signora ihm geben. Er bedankte sich und sagte zu den beiden anderen:

»Andiamo!«

Als sie wenig später bei Marcos Mutter anläuteten, meldete sich ebenfalls niemand. Lupino läutete nacheinander an allen Türglocken. Als er schulterzuckend aufgeben wollte, wurde ein Fenster im ersten Stock aufgemacht, und eine zitternde Altfrauenstimme krächzte:

»Pronto!«

Ranieri zückte seinen Dienstausweis und rief hinauf, dass sie Marco Canellas Mutter suchten, weil Marco etwas zugestoßen sei. Die alte Dame erwiderte, dass Signora Canella arbeiten sei. Sie sei eine sehr fleißige Frau, die sich und ihren Sohn ganz allein durchbringe. Dass ausgerechnet so einem Menschen so ein Unglück geschieht … Ranieri rief hinauf, dass es kein Unglück gebe, denn Marco sei lebend gefunden worden. Die alte Dame klatschte vor Überraschung in die Hände, bekreuzigte sich und dankte Gott dem Herrn. Ranieri fragte sie, wo er denn Signora Canella erreichen könne. Darauf nannte die alte Dame ein sehr bekanntes Restaurant. Dort sei Signora Canella im Service tätig. Ranieri, Lupino und Silvana Viti bedankten sich bei ihr und eilten davon.

Als sie wenig später das Restaurant betraten, war es kurz vor zwölf Uhr Mittag. Einige Tische waren schon von Touristen besetzt. Das sind sicher Österreicher oder Deutsche, dachte Lupino, die essen immer so früh. Ranieri ging schnurstracks zum Oberkellner, zeigte seinen Ausweis und fragte nach Signora Canella. Der zuckte jedoch die Schultern und meinte, die sei vor einer halben Stunde, als ein alter Herr hier erschienen war, plötzlich weggelaufen. Er wisse nicht, wohin. Nun standen Ranieri, Viti und Lupino wie begossene Pudel da. Wo war Signora Canella hin verschwunden? Und wer war der alte Herr? Sie stellten sich an die Theke und bestellten einen Aperitif. Genau genommen hatten Silvana und Lupino ein Glas Prosecco beziehungsweise ein Glas Vino bianco geordert, während sich Ranieri für einen Espresso entschied. Und als sie so schweigend dastanden und grübelten, fiel es Lupino plötzlich wie Schuppen von den Augen.

SECHZIG

Durch überflutete Gässchen und über wasserbedeckte Plätze führte sie ihr Weg zum Spital S.S. Giovanni e Paolo. Kurz bevor sie das Spital erreichten, meldete sich Lupinos Handy mit einem merkwürdig aggressiven Klingelton. Ranieri hob die linke Augenbraue und fragte:

»Mensch! Einen noch hässlicheren Klingelton hättest du wohl nicht finden können.«

Lupino lächelte verlegen und antwortete:

»Das ist Laura. Die Chefin von Venice Tours.«

Während Ranieri grinste und Silvana Viti verständnislos die beiden ansah, hob Lupino ab. Er wollte nicht glauben, was ihm Laura erzählte. Sie hatte für heute 13.30 Uhr eine Österreicher-Gruppe gebucht, die tatsächlich auch bei Acqua alta die Führung machen wollte. Da die ursprünglich vorgesehene Führerin Signora Voterra sich weigerte, bei diesem Wetter außer Haus zu gehen, bat Laura Lupino flehentlich einzuspringen. Lupino seufzte. Wenn eine Frau ihn so lieb und vor allem so verzweifelt um Hilfe bat, hatte er keine Chance. Auch wenn diese Frau die sonst so knallharte Laura Bagotti war. Da Lupino nun nach San Marco musste, trennten sich ihre Wege. Die beiden Polizisten gingen weiter in Richtung Spital, wo sie Marco, seine Mutter und vor allem Signor Veneto zu finden hofften.

Beim Portier erkundigten sich Ranieri und Viti, wo denn Marco Canella liege. Nach einigem Herumtelefonieren und Suchen erfuhren sie die Zimmernummer. Dort fanden sie einen an diversen Infusionsschläuchen hängenden Marco, dessen Mutter sowie den dringend gesuchten Signor Veneto. Ranieri kam nach ein paar Höflichkeitsfloskeln sofort zur Sache. Er fragte den Pizzabäcker, ob er sich an die dunkle Kiste erinnern könne, die in Cecchettis Geschäftsraum auf zwei

Sesseln gestanden hatte. Der alte Mann kratzte sich am Kopf und fragte, ob er die Kiste meine, die zwei Speditionsarbeiter abgeholt hätten. Das war genau zu dem Zeitpunkt gewesen, als die Sanitäter gekommen waren und den unterkühlten Marco in so eine futuristisch aussehende Silberfolie eingepackt hatten. Ranieri schaute verblüfft. Speditionsarbeiter? Woher wisse er das? Signor Veneto lächelte und antwortete, das sei klar ersichtlich gewesen. Schließlich hätten beide Regenjacken getragen, auf denen groß der Schriftzug einer Spedition zu lesen war. Allerdings könne er sich nicht mehr an den Namen der Spedition erinnern. Sein Gedächtnis … Es sei ein Jammer! Sein Gedächtnis lasse ihn immer öfter im Stich.

Auf ihrem Weg zurück zur Questura, das Hochwasser zog sich zum Glück allmählich zurück, telefonierte Silvana Viti mit Enrico Botterolli. Sie gab ihm Anweisung, alle in Venedig, Mestre und Marghera ansässigen Speditionen anzurufen und zu fragen, ob sie heute am Vormittag im Dorsoduro, in Cecchettis Haus, eine Kiste abgeholt hatten. Als sie in ihrem Büro eintrafen, telefonierte Botterolli noch immer. Bisher hatte er kein Ergebnis erzielt, wobei zwei große Speditionen sich weigerten, per Telefon Auskunft über ihre Kunden zu geben. Ranieri seufzte. Eigentlich hatte er einen mordsmäßigen Hunger. Andererseits musste diese Sache mit der Spedition geklärt werden. Also machten sich Silvana und er neuerlich auf die Socken. Dazu organisierte er einen Dienstwagen. Dieser brachte die beiden Polizisten von der Piazzale Roma über den Damm nach Mestre. Sie kamen überein, dass sich Silvana Viti die Spedition im Hafen von Marghera und Ranieri die andere, deren Büro sich am Stadtrand von Mestre direkt neben der Autobahn befand, vornahm. Er überließ Silvana den Dienstwagen, da zu seiner Spedition eine Buslinie fuhr. Leider kam ziemlich lange kein Bus. Als er endlich daherkam, steckte er immer wieder im dichten Nachmittagsverkehr fest. Ziemlich müde und frustriert erreichte Ranieri schließlich sein Ziel. Er marschierte zum Pförtner der Spedition und knurrte ihn an, dass er sofort den Geschäftsführer sprechen wolle. Der Pförtner sah ihn an, als würde er an seinem Geisteszustand zweifeln. Ranieri zückte seinen Dienstausweis und dann ging alles sehr schnell. Er wurde ins Büro des Geschäftsführers geführt, dem er in kurzen Worten den Sachverhalt erklärte. Der ließ seine Sekretärin die Aufträge des heutigen Tages durchforsten. Es war nichts dabei. Gerade, als Ranieri laut fluchen wollte, läutete sein Handy. Er hob ab und hörte Silvanas Stimme:

»E' qui!*«

Sie erläuterte ihm in kurzen Worten, dass die Kiste zu einer Lagerhalle im Hafengebiet in Marghera transportiert worden war. Ranieri zögerte keine Sekunde. Er rief die Polizeistation in Mestre an und orderte einen Wagen, der ihn abholen sollte. Außerdem bat

* Ich hab's!

er die Kollegen, einen Schlosser samt Werkzeug aufzutreiben und diesen umgehend zu der Lagerhalle zu bringen. Es sei eilig.

EINUNDSECHZIG

Ranieri war froh, dass er angegurtet war. Denn der junge Kollege fuhr rasant durch den Stoßverkehr von Mestre. Immer wieder schaltete er Blaulicht und Sirene ein. Er zwängte den blauweißen Alfa Romeo auf der Gegenfahrbahn durch Gegenverkehr, holperte über Gehsteige, eröffnete auf der Mittellinie eine neue Fahrspur und ignorierte Einbahnen. Auch Schlaglöcher und Fahrbahnunebenheiten waren für ihn kein Grund, das Tempo zu verringern. Und so stieg Ranieri, der vorher schon ein flaues Gefühl im Magen gehabt hatte, mit grünem Gesicht vor einer grauen Lagerhalle, auf die ein Sprayer ganz groß ›Ti amo, baby‹ gesprayt hatte, aus. Silvana und der Schlosser sowie einige uniformierte Kollegen warteten bereits. Viti hatte in der Zwischenzeit mit dem Untersuchungsrichter wegen eines Durchsuchungsbefehls telefoniert. Als Ranieri mehrmals an das Eingangstor der Halle mit der Faust gepocht und niemand geantwortet hatte, machte sich der Schlosser an die Arbeit. Binnen kurzer Zeit war das Tor offen. Die Polizisten staunten nicht schlecht, als sie innen vor einem großen schwarzen Kubus mit einem Nummernschloss standen. Genau in diesem Moment läutete Ranieris Handy. Verärgert schaltete er es aus, ohne nachzusehen, wer ihn da anrief. Auch die Tür mit dem Nummernschloss wurde vom Schlosser geöffnet. Diesmal dauerte es etwas länger, da er das Schloss nicht aufsperren konnte, sondern aufbrechen musste. Ranieri trat als Erster ein, und der Bewegungsmelder ließ gedämpftes Licht angehen. Verblüfft sah sich Ranieri um und stieß einen leisen Pfiff aus, als er vier Teakholzkisten sah. Vorsichtig fuhr er mit der Hand drüber. Er registrierte, dass auf drei Kisten ein ganz dünner Staubschleier lag. Ranieri versuchte, die vierte Kiste zu öffnen, doch sie war, so wie die anderen drei, versperrt. Er rief den Schlosser zu sich, der eine nach der anderen öffnete. Zu Ranieris großer Enttäuschung waren alle vier leer. Währenddessen streiften seine Kollegen durch den gesamten Raum. Silvana Viti stand vor einem bodenlangen, schwarzen Vorhang und versuchte erfolglos, ihn zur Seite zu ziehen. Ein uniformierter Polizist entdeckte die Fernbedienung und wollte danach greifen, doch Ranieri brüllte:

»Fermo![*]«

---

* Stopp!

Aus der Außentasche seines Sakkos kramte er zwei Gummihandschuhe, streifte sie über und griff dann nach der Fernbedienung. Er drückte zuerst die Soundanlage, sodass Stravinskys ›Le sacre du printemps‹ erklang. Dann jedoch hatte er die Taste für den Vorhang gefunden. Langsam öffnete sich dieser. Als er offen war, flammten Spotlights auf, die die Bühne beleuchteten. Alle Anwesenden blieben wie angewurzelt stehen. Ein Raunen war zu hören. Die Polizisten und der Schlosser standen wie vom Donner gerührt da und starrten auf die ganz mit schwarzem Stoff ausgekleidete Bühne. Auf einem Podest stand, sodass alle hinauf sehen mussten, eine Figurengruppe:

Vier vergoldete, nackte Knaben.

Majestätisch, selbstbewusst, wie Lebewesen aus einer anderen Welt. Alle vier Knaben knieten parallel nebeneinander. Und alle hatten eine ganz eigene Position inne. So wie Pferde. Plötzlich war Ranieri klar, was das sollte. Denn plötzlich hatte er die Pferde, die auf der Loggia des Markusdoms standen, vor Augen. Halblaut sagte er:

»La Quadriga.«

Und während die Uniformierten und der Schlosser wie erstarrte Salzsäulen dastanden, Stravinskys Klängen lauschten und die vergoldeten Skulpturen angafften, beugte sich Ranieri zu Silvana Viti und flüsterte:

»Quello a destra è Marco Canella … e quello li a sinistra è Johannes Mühleis.*«

---

* Der rechts ist Marco Canella … und der links ist Johannes Mühleis.

Ranieris Kollegin nickte und fügte hinzu:

»Il secondo da destra è Andrea Ponti e l'ultimo è … Raffaele … Raffaele Benvenuto.*«

Ranieri wurde nun endgültig schlecht. So etwas Abartiges hatte er noch nie in seinem nun schon ziemlich lange andauernden Polizistenleben gesehen. Er drehte sich abrupt um und ging hinaus an die frische Luft. Zum Glück hatte er nichts im Magen. Sonst hätte er neuerlich gekotzt. Silvana kam nach und klopfte ihm mitfühlend auf die Schultern. Ranieri bat sie, die Spurensicherung zu rufen. Während sie warteten, ging Ranieri wie ein gereizter Tiger auf und ab. Schließlich nahm er Silvana Viti zur Seite und schilderte ihr die Theorie, die er gerade ausgebrütet hatte: Dass es sich seiner Meinung nach um zwei bis drei Täter handle. Einer sei der Auftraggeber und Regisseur dieses abartigen Irrsinns. Der Master of Ceremonies. Der andere, der in Cecchettis Haus gewohnt und die Figuren angefertigt hatte, sei der Killer. Ein Killer mit kunsthandwerklichen Fähigkeiten und bildhauerischer Begabung. Eine äußerst ungewöhnliche Kombination. Deshalb sprach vieles dafür, dass es vielleicht sogar drei Täter waren – ein Auftraggeber, ein Killer und ein Künstler. Die Einzeltäter-Theorie war jedenfalls Schnee von gestern. Silvana hörte ihm konzentriert zu und nickte. Das, was Ranieri sagte, machte Sinn. Als die Spurensicherung schließlich kam und mit ihrer

* Der zweite von rechts ist Andrea Ponti und der letzte ist … Raffaele … Raffaele Benvenuto.

Arbeit begann, ließen sich Ranieri und Viti von einem Streifenwagen nach Venedig zurückfahren. Auf ausdrücklichen Wunsch Ranieris saß Silvana Viti vorn. Er hingegen verkroch sich hinten auf den Rücksitz und begann sofort nach der Abfahrt zu telefonieren. Aufgrund der Gesprächsfetzen, die Silvana auffing, wurde ihr klar, dass er mit seiner Tochter, die in einem teuren Internat untergebracht war, sprach. Obwohl Silvana keine eigenen Kinder hatte, verstand sie Ranieri. Die Quadriga aus drei ermordeten und einem im letzten Moment geretteten Kind war Ranieri merklich an die Nieren gegangen. An der Piazzale Roma angekommen, verabschiedeten sie sich und gingen getrennte Wege. Ranieri, der in Santa Croce wohnte, war nach nicht einmal fünf Minuten zu Hause. Als er aufsperrte und die Wohnung betrat, fand er seine Frau auf der Wohnzimmercouch liegend und lesend vor. Sie stand auf und fragte ihn, ob er etwas essen wolle. Er nickte und umarmte sie. Doch dann konnte er sich nicht mehr beherrschen. Er drückte sie ganz eng an sich, vergrub seinen Kopf in ihr Haar und begann an ihrer Schulter hemmungslos zu weinen.

ZWEIUNDSECHZIG

Er lag im Dunkeln auf dem Bett in seinem Zimmer. Er sah auf den abendlichen See hinaus, in dem sich die Lichter von Lugano spiegelten. Immer wieder nippte er an einem 16 Jahre alten Macallan und genoss die Wärme, die dieser milde Malt Whisky in seinem Magen verströmte. Das Leben war wunderbar. Zuvor hatte er eine Viertelstunde lang heiß geduscht und die ganze widerliche Geschichte, die hinter ihm lag, weggespült. Er fühlte sich sauber. Innerlich und äußerlich gereinigt. Die heiße Dusche war eine echte Katharsis gewesen. Nun kam er sich wie ein neuer Mensch vor. Ob er heute noch ausgehen sollte? Mit zunehmendem Whiskygenuss kam sein altes Ich zum Vorschein. Der pflichtbewusste, mit der Präzision einer Maschine arbeitende Spezialist für Tötungs- und Kunstdiebstahlsdelikte war zurück in den Schatten getreten. Endlich durfte er wieder der sein, der er wirklich war: ein Genussmensch. Ein Bonvivant, der das Leben liebte und der gern in den Tag hinein lebte. Ein Mann, der teure Spirituosen, teure Weine, teure Restaurants und teure Frauen schätzte. Ob es hier in Lugano Luxusnutten gab? Warum nicht? Geld war genug hier. Und überall, wo vermehrt Männer mit dicken Brieftaschen auftraten, gab es auch Luxusnutten. Er grinste. Wahrscheinlich bräuchte er nur zum Portier hinuntergehen, diesem einen 10-Franken-Schein zustecken und ihn nach einer geeigneten Adresse fragen. Aber dazu war es noch zu zeitig. Mit Genuss vergrub er seine Zehen in die wärmende Wolldecke, die er sich über das dünne Leinentuch gezogen hatte. Keine nassen Füße mehr. What a fuckin' feeling … Mit Schaudern erinnerte er sich daran, wie er heute frühmorgens mit seinen alten Stiefeln durch das Hochwasser gestapft war. Fuck! Mit eiskalten, klatschnassen Füßen hatte er den Vorortzug in Santa Lucia bestiegen. In Mestre war er dann in der Nähe des Bahnhofs in ein Caffè gegangen und hatte heißen Caffè latte getrunken. Und weil er hungrig wie ein ganzes Wolfsrudel gewesen war, hatte er drei Tramezzini mit Prosciutto e Uova verschlungen. Dann war da noch diese Müdigkeit gewesen, diese elendige Müdigkeit. Dagegen half nur ein Espresso doppio und dann noch einer. Zurück am Bahnhof hatte er sich seines Handys entledigt, nachdem er es zuvor abgeschaltet hatte. Gemeinsam mit klebrigen Essensresten, leeren Bechern, zusammengeknüllten Papierservietten und allerlei anderem Restmüll würde es irgendwo im Abfallmeer einer Deponie verschwinden. Damit war eine der beiden Spuren, die von dem Perversen zu ihm führte, gelöscht. Mit immer noch eiskalten, nassen Zehen war er um 7.10 Uhr in den nächsten Zug eingestiegen. Während der knapp zweieinhalb Stunden Zugfahrt nach Milano schlief er tief und fest. Verschlafen und im Kopf noch ziemlich verwirrt war er in Milano aus der imposanten Stazione Centrale hinaus und über die gewaltige Freitreppe des Bahnhofs hinein ins Straßengewirr der Stadt getaumelt. Ohne Ziel und ohne Plan. Nach einigem Herumirren hatte er plötzlich vor einem Bekleidungs- und Schuhgeschäft gestanden. Und da sich seine Füße und sein ganzer Körper nach trockenen, weichen Schuhen sehnten, war er einfach hineingegangen und hatte sich ein Paar Socken sowie ein Paar neue Sneakers gekauft. Danach fühlte er sich wie neu geboren. Entspannt war er zurück zur Stazione Centrale spaziert, dort hatte er in einem Mistkübel seine nassen Fallschirmspringerstiefel entsorgt und sich danach ein Ticket nach Lugano gekauft.

Um 12.13 Uhr war er schließlich in Lugano angekommen und in eines der vor dem Bahnhof wartenden Taxis gestiegen, das ihn zum ›Hotel Splendide Royal‹ gebracht hatte. In diesem 1887 eröffneten Fünf-Sterne-Hotel, das er sehr liebte, hatte er schon öfter angenehme Tage verbracht. Diesmal bezog er einen Deluxe Room mit Blick auf den See. Hier kannte man ihn als Signor Rossetti, ein italo-amerikanischer Millionär mit einem Faible für Lugano. Als immer wieder hier logierender Gast hatte er zu Mittag im hoteleigenen Restaurant ›La Veranda‹ einen wunderbaren Fensterplatz mit Blick auf den See. Er schlemmte, wie wenn er wochenlang nichts zu essen bekommen hätte: als Vorspeise ›King Prawns with a cream of leak and caviar from Asturia‹, dann verschlang er ›Lamb Loin with artichoke pie‹ und zum Drüberstreuen gönnte er sich als Dessert ›Green apple slices with pine nut syrup, raisins and pomegrate, cinnamon icecream‹. Beim Alkohol hatte er sich allerdings zurückgehalten. Einzig ein Glas Rotwein gönnte er sich zum Lamm, sonst nur Mineralwasser. Mit vollem Magen, aber klarem Kopf hatte er sich dann in die Innenstadt von Lugano begeben und eine elegante Reisetasche gekauft. Damit war er bei der Bankfiliale, bei der er vor dem Beginn dieses Jobs ein Konto eingerichtet hatte, erschienen. In einem Nebenraum der Schalterhalle ließ er sich die vier Millionen Dollar in Schweizer Franken, Euro und Dollar auszahlen. Die Bargeldbehebung hatte er zwei Tage im Voraus telefonisch angekündigt. Dann löste er das Konto auf, verabschiedete sich von seinem Bankbetreuer und ging. Die Reisetasche mit dem Geld hatte er anschließend zu einer anderen Bank getragen und von dort auf sein Konto in den USA überwiesen. Tja, und seit diesem Augenblick war er wirklich unauffindbar. Die letzte Verbindung zu dem Perversen in Venedig, die Bankverbindung, war gekappt. Nun würde er sich einen netten Ruhetag in Lugano gönnen und anschließend über Zürich zurück in die USA reisen. Dort würde er das Geld abheben und das Konto auflösen. Anschließend kam dann die Gesichtsoperation dran. Damit war Signor Smith für immer spurlos verschwunden.

DREIUNDSECHZIG

Nach einer unruhigen Nacht, in der er ständig von seiner ›Quadriga‹ geträumt hatte, wurde er morgens von einer besonders lästigen Lachmöwe geweckt. Sie schien sich über die Tatsache, dass ihn sein Werk bis in seine Träume verfolgte, lustig zu machen. Ständig hörte er ihren höhnischen, einem menschlichen Lachen so verblüffend ähnlichen Schrei. Nach einer ausgiebigen morgendlichen Dusche kehrte sein sich sonst ganz von selbst einstellendes Wohlbefinden endlich wieder zurück, und er beschloss, in das Grancaffè Quadri frühstücken zu gehen. Er spazierte über den Ponte dell'Accademia, den Campo Sant' Angelo und die Calle Larga XXII Marzo auf den Markusplatz. Es war kurz nach 9.00 Uhr, und der sonst so belebte Platz war nur von Tauben und einigen anderen Frühaufstehern bevölkert. Auch das Grancaffè Quadri präsentierte sich ihm noch angenehm leer und nicht so überfüllt wie sonst. Er bestellte einen Caffè latte und Tramezzini mit Prosciutto und Mozzarella. Dann griff er zum ›Il Gazzettino‹, blätterte gelangweilt die allgemeinen Seiten durch und stutzte schließlich bei der Titelseite des Regionalteils. Ein Bild von Marco Canella war der Aufmacher. Seine Hände wurden feucht, und als er langsam und mit Mühe, da er nur über rudimentäre Italienischkenntnisse verfügte, den Text des Artikels entzifferte, wurde ihm klar, dass Marco lebte. Stark unterkühlt und entkräftet war er ins Spital gebracht worden. Marco wurde vom ›Il Gazzettino‹ als einziger Überlebender des ›Venedig-Rippers‹ gefeiert. Das durfte doch nicht wahr sein! Wieso hatte ›The Sculptor‹ Marco am Leben gelassen? Wofür hatte er ihm die letzte Million Dollar überwiesen? Selbstverständlich auch dafür, dass Marcos Körper ebenfalls als Opfer für sein Kunstwerk dargebracht werden sollte. Zitternd ließ er die Zeitung sinken und starrte eine Zeit lang ins Leere. Sein Gehirn begann auf Hochtouren zu arbeiten. Und je länger er darüber nachdachte, desto klarer wurde ihm, dass sein Werk doch noch nicht vollendet war. So lange Marco lebte, war das Blutopfer, das untrennbarer Teil seines künstlerischen Konzeptes war, nicht vollbracht. Solange Marco Canella unter den Lebenden weilte, war seine ›Quadriga‹ nicht vollendet. Er bestellte sich noch einen Caffè latte, und während er das heiße Getränk langsam schlürfte, dachte er fieberhaft darüber nach, was zu tun sei. Zum Glück war im ›Il Gazzettino‹ der behandelnde Arzt sowie dessen Arbeitsstätte, das Ospedale San Giovanni e Paolo, erwähnt worden. Nach über einer Stunde des Grübelns und Überlegens trank er aus, zahlte und ging. Als Erstes kaufte er einen Korb voll Schokolade und Süßigkeiten. Dann schaute er bei einem Haushaltsgerätegeschäft vorbei und besorgte sich ein scharfes Fleischermesser. Das verbarg er sorgfältig unter all den süßen Dingen, die er zuvor erstanden hatte. Nun machte er sich auf in Richtung Spital. In seiner maßlosen Erregung und Nervosität genoss er es, zu Fuß zu gehen. Beim Portier des Ospedale San Giovanni e Paolo erkundigte er sich nach dem Zimmer von Marco Canella. Als er hörte, dass es im zweiten Stock lag, lächelte er. Damit hatte er eine zweite Option: Er konnte Marco auch aus dem Fenster stürzen. Schnaufend stapfte er hinauf, und nach kurzem Herumirren auf dem langen Gang stand er schließlich vor der Zimmernummer, die ihm der Portier gesagt hatte. Er klopfte, und dann hört er Marcos Stimme, die leise »Avanti!« rief. Er drückte die Türklinke hinunter, atmete tief durch und trat mit einem breiten Lächeln ins Zimmer ein. Als Marco ihn erblickte, breitete sich ein strahlendes Lachen auf seinem Gesicht aus. Er begrüßte den Eintretenden mit einem fröhlichen:

»Buon giorno, Signor Crumb …«

VIERUNDSECHZIG

Lupino war ziemlich frustriert. Nachdem er die Touristengruppe durch das Viertel rund um San Marco geführt hatte, wartete er vergeblich darauf, dass sich Ranieri bei ihm meldete. Die österreichische Touristengruppe war übrigens ziemlich enttäuscht gewesen, weil sich das Acqua alta so rasch und unspektakulär zurückgezogen hatte. Bis auf ein paar größere Lachen und ein generell nasses Pflaster war von dem morgendlichen Hochwasser nicht mehr viel zu sehen. Entsprechend frustriert war die hochwassergeile Gruppe. Es kam bei der gesamten Führung keine sonderlich gute Stimmung auf, und logischerweise war das Trinkgeld lausig. Lupino war das egal. Seine Gedanken kreisten ausschließlich um die mysteriöse Teakholzkiste, die plötzlich aus dem Rahmenmachergeschäft verschwunden war. Deshalb lenkte er seine Schritte zur Questura, wo er nach Ranieri und Viti fragte. Er bekam vom Polizisten in der Portiersloge die Auskunft, dass beide derzeit außer Haus unterwegs seien. Enttäuscht versuchte er Ranieri auf dessen Handy zu erreichen, doch der hob nicht ab. Lupino machte sich auf den Weg zur Osteria da Marcello. Auf dem Weg dorthin versuchte er mehrmals Ranieri anzurufen. Doch es meldete sich immer sofort die Sprachbox des Handys. Das bedeutete, dass der Commissario das Gerät abgeschaltet hatte.

Da die Osteria da Marcello etwas höher lag und nur über zwei Stufen zu erreichen war, hatte das harmlose Hochwasser heute Morgen keinerlei Schaden im Lokal angerichtet. Marcello war in ausgesprochen guter Stimmung und schenkte Lupino und sich ein Gläschen Ribolla Gialla ein. Dann stieß er mit Lupino an und gratulierte ihm, dass er den ›Venedig-Ripper‹ gefunden habe. Lupino war überrascht. Eigentlich empfand er das nicht so sehr als seinen eigenen Verdienst, schließlich hatte Philipp Mühleis die entscheidende Idee mit den Vergoldern und Rahmenmachern gehabt. Aber immerhin: In seinem Wohnviertel in San Polo war er nun der Held, wie Luciana, die zuvor in der Küche Gino geholfen hatte, jedem bereitwillig erzählte. Als Gino sich zu Marcello und Lupino an die Bar setzte und auch ein Gläschen Ribolla Gialla trank, prostete er Lupino zu:

»All' er...eroe ... d...della Ser... Sere...nissima ...*«

Ein Trinkspruch, der Lupino verlegen machte und der den Koch ob seines gelungenen Zynismus zufrieden grinsen ließ. Luciana ärgerte Ginos Spott. Demonstrativ lehnte sie sich zu Lupino hinüber und gab ihm einen schmatzenden Kuss auf die Wange. Dann wies sie Gino zurecht, dass er sich über Lupino nicht lustig zu machen habe. Mit verärgertem Tonfall schickte sie Gino in die Küche zurück. Er solle gefälligst weiter arbeiten und nicht im Lokal Wein saufen. Grummelnd verschwand Gino in seinem Reich, nicht ohne dabei halblaut zu spotten:

»Il g... g... grande amore ...«

Trotz der Vertrautheit, die mittlerweile zwischen Luciana und Lupino entstanden war, schlief sie nicht jede Nacht bei ihm. Da sie ihre eigene Wohnung nicht aufgeben wollte, verbrachte sie zwei bis drei

---

* Auf den Helden der Serenissima (Venedig)

Abende pro Woche bei sich zu Hause, um Ordnung zu machen, Wäsche zu waschen und allerlei häuslichen Verrichtungen nachzugehen. Dieser Abend war so einer, und Lupino ging allein nach Hause. Da er ziemlich aufgekratzt von den Ereignissen des Tages war, schlief er hundsmiserabel. Immer wieder wachte er auf, geplagt von wirren Träumen und der Vorstellung, dass er selbst dort unten in dem Kellerloch im eiskalten Wasser schwimmen musste. Schließlich brachte er kurz nach sechs Uhr morgens kein Auge mehr zu. Ständig ging ihm durch den Kopf, dass gestern irgendetwas Gravierendes geschehen war. Sonst hätte sich Ranieri bei ihm gerührt oder wäre zumindest erreichbar gewesen. Verschlafen und übellaunig kroch er aus dem Bett, schlurfte in die Küche und füllte Wasser und Kaffeepulver in den unteren Teil der Espressomaschine, schraubte sie zusammen, stellte sie auf die Herdflamme und wartete, bis es blubberte. Dabei stellte er fest, dass das Kaffeepulver, das er gerade verbraucht hatte, das letzte in der ganzen Wohnung war. Es gab fast nichts mehr: keine Milch, keinen Zucker, kein Brot, keine Butter, keinen Prosciutto, kein Stückchen Grana, nichts. Er musste wieder einmal einkaufen gehen! Zum Kaffee fand er ein paar alte, eingetrocknete Kekse, an denen er lustlos knabberte. Und während er kekskauend in den trüben Morgen hinausstarrte, wurden plötzlich Erinnerungen aus seiner Kindheit und Jugend hochgespült. Als Ludovico Ranieri als Neuer in seine Klasse kam und zuerst von allen angefeindet wurde, weil er nicht das weiche Venezianisch, sondern ein merkwürdig neutral klingendes Italienisch sprach. Außerdem war er so anders als alle anderen Kinder in der Klasse. Da Ludovicos Vater ein international angesehener Kunstmanager war, hatte die Familie zuerst in den Niederlanden und danach in Deutschland gewohnt. Als Lupino bemerkte, dass Ludovico ganz passabel Deutsch sprach, freundeten sie sich allmählich an. Wenn sie unter sich waren, sprachen sie Deutsch, und auch in der Bubenbande, der beide angehörten, verständigten sie sich oft auf Deutsch. Lupino schenkte sich noch eine Schale Kaffee ein und erinnerte sich, wie sie als San Polo-Bande mit Fahrrädern ihren und den Nachbarbezirk Dorsoduro unsicher gemacht hatten. Ausgerüstet mit Blasrohren und Plastilinkugeln lieferten sie sich erbitterte Gefechte mit den im Dorsoduro heimischen Jugendlichen. Mit ihren kleinen, wendigen Fahrrädern waren sie damals über alle Stiegen der Brücken hinauf- und wieder hinuntergeradelt. Mein Gott, Fahrräder … Schon lange hatte er keine Kids mit Fahrrädern mehr gesehen. Höchstens mit Skateboards. Überhaupt gab es immer weniger Kinder in Venedig. Als er und Ludovico noch zur Schule gingen, hatte Venedig über 100.000 Einwohner. Mittlerweile war die Einwohnerzahl auf etwas über 50.000 geschrumpft. Und davon waren ein guter Teil alte Leute, die einfach nicht mehr die Kraft hatten, von hier wegzuziehen. Immer mehr große Konzerne kauften alte Palazzi und renovierten sie für unglaublich viel Geld, um sie dann zu Repräsentationszwecken zu benutzen. Tja, Venedig würde über kurz oder lang ein einziges Museum werden, in dem nur mehr die Hausmeister beziehungsweise Museumswächter, die Angestellten der Gastronomie- und Beherbergungsbetriebe sowie die Gondoliere-Familien wohnen würden. Lupino seufzte, stand auf und ging unter die Dusche. Wieder einmal ärgerte er sich über den schwachen Wasserdruck und dachte: Ich muss endlich neue Leitungen verlegen lassen, die alten sind total verschlammt und verstopft. Kein Wunder, schließlich stammte die Installation noch aus der Zeit seines Großvaters, als dieser die Wohnung in den 1930er-Jahren erworben hatte. Danach wohnte sein Vater mit seiner Mutter und ihm in der Wohnung. Als der Vater vor fünf Jahren starb, war seine Mutter zurück nach Österreich, nach Wien, gezogen. Und so konnte Lupino die stattliche Drei-Zimmer-Wohnung übernehmen. Allerdings hatte er seit damals keinen Cent in die Erhaltung gesteckt. Er hatte hier einfach übernachtet, gewohnt hatte er mehr oder minder in Marcellos Osteria. Jetzt, wo Luciana doch öfter hier bei ihm war, genierte sich Lupino für den Zustand der Wohnung. Luciana hatte auch schon an einigem herumgemeckert. Lupino grinste unter der müde tröpfelnden Dusche. Wahrscheinlich würde sie ihm demnächst einen Tritt in den Arsch geben, damit er endlich neue Leitungen verlegen und eine neue, moderne Warmwassertherme installieren ließ. Die alte hatte sein Vater in den 1970er-Jahren einbauen lassen!

Luciana hatte unlängst etwas in dieser Richtung angedeutet. Und als er ihr entgegnet hatte, dass das ja fürchterlich viel Schmutz mache und die Wohnung dadurch auf mindestens zwei bis drei Wochen unbewohnbar wäre, hatte sie ihm geantwortet, dass er in dieser Zeit bei ihr wohnen könne. Liebevolle Dankbarkeit stieg in Lupino auf, und er dachte zärtlich an Luciana.

Eine halbe Stunde später betrat er geduscht, rasiert und in frischen Klamotten die Questura. Es war kurz nach sieben Uhr und er wusste, dass Ranieri immer schon sehr früh seinen Dienst begann. Und tatsächlich, der junge Uniformierte, der den glasgeschützten Eingang in die Questura überwachte, bestätigte ihm, dass Ranieri bereits da sei. Flotten Schrittes ging Lupino hinauf in Ranieris Zimmer, wo er ohne anzuklopfen eintrat. Ranieri saß vor seinem PC, blickte kurz auf und sagte grinsend:

»Mensch, Wölfchen! Schon so früh auf?«

Lupino spielte den Beleidigten und knurrte:

»Hör auf mit dem Wölfchen-Gesülze. Sag mir lieber, warum du gestern nicht erreichbar warst. Glaubst du, mir ist das wurscht, wie das alles weiter geht?«

Ranieri seufzte. Er sicherte das, was er am PC gerade geschrieben hatte, stand auf und ging zu der kleinen Espressomaschine, die im Eck seines Büros stand.

»Kurz oder lang?«

»Kurz, ein Stück Zucker«, grantelte Lupino. Und während Ranieri den Kaffee zubereitete, begann er in dürren Worten über die Ereignisse des gestrigen Nachmittags zu berichten. Er selbst machte sich einen Macchiato und setzte sich zu Lupino. Als er von den Figuren der Quadriga berichtete, merkte Lupino, wie die Stimme seines Freundes brüchig wurde und dessen Augen feucht zu glänzen begannen. Lupino klopfte ihm auf die Schulter und sagte:

»Du hast recht. Die Theorie mit dem Einzeltäter ist hinfällig. Das müssen mindestens zwei oder mehrere sein. Was sind das für kranke Hirne?«

Ranieri räusperte sich, nahm einen Schluck Kaffee und fuhr fort:

»Ich habe die Fingerabdrücke, die wir in der Wohnung und in der Werkstatt gefunden haben, in internationalen Datenbanken abgeglichen. Der Kerl, der dort die Skulpturen der Knaben angefertigt und der sie wahrscheinlich auch umgebracht hat, ist ein Profi. Wo immer er bisher aufgetreten war, hatte er eine oder mehrere Leichen hinterlassen. Bilder gibt es von ihm keine. Er war übrigens auch in internationale Kunstdiebstähle involviert.«

»Ein Phantom?«

»So ähnlich. Es gibt in den USA einen Profi, der ›The Sculptor‹ genannt wird. Er könnte unser Mann sein. Allerdings gibt es auch vom Sculptor keinen Namen und kein Bild. Ich versuche jetzt herauszufinden, wer die Halle im Hafen gemietet hat. Das ist allerdings gar nicht so einfach. Da steckt eine Firma dahinter, die auf den Cayman Islands registriert ist. Du siehst, das ist alles ganz schön kompliziert.«

Lupino trank seinen Kaffee aus, stand auf und verabschiedete sich mit den Worten:

»Ludwig, ich halte dich nicht länger auf. Ciao!«

Er verließ die Questura und ging zu Fuß zum Ospedale San Giovanni e Paolo. Da Philipp Mühleis immer noch sein Klient war, fühlte er sich verpflichtet, ihn über den neuesten Stand der Ermittlungen zu informieren. Philipp Mühleis war gestern, genauso wie der kleine Marco, mit Unterkühlung in dieses Spital eingeliefert worden. Nachdem er sich zu dessen Zimmer durchgefragt hatte, war er überrascht, einen perfekt gekleideten und durchaus erholt wirkenden Philipp Mühleis am Gang vor dem Zimmer anzutreffen. Sein Klient war in Begleitung einer feschen Assistentin der Filmproduktionsfirma, die ihm frische Kleidung ins Spital gebracht hatte. Als Lupino ihm leise zuflüsterte, dass er Neuigkeiten hätte, schickte Mühleis die Assistentin voraus an den Drehort. Heute würde bei dem Ponte di Rialto die letzte Szene des TV-Dreiteilers gedreht werden. Morgen würden dann die meisten Österreicher und Deutschen abreisen. Nur er und sein Vater blieben noch ein paar Tage länger hier, um das Produktionsbüro aufzulösen. Dann fragte er Lupino unvermittelt:

»Also, was gibt es Neues?«

Lupino erzählte ihm in kurzen Worten von der Lagerhalle und der Quadriga. Philipp Mühleis wurde weiß im Gesicht. Dann presste er heraus:

»Dieses … dieses Machwerk möchte ich unbedingt sehen.«

Lupino stieß einen leisen Pfiff aus, bevor er antwortete:

»Ob das Ranieri erlaubt? Ich weiß nicht, ob der Vicequestore beziehungsweise der Untersuchungsrichter überhaupt jemanden, der nicht mit dem Fall betraut ist, diese Quadriga … dieses… dieses Machwerk ansehen lässt.«

Ein plötzlicher Ruck ging durch Philipp Mühleis.

»Jössasna! Den Marco wollte ich ja noch kurz besuchen. Kommen Sie mit? Ich war schon gestern Abend bei ihm im Zimmer. Ich sprech' ja nicht viel Italienisch, trotzdem haben wir uns sehr gut unterhalten.«

Selbstverständlich begleitete Lupino ihn. Schließlich war er ja auch neugierig, wie es dem kleinen Marco ging. Er folgte Mühleis durch ein Gewirr von Gängen, als plötzlich markerschütternde Schreie erklangen. Mühleis fing zu laufen an, riss drei Zimmer weiter eine Tür auf und erstarrte. Lupino drängte Mühleis zur Seite und sah einen großen, dicken Mann vor Marcos Bett knien, der mit einem langen Messer versuchte, auf den schreienden, sich unter dem Bett versteckenden und dem Messer verzweifelt ausweichenden Marco einzustechen. In Lupinos Hirn kippte ein Schalter um. Blitzschnell griff er sich einen Besuchersessel und stürzte sich auf den Mann. Krachend landete der Sessel auf dem Rücken des Dicken. Ein weiterer Schlag streckte ihn zu Boden. Lupino sprang auf ihn. Trat in den Unterleib des Dicken. Der heulte auf und stach mit dem Messer um sich. Lupino wich aus, taumelte.

Fiel auf den Rücken. Der Dicke sprang auf. Bekam von Mühleis einen Fausthieb ins Gesicht verpasst. Er wankte, Mühleis schlug nach. Traf ihn am Ohr. Lupino rappelte sich auf. Das sah der Dicke. Er machte am Absatz kehrt und rannte hinaus. Lupino schrie:

»Bleiben Sie bei Marco! Ich kauf mir dieses Schwein!«

Der Dicke bahnte sich einer Lawine gleich seinen Weg durch die Menge der Neugierigen und der herbeieilenden Schwestern und Ärzte. Lupino ihm auf den Fersen. Immer wieder brüllend:

»Fermatelo! È un assassino!*«

Niemand traute sich jedoch den Dicken, der ein blutiges Messer in der Hand hielt, aufzuhalten. Die beiden rannten das Stiegenhaus zwei Stockwerke hinunter, durch den Hof des Spitals, hinaus auf die Fondamenta Nuove. Dort legte gerade ein Ambulanzboot ab. Der Dicke machte einen gewaltigen Sprung und war auf dem Boot. Er stach wild auf einen Sanitäter ein. Dann stürzte er sich auf den Fahrer und schnitt ihm die Kehle durch. Mit einem energischen Ruck riss er ihn hinter dem Steuer hervor, nahm selbst den Platz ein und gab mächtig Gas. Kurz drehte er sich um und grinste Lupino triumphierend an, bevor er mit dem gekaperten Boot um die nächste Ecke in den Rio dei Mendicanti verschwand.

* Haltet ihn! Er ist ein Mörder!

FÜNFUNDSECHZIG

Das Blut pochte in seinen Adern. Sein Herzschlag raste. Und er gab unbarmherzig Gas. Wasser spritzte links und rechts, die Fußgänger entlang des Kanals blickten erschrocken dem rasenden Ambulanzboot nach. Ein schwer beladenes Lastenboot wich ihm im letzten Augenblick aus. In seinem Kopf tobte ›Le sacrifice‹, das Opfer. Der zweite Teil des von ihm so geliebten Stravinsky-Stückes ›Le sacre du printemps‹. Göttliche Musik zu einem wahrlich genialen Kunstwerk, das er geschaffen hatte. Jetzt war der Zeitpunkt des Showdowns gekommen. The point of no return. Die göttliche, die unwiderrufliche, unerbittliche Auseinandersetzung mit den Herdenmenschen. Mit den Massen des Mittelmaßes, mit dem Schlachtvieh der großen Feldherren und Tyrannen. Menschenmaterial, das sowohl Hannibal als auch Alexander der Große, Cäsar, Karl der Große, Hernando Cortéz, Napoleon, Churchill, Hitler, Stalin, Mao, Ho Chi Minh und Pol Pot eingesetzt hatten, um in der ewigen Ruhmeshalle aufgenommen zu werden. Im Walhalla der Menschenschlächter. Und auch er würde dort seinen Platz finden. Nicht, weil er Hekatomben von Menschen ausgelöscht hatte, sondern, weil er ein geniales Blut-Kunstwerk erschaffen hatte. Seine ›Quadriga‹ würde ihn überleben, als Mahnmal und Opferaltar. Als Geniestreich eines Übermenschen. Er riss den Gashebel zurück, als er fast mit zwei nebeneinander fahrenden Gondeln kollidiert wäre. Zum Glück kam rechts ein Kanal, in den er einbiegen konnte. Nein, hier in den stinkenden Kanälen wollte er nicht sterben. Wenn sterben, dann draußen im Angesicht seines Kunstwerkes. Mit Champagner im Blut, Igor Stravinsky in den Ohren und der ›Quadriga‹ im Blick. Vor dem Altar seiner Genialität würde er sich selbst darbringen. Mit einem wahren Blutbad, einem Gemetzel. Vor Aufregung bekam er schweißnasse Handflächen. Seine Rechte schob den Gashebel wieder nach vorn, der Dieselmotor heulte auf, und er sah sich mit nacktem Oberkörper vor der ›Quadriga‹ knien und sich, so wie es einst die Samurai taten, das Messer in den Bauch stoßen. Sein Blut – his holy blood – würde wie aus einer Quelle sprudeln. Eine Fontäne aus Blut, in weitem Bogen und mit kräftigem Strahl. Stich um Stich würde sie Geschwister bekommen. Und der Schmerz, der göttliche Schmerz würde in seinem Leib rasen. Ihn immer rasender, immer ekstatischer werden lassen. Er würde dieser jämmerlichen Welt entrücken. Seine Hände gebadet im dampfenden Blut seines lebendigen Leibes, der als Opfer dargebracht würde. Heiße, von Blut klebrige Hände, die im aufpeitschenden Rhythmus von Stravinskys göttlicher Musik seinen Körper entleibten. Die immer und immer wieder zustachen. Bis seine Arme erlahmen und er vornüber stürzen würde. In das Meer seines eigenen Blutes, das sich einer Welle des biblischen Flusses Jordan gleich über den Boden der Halle ergießen würde.

Er konnte es nicht erwarten. Dieses letzte, finale Blutopfer würde sein Triumpf sein. His resurrection. His stairway to heaven. Und er würde es ganz allein in sich, an sich und durch sich vollziehen. Hoher Priester und Opfer zugleich. Gott, Priester, Opferlamm. Alles in einem. Dreieinigkeit in Ewigkeit. Amen.

SECHSUNDSECHZIG

Dieser Tag war einer der glücklichsten in Adi Benders Leben. Der letzte Drehtag dieser Unglücksproduktion, an der er jegliche Freude und letztlich auch jegliches Interesse verloren hatte. Aufgrund unzähliger Schwierigkeiten hatte die Drehzeit um einiges verlängert werden müssen. Das hatte zu hässlichen Streitereien mit den Geldgebern, die dieses Projekt finanzierten, geführt. Zum Glück war eine Ausfallversicherung abgeschlossen worden, die aufgrund des beschissenen Regenwetters der letzten Wochen einen Teil der zusätzlich benötigten Geldmittel bereitstellte. Die Organisation dieser zusätzlichen Drehtage glich einem heftigen Schmerz im Hintern. Da die verpflichteten Schauspieler alle schon an weiteren Drehorten und in Theatern Anschlussjobs hatten, war es extrem schwierig gewesen, sie zu den notwendigen Nachdrehterminen nach Venedig einzufliegen. Schlussendlich schafften sie es doch, und heute war der letzte Drehtag. Es waren nur noch zwei Szenen, bei denen Teile des Canal Grande sowie der umliegenden Kanäle abgesperrt wurden, in den Kasten zu bringen. Bender und seine Crew drehten mit drei verschiedenen Kameras. Zum Glück regnete es nicht, und zum Glück gab es keinen strahlenden Sonnenschein. Beides war für Filmaufnahmen nicht optimal. Es gab hohe Bewölkung, die trotzdem einiges an Tageslicht durchließ, und keinen lästigen Wind, der alles erschwert hätte. Ein wunderbarer Tag! Adi Bender war rundum entspannt und zufrieden.

Glücklich stimmte ihn auch die Aussicht, dass er heute Abend wieder daheim in Wien sein würde und dort endlich sein sehnlichst vermisstes Wiener Schnitzel verspeisen konnte. Er hatte seine Mama angerufen, und die hatte ihm versprochen, sobald er gelandet war, die Schnitzel in die Pfanne zu geben. Bender schmeckte in seinen Gedanken schon die knusprige Panier, die sich zart gewellt vom Fleisch abhob, und lächelte selig vor sich hin. Außerdem gab es zu den Schnitzeln Mamas Erdäpfelsalat. Eine Delikatesse! Jetzt am Vormittag wurde er bereits zubereitet. Mit viel Zwiebel und mit ganz ordinärem Hesperidenessig, einer billigen Essigvariante, die es nur in Österreich gab und die dem Erdäpfelsalat eine unvergleichlich würzige Note verlieh. Mein Gott, kann das Leben schön sein, dachte sich Bender. In Wien war dann auch die Zeit seiner sexuellen Enthaltsamkeit vorbei. Dieser junge Produktionsassistent, von dem er sich so viel versprochen hatte, war mit einer Jungschauspielerin durchgebrannt. So ein Falott! Saukerl! In Wien, so freute sich Bender, würde er nächtens wieder in den Rathauspark gehen. Dort, wo sich zwischen Sonnenuntergang und Sonnenaufgang die schwule Community ein Stelldichein gab. Und überhaupt! Endlich wieder im eigenen Bett schlafen. In dem von der Mama gewaschenen, gestärkten und gebügelten Bettzeug. Mein Gott, wie freute er sich auf einen reschen Grünen Veltliner. Ein Viertel Grüner Veltliner im Henkelglas serviert bei seinem Lieblingsheurigen in Nussdorf. Und dazu ein dickes Stück Kümmelbraten mit knuspriger Schwarte. Ein Stück, das ordentlich mit Fett durchzogen war, sodass der Braten, wenn man ihn scharf ansah, zu zittern begann. Das Wasser lief ihm bei diesen Gedanken im Mund zusammen, und seine Augen glänzten. Wie ein Kind auf Weihnachten, so freute er sich auf die Rückkehr nach Wien. Er musste nur noch diese zwei Szenen, diese verdammten zwei Scheißszenen am Canal Grande abdrehen und dann: Arrivederci Venezia!

Einem Feldherrn gleich thronte er neben einer der Kameras auf einem Aufbau am Rande des Canal Grande. Mit unendlichem administrativem Aufwand war es der Produktionsleitung gelungen, den Canal

Grande für diesen Vormittag absperren zu lassen. Einzig die Vaporettos durften durch die Sperrzone tuckern. Die störten Adi Bender nicht, im Gegenteil. Wenn bei den zwei Szenen im Hintergrund ein Vaporetto vorbeifuhr, brachte das Lokalkolorit. Die erste Szene, bei der der weißhaarige Hauptdarsteller mit seiner neuen Liebe in eine Gondel einstieg, hatten sie relativ flott und problemlos abgedreht. Jetzt brauchten sie nur mehr die romantische Fahrt am Canal Grande vor dem Ponte di Rialto zu drehen. Dies würde aus verschiedenen Perspektiven geschehen, unter anderem mit einer Kamera auf einem Boot, die die Gondel begleiten und die beiden Darsteller in der Halbtotale drehen würde. Zusätzlich hatten sie oben an der Rialtobrücke eine Kamera aufgebaut, um die Szene aus der Vogelperspektive aufzunehmen. Und dann gab es noch die Kamera, die auf eigens verlegten Schienen am Ufer entlang mit der Gondel mitfuhr. Adi Bender saß da und stützte sich auf den Spazierstock mit dem massiven silbernen Griff, den er vor ein paar Tagen bei einem Trödler erstanden hatte. Im Moment nervte ihn so ziemlich alles: die Kameracrews, die ewig lange brauchten, um drehfertig zu werden, die Schauspieler, die sich heute besonders zickig anstellten, und die Idioten in den unzähligen Booten, die nicht zur Kenntnis nehmen wollten, dass der Canal Grande heute gesperrt war. Bender war ungeduldig. Er wollte heim zu Mamas Erdäpfelsalat. Endlich waren alle so weit, und er konnte das Kommando »Kamera läuft« geben. Dazu hatte er ein Megafon in der Hand, das seine Stimme über den Canal Grande schallen ließ. Adi Bender grinste. Ganz schön beeindruckend, dieses Ding. Sein Grinsen verschwand aber sofort, als er sah, was die beiden Schauspieler im Boot so trieben. Der Hauptdarsteller putzte sich, eitel wie er war, Wassertropfen von seinem Sakko, und seine Partnerin sah ihm dabei zu. »So ein Scheiß«, murmelte Bender und brüllte ins Megafon: »Schnitt! Alle zurück auf Ausgangsposition!« Dann nahm er das Funkgerät, über das er mit den einzelnen Außenstellen seines Teams kommunizierte, und knurrte die Assistentin des Aufnahmeleiters, die im Kameraboot neben der Gondel war, an, dass sie das Funkgerät dem Hauptdarsteller geben solle. Diesen schnauzte er an:

»Bist deppert, Pauli? Was putzt du da an deinem Sakko herum? Du bist Schauspieler und nicht Putzfrau! Du sollst den verliebten Gockel spielen und deine Partnerin mit deinem berüchtigten Charme verwirren! Hast mich verstanden?«

Aus dem Funkgerät quäkte ein beleidigtes »Und ob ich verstanden habe …« zurück. Bender brummte »Na also!«, hob das Megafon zum Mund und brüllte: »Fertig zum Drehen?« Aus dem Funkgerät quäkte eine Außenstelle nach der anderen »Fertig«. Adi Bender brüllte in das Megafon »Kamera läuft« und sah gebannt auf die Monitore. Der alte Scheißer spielte jetzt den Charmeur, seine Partnerin bekam feuchte

Augen, die Kamera auf der Rialtobrücke zoomte wunderbar auf die beiden zu, ein Vaporetto tuckerte im Hintergrund vorbei, Adi Bender hielt den Atem an. »Weiter … macht's weiter so …«, murmelte er. Doch was war das? Um Gottes willen, was war das? Aus der Bootseinfahrt eines Palazzos tuckerte ein Boot mit Bauschutt heraus, direkt auf die Gondel mit dem Hauptdarsteller zu.

»Schnitt! Scheiße!«

Er sah, wie alle Leute des Filmsets wie unter einem Peitschenschlag zusammenzuckten. Bender brüllte ins Megafon:

»Polizia! Polizia! Where is the police?«

Die Polizisten in dem Boot, das bei der Rialtobrücke lag, gaben Gas und steuerten auf den Störenfried zu. Ein Polizist rief dem Arbeiter, der das Boot steuerte, zu, er solle schleunigst in den Palazzo zurückfahren. Der Canal Grande sei gesperrt. Der Mann schrie zurück, dass er seine Arbeit machen müsse und sich nicht aufhalten lasse. Das erzürnte die Polizisten so sehr, dass sie ihm den Weg versperrten. Ein Polizist sprang auf das Boot hinüber und zwang den Mann umzudrehen. Bender saß, auf den Knauf seines Spazierstocks gestützt, da und wollte am liebsten weinen. So gut, so gut war diese Szene gelaufen. Jetzt hätte sie schon im Kasten sein können. Dann wären nur noch ein paar Nahaufnahmen von dem Hauptdarsteller und seiner Begleiterin in der Gondel zu drehen gewesen und die Sache hätte sich gehabt. Und er hätte aufbrechen können zu

Wiener Schnitzel und Erdäpfelsalat. Doch jetzt waren diese Genüsse in weite Ferne gerückt. Wer weiß, ob der Trottel von Hauptdarsteller die Szene noch einmal so perfekt hinbekommen würde? Adieu Schnitzel, adieu Wien. Bender fürchtete sich davor, noch eine Nacht in dieser verdammten Stadt bleiben zu müssen. In einem fremden Hotel statt daheim bei Mama. Endlich war dieser venezianische Baukahn verschwunden. Und es wurde der dritte Take gedreht. Hier war der Beginn lausig, der Schluss jedoch ganz annehmbar. Jedenfalls waren alle ein bisschen unkonzentriert gewesen, deswegen beorderte Bender alle noch einmal zurück an den Ausgangspunkt. Nach zwei weiteren, ebenfalls äußerst miesen Takes war Benders Laune am Tiefpunkt angelangt. Auf seinen Spazierstock gestützt kauerte er in seinem Regiestuhl und ließ die Regieassistentin alle nötigen Anweisungen geben. Er sprach kein Wort mehr, sondern starrte seine Umgebung hasserfüllt an. Schnitzel und Erdäpfelsalat! Das war alles, was ihn noch interessierte. Zu seiner Überraschung lief der nächste Take von Anfang an ausgezeichnet. Der Hauptdarsteller hatte sein Zwischentief überwunden und spielte nun voll konzentriert. Die Kameramänner machten einen wundervollen Job, und die Gondel kam der Rialtobrücke immer näher. Wenn sie dort ohne Zwischenfälle ankommen würde, hatten sie die Szene im Kasten. Adi Bender juckte es aufzuspringen, Falcos ›Vienna calling‹ zu grölen und dazu einen Freudentanz aufzuführen. Doch plötzlich blieb ihm das Herz stehen. Aus einem Seitenkanal raste ein Ambulanzboot. Mit riesiger Welle bog es auf den Canal Grande in Richtung Rialto ein. Es raste auf das Boot mit der Kamera und auf die Gondel zu. Bender griff zum Funkgerät und zischte hinein: »Dran bleiben! Wir drehen weiter! Kameras drauf, immer drauf!« Seine letzten Worte wurden von dem Krach überdeckt, mit dem das Ambulanzboot am Boot mit der Kamera vorbeischrammte. Holz und Bootsteile flogen durch die Luft, und dann krachte es in die Gondel. Diese kippte um und wurde zur Rampe, über die das Ambulanzboot abhob und gegen einen Pfeiler des Ponte di Rialto donnerte. Bender traute seinen Augen nicht: Bevor das Ambulanzboot an der Brücke zerschellte, hechtete ein fetter Kerl in die schmutzigen Fluten des Kanals. Alle Leute schauten auf die Trümmer des Bootes, auf die umgestürzte Gondel sowie auf den wie wild schreienden Hauptdarsteller und seine ebenfalls hysterisch kreischende Partnerin. Männer sprangen in den Canal Grande, um die beiden zu retten. Der Gondoliere schwamm laut fluchend ans Ufer. Der fette Kerl tat dies ebenfalls. Er kletterte prustend und schnaufend heraus und wollte sich aus dem Staub machen. Das geschah unmittelbar neben Benders Regiestuhl. Als der Saukerl an ihm vorbeiwankte, holte er aus und hieb ihm mit dem silbernen Knauf des Spazierstocks auf den Hinterkopf. Der Dicke wankte. Bender schlug wieder und wieder zu. Dabei schrie er mit hochrotem Kopf:

»Schnitzel und Erdäpfelsalat! Schnitzel und Erdäpfelsalat! Schnitzel und Erdäpfelsalat!«

SIEBENUNDSECHZIG

Lupino war in ein weiteres Ambulanzboot gesprungen und hatte den Fahrer überredet, die Verfolgung aufzunehmen. Gleichzeitig informierte er Ranieri per Handy. Als Lupino mit seinem Boot zum Canal Grande kam, war das Chaos perfekt. Vor der Rialtobrücke trieben Bootstrümmer sowie eine umgekippte Gondel. Menschen schwammen in den Fluten, Geschrei und Hektik. Ein Boot mit Baumaterial tuckerte unbeeindruckt von alldem in Richtung Accademia. Gleichzeitig traf auch das Polizeiboot mit Ranieri an Bord ein. Lupino sprang an Land und sah den Dicken mit dem Kopf nach unten am Boden liegen. Ein Mann, der aufgrund seiner Ausdrucksweise nur aus Wien kommen konnte, prügelte mit einem Spazierstock auf den Dicken ein. Dabei schrie der Wiener andauernd:

»Schnitzel und Erdäpfelsalat!«

Lupino lief zu ihm, fiel ihm in den Arm und stoppte ihn. Da merkte er erst, dass der Kerl ja der Regisseur der Fernsehproduktion, bei der Philipp Mühleis mitarbeitete, war. Er hatte dessen Bild schon einige Male im ›Il Gazzettino‹ gesehen, Berger, Berner, Beidl oder so ähnlich hieß er.

»Beherrschen Sie sich gefälligst!«, schnauzte Lupino ihn an. Der Regisseur hielt inne, starrte Lupino mit traurigen Augen an und jammerte:

»Schnitzel und Erdäpfelsalat.«

Dann begann er herzzerreißend zu weinen. Er wankte zu seinem Regiesessel zurück, vergrub das Gesicht in den Händen und heulte wie ein kleines Kind. Lupino war ratlos. Doch plötzlich regte sich der Dicke. Lupino kniete sich auf ihn und fixierte ihn am Boden. Ranieri, der eiligen Schrittes hinzukam, rief er entgegen:

»Handschellen, Ludwig! Hast du Handschellen?«

Ranieri brüllte einen Befehl auf Italienisch und kniete sich neben Lupino auf den Dicken drauf.

»Ist er das? Der Spitals-Attentäter?«

Lupino nickte und antwortete, als Ranieri mit geübten Griffen Donald B. Crumb die Handschellen anlegte:

»Ich glaube, jetzt ist der Spuk vorbei. Jetzt haben wir endlich den, der sich die ›Quadriga‹ ausgedacht hat, gefasst.«

Als er das sagte, ging plötzlich ein Kameralicht an und Ornella Felduccis Kamerateam filmte die beiden Helden, die den ›Venedig-Ripper‹ zur Strecke gebracht hatten.

EPILOG

Es war der zweite Dienstag im Oktober. Dienstags hatte sich Lupino nun immer frei genommen. Keine Führungen, keine Touristen, kein Trinkgeld. Warum? Nun, an diesem Wochentag hatte die Osteria da Marcello Ruhetag, und Luciana somit frei. Ein Tag, den Lupino absolut nicht mit irgendwelchen deutschsprachigen Touristen verbringen wollte.

Er konnte es selbst immer noch nicht recht glauben, aber er war verliebt. Dannazione!* Mit seinen 49 Lebensjahren hatte er sich tatsächlich noch einmal verliebt. Blöde grinsend, wie sein Freund Ludovico Ranieri unlängst festgestellt hatte, rannte er durchs Leben. Einen besonders breiten Grinser hatte er an diesem Dienstag drauf. Kein Wunder, schließlich gab es nach einer längeren Schlechtwetterperiode wieder einmal strahlend blauen Himmel über Venedig. Und so kostete es ihn keine allzu großen Überredungskünste, um Luciana zu überzeugen, mit ihm einen kleinen Spaziergang hinaus zu den Giardini zu machen. Da sie spät aufgestanden waren, hatten sie bei Lupino ums Eck in einem kleinen Caffè am Mercato Rialto Espresso getrunken und Tramezzini verspeist. Danach spazierten sie die von Verkaufsbuden gesäumte Ruga degli Oréfici entlang zum Ponte di Rialto. Luciana war übermütig wie ein junges Mäd-

* Verdammt!

chen und zauberte, als sie oben auf der Rialtobrücke standen, eine kleine Kamera aus der Tasche. Noch bevor Lupino abwehrend die Hände hochheben konnte, hatte sie schon ein Bild von ihm geschossen. Danach bestand sie darauf, dass sie sich beide vor der großartigen Szenerie des Canal Grande von einem amerikanischen Touristen fotografieren ließen. Lupino war das mehr als peinlich. Andererseits musste er auch darüber blöde grinsen.

San Marco rechts liegen lassend, spazierten sie quer durch den Bezirk Castello in Richtung Arsenal. Auf dem Campo Santa Maria Formosa überredete Lupino seine Geliebte, kurz haltzumachen. Sie nahmen auf der Terrasse eines Caffès Platz, tranken ein Gläschen Prosecco und knabberten Chips. Dieser Aperitif regte Lupinos Magensäfte an und verursachte ein nagendes Hungergefühl. Plötzlich hatte er eine Vision: Er würde Luciana in eines seiner Lieblingsrestaurants führen und sie zu einem Mittagessen einladen. Er war schon länger nicht mehr dort gewesen, da es nicht gerade zu den günstigsten Lokalen Venedigs zählte. Doch nun, da er mit Philipp Mühleis abgerechnet hatte, und der ihm ohne mit der Wimper zu zucken sein noch ausstehendes Honorar beglichen hatte, konnte er sich einen Besuch in diesem Lokal leisten. Apropos Philipp Mühleis: Der war in den Tagen, als er nach dem Ende der Dreharbeiten das Produktionsbüro hier in Venedig aufgelöst hatte, für Marco so etwas wie ein Ersatzvater geworden. Darüber hinaus war der Österreicher auch Signora Canella sehr sympathisch. Und so war Mühleis nach einem Zwischenstopp in Wien nun wieder in Venedig. Lupino hatte ihn gestern zufällig getroffen, als er mit Marco angeregt plaudernd über den Mercato Rialto geschlendert war. Offensichtlich lernte Mühleis eifrig Italienisch … Lupino und Luciana gelangten über die Ruga giuffa, die Fondamenta de l'Osmarin zum Rio di San Lorenzo. Die links vor ihnen liegende Questura beachtete Lupino mit keinem Blick, sondern ging mit Luciana über die Brücke geradeaus die Salizza San Antonin weiter, die sie zum Campo Bandiera e Moro und weiter in die Calle del Pestrin brachte, wo sich das Ristorante Corte Sconta befand. Hier aßen sie hausgemachte Gnocchi, die wahrscheinlich besten Fritture Miste Venedigs sowie himmlische Desserts. Dazu tranken sie eine wunderbare Flasche Ribolla Gialla. Nach dem üppigen Mittagessen, das ein zufriedenes Lächeln auf Lucianas Antlitz zauberte, spazierten sie zum Rio dell'Arsenale und diesen hinunter zur Riva San Biágio. Nun ging es immer weiter am Canale di San Marco entlang hinaus zu den Giardini. Dort drehten sie eine kleine Runde durch die Parkanlage und setzten sich schließlich auf die Terrasse des Paradiso. Direkt am Wasser genossen sie die herbstlich milden Sonnenstrahlen. Ja, hier war es wirklich paradiesisch. Und während sie jeder einen Aperol Sprizz tranken, der mit einer fetten Olive serviert wurde, lehnten sie sich aneinander und genossen nicht nur die Sonnen-, sondern auch die Körperwärme des jeweils anderen. Lupino schloss die Augen und döste vor sich hin, wobei ihm das Kunststück gelang, eine Viertelstunde lang ins Reich der Träume hinüberzugleiten. Eine heftig tutende Fähre, die Autos vom Lido zur Piazzale Roma transportierte, weckte ihn. Er sah zu Luciana und merkte, dass sie ebenfalls eingenickt war. Und da fiel ihm das gemeinsame Erwachen an diesem Dienstagmorgen ein. Dabei spielte die Champagnerflasche, die ihm einer von ›Il piccolettos‹ Handlangern mit den besten Empfehlungen seines Chefs in der Osteria da Marcello vorbeigebracht hatte, eine nicht unbedeutende Rolle. Von diesem Champagner war noch ein kleiner Schluck übrig geblieben. Und da Luciana sich abgedeckt und nackt am Rücken im Bett gelegen hatte, konnte er der Versuchung nicht widerstehen, diesen letzten Schluck in ihren Bauchnabel rinnen zu lassen. Mit einem spitzen Schrei war sie aus dem morgendlichen Dämmerschlaf aufgeschreckt. Nach einem empörten »Scemo!*« hatte sie ihn dann die Champagnerreste aus ihrem Nabel schlürfen lassen. Da das einerseits gut schmeckte und andererseits ziemlich kitzelte, hatte seine verrückte Idee zu einem zärtlichen morgendlichen Liebesspiel geführt. Als sie danach verschwitzt und ermattet im Bett gelegen hatten, hatte Luciana nach dem kleinen Billett, das mit Spagat am Hals der

* Dummkopf!

Champagnerflasche angebracht war, gegriffen und halblaut ›Il piccolettos‹ Widmung vorgelesen:

A Lupino Severino. Un vero detective.[*]

* Für Lupino Severino. Einen echten Detektiv.

Das Prequel zur Nechyba-Saga

Gerhard Loibelsberger
Alles Geld der Welt
Historischer Roman
346 Seiten
13,5 x 21 cm, Klappenbroschur
ISBN 978-3-8392-2686-5
€ 16,50 [D] / € 17,00

Wien 1873. Der Aufstieg und Fall des Wiener Bankhauses Strauch – eine Geschichte über Börsenspekulanten, Bauherren und Immobilienhaie. Und über die kleinen Leute, die davon träumen, rasant reich zu werden. Im Dreivierteltakt des Wiener Walzers dreht sich alles immer schneller und schneller und die Menschen stürzen sich in finanzielle und erotische Abenteuer.

Willkommen inmitten des Booms der Wiener Gründerzeit und dessen abruptem Ende, dem Börsenkrach am 9. Mai 1873.

GMEINER SPANNUNG

WWW.GMEINER-VERLAG.DE
Wir machen's spannend

Weitere Bücher von Gerhard Loibelsberger

Quadriga
ISBN 978-3-8392-2247-8

Nechybas Wien
ISBN 978-3-8392-1254-7

Wiener Seele (Hrsg.)
ISBN 978-3-8392-1606-4

Lyrik, Songs & Kurzprosa

Ants & Plants
ISBN 978-3-7349-9459-3

Young Dummies
ISBN 978-3-7349-9461-6